CORINNE MICHAELS

VOCÊ *me* AMOU *um* DIA

Traduzido por Samantha Silveira

1ª Edição

The GiftBox
EDITORA

2021

Direção Editorial:	**Arte de Capa:**
Anastacia Cabo	Bia Santana
Gerente Editorial:	**Revisão Final:**
Solange Arten	Equipe The Gift Box
Tradução:	**Diagramação:**
Samantha Silveira	Carol Dias
Preparação de texto:	**Ícones de diagramação:**
Marta Fagundes	Freepik

CIP-BRASIL. CATALOGAÇÃO NA PUBLICAÇÃO
SINDICATO NACIONAL DOS EDITORES DE LIVROS, RJ
Camila Donis Hartmann - Bibliotecária - CRB-7/6472

M569v

Michaels, Corinne
Você me amou um dia / Corinne Michaels ; tradução Samantha Silveira. - 1. ed. - Rio de Janeiro : The Gift Box, 2021.
256 p.

Tradução de: You loved me once
ISBN 978-65-5636-116-1

1. Ficção americana. I. Silveira, Samantha. II. Título.

21-73676   CDD: 813
                  CDU: 82-3(73)

Para as mulheres que fazem escolhas corajosas todos os dias.

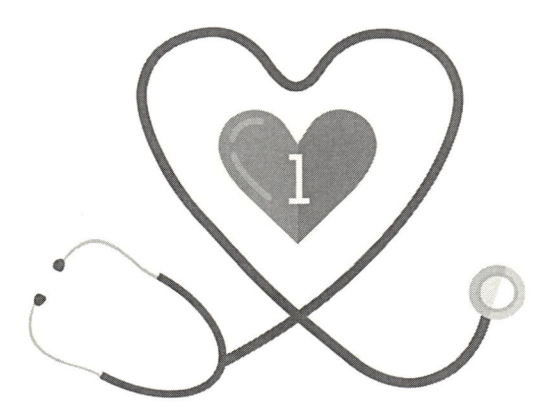

Hoje foi um dia notável. Do tipo para o qual todo médico vive. Hoje, eu mandei muito bem. Todas as minhas cirurgias transcorreram perfeitamente bem, sem grandes surpresas ou complicações. Dois pacientes de quimioterapia tocaram o sino, indicando que o tratamento acabou e só precisei dar más notícias a uma pessoa.

Este é um bom-dia. Ser uma oncoginecologista não me concede muitos deles, mas este… este foi um deles.

— Temos outra cirurgia marcada em cerca de uma hora. Vou verificar outro paciente e depois te vejo aqui — explico.

Martina me lança um olhar que diz que estou microgerenciando de novo.

— Estamos preparando a sala agora. Não se preocupe, estamos cuidando de tudo.

— Ótimo. Odiaria ter que procurar uma nova enfermeira.

Ela ri.

— Você nunca vai se livrar de mim.

— Sorte a minha.

— Concordo, você tem sorte de eu te amar o suficiente para lidar com a sua loucura! — grita Martina, quando estou saindo.

— O sentimento é mútuo! — respondo por cima do ombro.

Ela é mesmo a melhor enfermeira com quem já trabalhei. Seus pacientes vêm em primeiro lugar, e ela não tem medo de irritar as pessoas para que as coisas sejam feitas. Que é basicamente como eu vivo. Meus pacientes são meu mundo. Não há nada que eu não faria para ajudá-los a lutar contra essa doença horrível.

Entro no quarto da minha paciente favorita, a Sra. Whitley.

—Bem, pensei que não fosse passar por aqui esta manhã. —Seu sorriso é radiante e caloroso.

A Sra. Whitley se tornou quase como uma segunda mãe para mim nos últimos quatro anos. Desde que ela precisou de internação neste mês, comecei a vir aqui todas as manhãs para conversar com ela e dizer mais do que deveria. Hoje, porém, não consegui chegar aqui tão cedo como normalmente faço.

— Tive uma emergência.

Ela dá uma risada zombeteira.

— Ah, por favor. Eu sei que é uma médica ocupada e que não tem tempo para sentar-se com uma mulher moribunda.

— Você não vai morrer hoje. É teimosa demais para descansar pacificamente.

Ela é a paciente da qual os professores da faculdade de medicina fazem questão de advertir – aquela a quem você se apega e começa a ver como algo mais do que apenas um registro.

Fiz o melhor que pude para mantê-la à distância, mas ela é afetuosa, engraçada, gentil e muito só. Eu me vejo nela mais do que gostaria de admitir na maioria dos dias. A maneira como afastou a família e os amigos quando perdeu o amor de sua vida. Como ela luta para se perdoar por não fazer o suficiente.

Mas, acima de tudo, ela me lembra da minha mãe. O que é realmente a pior parte.

— Agora, me fale do seu namorado médico.

Reviro os olhos porque a maioria dos pacientes quer falar de si mesmos, menos ela. Ela ficou sabendo da fofoca alguns meses atrás e não parou de tocar no assunto desde então.

— Westin é bom.

— Só bom? Então o rapaz não está fazendo as coisas direito.

Dou risada.

— Ele é maravilhoso, mas você sabe que não vou levar ninguém a sério, muito menos outro médico que está ocupado demais para um relacionamento. Mesmo que ele pense que tem ou não tem tempo.

Ela aponta o dedo para mim.

— Agora, ouça, Serenity, você não é imune ao amor porque tem uma carreira. Meu Leo era um grande empresário, mas tinha espaço para mim e nosso filho.

Ela também é a única paciente que permito que me chame pelo primeiro nome.

Eu nunca a corrijo e não contenho o sorriso ao ver como só de mencionar seu amado marido faz seus olhos suavizarem. Leo morreu de ataque cardíaco há cerca de cinco anos. Todos os sinais estavam lá, mas ele fingiu que estava bem, igual a minha mãe.

Eu sabia muito bem que se a tivesse pressionado mais, talvez ela tivesse sobrevivido.

Afasto esses pensamentos porque não posso me deixar levar pela saudade hoje, tenho cirurgias, e amanhã…

— Reconheço esse olhar.

— Que olhar? — pergunto.

— Aquele em que você está pensando no que tem para fazer amanhã e não no homem de quem estávamos falando. Não pense que não ouço fofocas, mocinha. Eu sei que é o seu grande dia e você se recusa a falar disso com alguém. Superstições não são nada boas.

— Não sou supersticiosa, estou sendo cautelosa. Bem diferente, e você não deveria estar do meu lado?

Ela nega com a cabeça.

— Não estaria fazendo a minha parte se concordasse com você. Além disso, você tem um médico bonito que tenho certeza de que faz isso.

De volta ao Westin outra vez. Ela não é nada senão persistente.

— Garanto a você, ele adora discutir comigo.

— Todos os homens gostam, mas o deixe vencer de vez em quando, isso ajuda o frágil ego masculino. — A voz da Sra. Whitley cai para um sussurro na última parte.

— Farei o possível.

Ela ri.

— Duvido, mas ainda assim. Estava pensando se John vai passar para me visitar hoje.

Meu coração dói um pouco por ela.

Anos atrás, quando perguntei o que a mantinha lutando contra o câncer, ela me disse que lutava por mais tempo para tentar se reconciliar com o filho. Ela queria que ele voltasse a amá-la, e me contou que, após a morte de Leo, passou por dificuldades para ser mãe. Ela amava o filho, mas ele era uma lembrança constante do marido. Quando ela se recompôs, era tarde demais. A raiva dele se enraizou e cresceu.

No entanto, ela lutou, e ainda luta para ele voltar. O amor de mãe é o vínculo mais forte do mundo. Minha mãe teria feito qualquer coisa por seus filhos.

— Espero que sim.

— Eu também, mas caso não apareça, sempre há amanhã. E amanhã é um dia de milagres, Dra. Adams. Eu sei que é.

Amanhã é o grande dia. A chance de experimentar uma nova forma de combater o câncer. Tanta coisa pode dar errado, mas por outro lado… pode dar certo. Tento me concentrar nas possibilidades, e não nas falhas.

Pode ser uma resposta às orações de alguém.

— Bem, tenho uma cirurgia agora, e você tem uma consult — digo a ela.

— Pode ir então, não há necessidade de se sentar comigo quando você tem pessoas para salvar.

— Vejo você amanhã.

Ela dá um sorriso largo que me faz sentir feito uma criança que agradou a mãe.

— Amanhã, quando você fizer grandes coisas.

Pisco para ela e saio, tentando não sentir que estou flutuando.

Alguns minutos depois, estou na área de desinfecção enquanto minha paciente, Claudia, é preparada e levada para a sala de cirurgia. Estou aqui, lavando as mãos e os braços, reproduzindo a cirurgia de histerectomia parcial na cabeça. Já fiz essa cirurgia mais de mil vezes, mas acredito que a complacência é a marca da morte. Não vou me permitir ficar confortável quando alguém está na mesa.

Assim que estou totalmente limpa, passo de costas pelas portas e todos se movimentam. Minhas mãos são cobertas, a máscara amarrada em volta do pescoço, e caminho em direção à paciente.

— Tudo bem, Claudia. — Dou a ela um sorriso reconfortante, mas o medo em seus olhos é nítido. — Você tem alguma pergunta antes de começarmos?

— Só… — ela estremece — … quero ter certeza… de que vou ficar bem.

Seus dentes estão batendo.

— Você vai ficar bem. — Minha voz é calorosa. — Você vai tirar uma soneca e, quando acordar, terei retirado o tumor. Tudo isso é bom, e você precisa me deixar fazer o meu trabalho, tá bom?

Ela acena com a cabeça, ainda com os olhos aterrorizados.

— Tudo bem.

Não posso deixá-la sentir tanto medo. Lembro-me de que alguns dias atrás, ela me disse que era cantora e que viajou por um longo tempo antes de voltar para Chicago. Achei muito legal ela conhecer tantos dos meus cantores favoritos.

— Sabe, antes de cada cirurgia, tocamos música quando o paciente está dormindo. Acho que isso acalma muito a sala. Que tal desta vez, começarmos um pouco mais cedo para que você possa ouvir música? Tem uma favorita?

Ela me diz o nome e eu aceno para a enfermeira. A música preenche o ambiente e eu a vejo soltar uma respiração profunda junto com um pouco da ansiedade.

— Está ajudando.

— Muito bom. — Eu sorrio.

Claudia começa a cantar, sua voz de soprano ecoando com cada palavra. Eu permito que ela continue por mais alguns compassos, e todas as enfermeiras balançam e cantam junto. Sua voz é linda, e quase não quero que ela apague, mas vejo o anestesista injetar o medicamento em sua intravenosa e sei que ela tem só mais alguns segundos.

Quando sua voz falha conforme ela adormece, pigarreio e a equipe cirúrgica entra em ação. Eles sabem o que fazer. A enfermeira muda o *iPod* para a minha *playlist* de cirurgia e Bruno Mars ressoa, indicando que é hora de começar.

Faço meu ritual. Fico do lado esquerdo da paciente, mais próximo do coração, inclino a cabeça para trás com os olhos fechados e faço a contagem regressiva de cinco até um. Cinco pacientes que perdi durante cirurgia. Penso neles, no que deu errado, e então digo seus nomes.

Depois me lembro de alguns dos sucessos. Aqui estou, pensando nos casos que ninguém achou que eu pudesse vencer, e sorrio. Repasso os rostos das famílias quando informei que retirei todo o câncer ou que fomos capazes de evitar os resultados terríveis para os quais estavam se preparando.

A fé que aquelas famílias tinham em mim era um presente. Um que nunca desprezei. Digo o nome de Claudia por último e peço uma ajudinha para garantir que ela seja incluída na lista de sucessos.

Abaixo a cabeça e abro os olhos. Vejo Martina à minha frente, a confiança cintilando em seus olhos.

Estendo a mão e digo a palavra que me traz de volta à realidade:

— Bisturi.

É sempre um bom-dia para salvar uma vida.

Martina coloca a lâmina em minha mão e meu coração se enche de orgulho.

Deus, espero nunca ter que contar até seis.

CORINNE MICHAELS

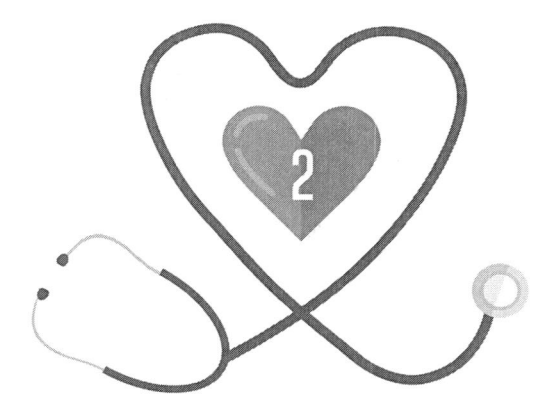

— Oi, bela. — Westin me agarra por trás, seus braços fortes me envolvem e eu sorrio.

— Olá.

— Acabou de sair da cirurgia?

Eu me viro, admirando-o. Ele é muito sexy e o homem mais gentil que já conheci. É o que me atraiu nele em primeiro lugar. Além disso, ele não quer nada sério, o que é exatamente o que quero. Estamos perfeitamente felizes em nossa relação sem compromisso.

Aprendi da maneira mais difícil que ser mulher em um trabalho mais dominado pelos homens significa sacrifícios, e namorar é um deles.

Além disso, já tenho um marido – o hospital. Não tenho tempo para um namorado.

Mesmo assim, Westin e eu temos uma ótima rotina que dá certo para nós dois. Nenhum fica chateado ou bravo quando o outro trabalha até tarde ou tem que se levantar cedo para uma cirurgia. Só seguimos o fluxo.

Depois do meu último relacionamento, prometi não deixar meu coração se envolver desse jeito nunca mais.

— Saí — respondo e dou um breve beijo nele. — Correu tudo bem. E com você?

— Peguei as rondas hoje. Gostaria de estar pegando algo… ou alguém… agora.

Dou risada quando sua mão vai parar na minha bunda e ele aperta. Sexo depois de uma cirurgia é muito bom.

— Bem…

A porta se abre e nós nos separamos. Ainda bem que estamos atrás da fileira de armários, então tenho tempo suficiente para me recompor.

— Oi, Dra. Adams. — Tracy Allen, outra médica, sorri ao se aproximar. — Amanhã é o grande dia.

— Nada disso! — Eu a interrompo na hora. — Amanhã é subjetivo e tudo o que estou disposta a pensar é no hoje.

Ela acena com a cabeça.

— Entendi. Dr. Grant. — Ela vê Westin e me dá um sorriso perspicaz. — Não tive a intenção de interromper.

— Não interrompeu. Nem um pouco. Obrigada, Dr. Grant, falaremos mais tarde a respeito do próximo projeto. — Ele balança a cabeça, mas acompanha minha mentira.

— Com certeza.

Ninguém no hospital está acreditando no que ando dizendo, mas tenho que pelo menos fingir que não estamos namorando. Westin é chefe da neurocirurgia e a última coisa que quero é mais gente falando de qualquer um de nós. Já basta o que passamos no ano passado. Está para sair uma vaga para cirurgião-chefe, e um escândalo – mesmo que um indício disso – pode nos custar uma oportunidade. Não que eu queira, mas sei que Westin quer. Depois, há o fato de que tanto Westin quanto eu sabemos como é um relacionamento neste setor.

Muitos amigos acabaram divorciados. É difícil saber que seu casamento fica em segundo lugar com relação à sua carreira – sempre.

Perdi um amor uma vez pela escolha de me tornar médica. Não vou perder outro.

Tracy pigarreou.

— Ótimo, bem, tenho uma consulta na qual precisava de sua ajuda.

Olho para o meu relógio, odiando ser tão tarde. A cirurgia de Claudia aconteceu sem contratempos e estava animada por sair daqui mais cedo. Hoje é noite de cerveja e petiscos no Rich's, o bar que frequento. Normalmente vai Martina, minha melhor amiga Julie e eu, mas Julie mencionou que precisa muito sair à noite, e embora estejamos sempre nós três, talvez precise que seja só nós duas esta noite. Estava esperando ter uma noite de garotas antes de Westin aparecer.

Independentemente disso, não há como virar as costas para Tracy ou para qualquer paciente para a qual ela precise da minha ajuda. A minha noite de garotas pode esperar, os pacientes não deveriam ter que fazer isso.

— Claro — respondo, embora todos nós soubéssemos que nunca me negaria a ajudar.

CORINNE MICHAELS

— A gente se vê depois — despede-se Westin, com um sorrisinho. Palhaço.

— Talvez.

Nós dois sabemos que ele estará na minha casa mais tarde, como sempre.

Tracy e eu saímos e conversamos a respeito da massa que ela encontrou em sua paciente. Ela é chefe da Obstetrícia e Ginecologia e uma colega de confiança. Ela me mostra o prontuário da paciente, indicando a área que a preocupa. Discutimos o assunto e o que vejo nas radiografias e como procederia se os resultados da biópsia voltassem conforme o esperado. Opero muito mais tumores do que Tracy e, geralmente, posso conseguir fazer uma boa avaliação antes que os relatórios da patologia cheguem. Desde a morte da minha mãe, a missão da minha vida é erradicar o câncer.

Não me preocupo com nada além de encontrar uma cura para isso e dar às pessoas o máximo de tempo que for possível. Muitas pessoas morrem dessa doença, e fico surpresa ao saber que podemos encontrar a cura para as coisas mais aleatórias, mas para algo que já afetou a todos que conheço, ainda não conseguimos encontrar a combinação perfeita.

Custe o que custar, quero ser parte da destruição das chances do câncer de tirar mais uma pessoa deste mundo. Tenho participado do processo de formulações, diferentes abordagens de radiação e quimio, mas nada foi rápido ou forte suficiente. É frustrante, mas também me estimula.

— Aqui está o problema… — explica Tracy.

Passamos vinte minutos discutindo o caso de Tracy. O tumor não parece cancerígeno para mim, parece mais um cisto do que propriamente um tumor, mas posso ver onde há um motivo para certa preocupação.

— Então você acha que a cirurgia é a melhor opção? — pergunta ela.

— É sua única escolha, na verdade. Eu não deixaria este cisto ali. Além disso, se não for um cisto, a última coisa que queremos é que evolua. As paredes externas da massa me preocupam um pouco, mas prefiro prevenir do que remediar.

Ela concorda com a cabeça.

— Obrigada. Sei que estava voltando para casa, mas agradeço por ter tirado um tempinho para examinar isso.

— Fico feliz em ajudar. — Eu me levanto. — Foi um longo dia e estou exausta. Amanhã começa um dos maiores dias da minha vida e gostaria de estar atenta. Há só mais uma coisa que preciso fazer antes de ir, e é verificar a Sra. Whitley. — Conversamos amanhã?

Ela confirma com mais um aceno.

— Então até amanhã.

Meu telefone soa com o alerta de mensagem.

> **Estou indo embora agora…
> está cansada ou acordada?**

Meus dentes roçaram o lábio inferior e sei exatamente o que isso significa. Envio uma mensagem rápida para Martina e Julie dizendo que não posso ir e respondo para Westin.

> **Acordada. Bem acordada. Só me
> dê um minuto. Tenho que dar uma
> olhada em uma paciente e te
> encontro em casa.**

Quem precisa de petisco e cerveja? Tem outra coisa que quero muito mais agora.

Rolo e toco os lençóis frios em vez do corpo quente que esperava encontrar. Westin veio para minha casa depois do trabalho, certo? Juro que sim. Um assobio vem do banheiro e eu sorrio.

É. Ele veio, com certeza.

Minha imaginação pode ser boa, mas não é tão vívida. Alongo os músculos doloridos e esfrego os olhos, sorrindo. Acordar com Westin Grant é a cereja do bolo. Ele é a constante em minha vida caótica e imprevisível.

A porta do banheiro se abre e lá está meu encontro de longa data – nem sei como chamá-lo – vestindo nada além de uma toalha. A água pinga de seu cabelo e desce pelo peito até desaparecer no tecido enrolado em sua cintura.

— Você acordou. — Ele sorri. — Pensei que eu ia te acordar esta manhã.

— Hoje não. Acho que não dormi mais do que uma hora de qualquer maneira.

— Consegue dormir alguma vez mais do que isso? — Ele ri e vem na minha direção com aquele olhar. O olhar que diz que ele esperava fazer sua malhação esta manhã – comigo.

— Wes — advirto, à medida que ele rasteja para a cama.

— Ren. — Ele sorri.

— Não podemos. — Nego com um aceno de cabeça, e me afasto até a beirada, para longe dele. — Nós dois precisamos chegar ao hospital no horário hoje. Não posso me atrasar.

Hoje é quando tudo vai mudar de verdade. É o dia pelo qual esperei toda a minha vida profissional. O dia em que finalmente poderei testar se minhas esperanças por essa nova medicação estão certas ou epicamente erradas. Estou animada e oprimida ao mesmo tempo.

Minha pesquisa clínica começa hoje. Nos últimos cinco anos, tenho tentado encontrar uma mistura de medicamentos que não apenas elimine o câncer, mas também permita que as mulheres que trato tenham esperança no futuro que desejam. Quando chega o diagnóstico de câncer de ovário, sempre tratamos primeiro com cirurgia.

Mas e se não precisássemos?

E se eu pudesse poupá-las de uma histerectomia e permitir que gestassem seus próprios filhos? Se meu tratamento funcionar, posso dar isso a elas. Com essa combinação de medicamentos, posso reduzir o tumor e salvar minhas pacientes da infertilidade permanente.

E se eu não puder, então… Não sei direito o que pensar. Eu me sinto nervosa, animada e apavorada, tudo ao mesmo tempo.

Vou estragar tudo? E se eu perder alguém? E se não puder fazer isso e descobrir que sou uma fraude?

— Serei rápido — brinca Westin, enquanto seus braços me envolvem. — Ou posso só te abraçar um pouco.

Sorrio para ele por cima do ombro.

— Nós não nos abraçamos.

— Só porque você se recusa. — Sua risada vibra no meu pescoço e eu me afasto dele.

Ele não está errado; definitivamente é minha culpa, mas tenho meus motivos. Estou bem com a forma como as coisas estão, e mesmo que ele reclame, é tudo que sou capaz de fazer agora. Sentimentos levam ao amor. O amor leva ao sofrimento. O sofrimento me faz sentir fraca, o que nunca mais me permitirei ser. Além disso, ele nem está tão envolvido assim. Ele transa sem qualquer expectativa.

Eu me viro para ele, tocando seu rosto com a mão.

— Não finja que não gosta das coisas como estão.

Seus olhos verdes calorosos percorrem meu rosto.

— Estou dizendo que não me importaria se isso se transformasse em algo mais.

Eu recuo de supetão, surpresa por seu comentário. Westin e eu temos um acordo que deu muito certo para nós.

— O que você está querendo dizer? O que temos é... bem, por que complicar as coisas?

— Complicado nem sempre é algo ruim, querida.

Fico tensa com seu apelido carinhoso. É claro que ele percebe isso, porque não existe muita coisa que ele deixe de notar.

— Devemos nos arrumar. — Tento me esquivar. — Não tenho tempo para discutir o que somos ou qualquer coisa assim.

A última coisa que quero é ser desagradável, mas hoje é um dia muito importante para mim. Ele sabe disso e, se os papéis fossem invertidos, Westin agiria igual. Parte do motivo pelo qual nosso "rolo-quase-relacionamento" funciona é porque entendemos isso.

Não preciso explicar minha falta de disponibilidade emocional, porque nós dois somos médicos. Médicos muito bons.

— Serenity. — A voz profunda de Westin me inunda conforme seus lábios roçam os meus. — Sempre há tempo para isso.

— Não em dia de pesquisa clínica. Preciso estar focada, imperturbável, e você, meu amigo — eu o beijo rapidamente —, sabe muito bem disso.

Sua cabeça repousa contra o meu pescoço, ele geme e me solta.

— Tenho certeza de que vai me mandar mensagem para eu te encontrar na sala de descanso. — Dá um sorrisinho ao se levantar, e deixa a toalha cair, dando-me uma visão de sua bunda perfeita. — Onde ficarei muito feliz em deixá-la aliviar sua ansiedade, de várias maneiras.

— Hoje não, Satanás! — grito quando ele volta para o banheiro e fecha a porta.

Assim que ele sai de vista, minha ansiedade aumenta ao pensar que uma vez já estive no lugar das famílias desses pacientes agora. Quatorze anos atrás, estava levando minha mãe ao teste clínico para o que esperávamos ser o milagre de que precisávamos.

Quatorze anos atrás, era eu implorando aos médicos para salvá-la.

CORINNE MICHAELS

Dois meses depois, estava vendo seu caixão ser baixado na terra.

Nem sempre existe milagre, e perdi tudo, inclusive a pessoa que pensei que era. A garota que sonhava com uma vida perfeita; casamento, filhos e o carinho que meus pais compartilhavam, foi enterrada junto com a minha mãe.

Sento-me, respiro fundo e conto até quatro, prendendo o fôlego para soltar em seguida. Eu me recuso a deixar qualquer coisa estragar este momento – nem o medo, nem outra pessoa, e, definitivamente, não vou *me* permitir cair em uma toca de coelho da qual não consigo sair.

Hoje será uma maratona e não vou permitir que o passado obscureça as possibilidades do que isso pode significar não só para mim, mas para a filha que vai me pedir que lhe dê esperança.

Falta uma hora até que eu precise estar no hospital. Felizmente, meu condomínio não é longe e posso chegar lá em dez minutos se eu acelerar. O que faço com frequência.

Vou para a cozinha e preparo um pouco de café, verifico o telefone e vejo o que comer. Depois de alguns minutos, desisto, não querendo nada, e decido me preparar para o dia de hoje.

Westin está na frente do espelho, escovando os dentes, vestindo apenas a parte de baixo do uniforme hospitalar, que pende no ponto certo para revelar o entalhe musculoso acima de seus quadris. Seu cabelo castanho-claro é cortado curto e ele tem os olhos verdes mais incríveis que já vi. Não é difícil entender por que cada enfermeira, médica e residente o bajula. Ele é a versão de cada mulher do homem perfeito. Sexy, inteligente, rico... ele é o pacote completo.

— Você está com aquele olhar, Ren. — Ele sorri para mim pelo espelho, conforme remexe em sua bolsa.

Westin Grant é um homem muito atraente. Não consigo me conter com ele. Eu me sinto sozinha em todas as partes da minha vida, exceto quando estou em sua companhia. Meus sentimentos beiram a amizade, mas não posso me permitir ir além. Se eu for pensar, talvez seu comentário de antes não seja uma surpresa. De vez em quando, Westin faz piada sobre finalmente chamar isso de algo mais do que sexo casual ou se mudar para cá, para que assim possamos parar com as idas e vindas. Nunca pensei muito no assunto, mas agora me pergunto se ele estava insinuando o tempo todo.

Westin quer mesmo 'mais'? Ou ele gosta da ideia de estarmos juntos de verdade? Eu quero mais? As respostas a essas perguntas têm que esperar porque não consigo pensar nisso hoje.

Não consigo pensar em nada agora. Tenho que permanecer leve, alegre e focada em tudo o que farei em breve.

— Gosto da sua bunda — digo, dando de ombros. — Ainda mais usando a roupa hospitalar.

Ele ri, se vira e me puxa contra ele.

— Ah, é? Bem, você é a coisa mais sexy que já vi quando está se preparando para uma cirurgia. — Westin beija meu pescoço. — O jeito que o sabonete se move para cima e para baixo em seus braços, quase consigo sentir sua pele macia. — Sua voz está cheia de desejo e estou tentando resistir à atração. — Quero te despir ali mesmo, tocar seu corpo e, finalmente, dizer a todos o que somos.

— É mesmo?

— Sim. — Ele passa a língua ao longo da minha orelha e eu estremeço. — É uma pena que hoje não seja um dia para uma rodada matinal.

Eu me inclino para trás, com as mãos entrelaçadas e apoiadas em sua nuca.

— Hoje é um dia de salvar vidas, e é isso que essa nova dose de quimioterapia vai fazer. Então, você poderá dizer que terá um sexo alucinante com a oncologista premiada e pioneira da Northwestern.

— Então, sou apenas seu brinquedinho? — Ele se inclina para um beijo, que dou de muito bom grado.

— Basicamente.

Ele revira os olhos e suspira.

— Bem, Dra. Durona, é melhor entrar no chuveiro antes que você se atrase para a preliminar da sua pesquisa clínica.

— Você acha que sou louca? — pergunto.

Os olhos dele se estreitam.

— Louca? Bem, de que maneira?

— Por esta… pesquisa clínica toda. Pode ser um fracasso, e depois? Caramba, e se o conselho não permitir que continue hoje e eu tiver que dizer a essas pessoas que não posso fazer mais? Devo ter enlouquecido por tentar!

Westin lida com um lado diferente da medicina, do qual sinto um pouco de inveja. Ele salva mais pessoas do que perde. Ele pode consertar coisas, onde eu tenho que ser metódica, e, às vezes, isso não faz diferença. O câncer vai tirar suas vidas e não terei como impedir. Assistirei a uma doença obscurecer tudo ao redor de meus pacientes, sabendo que não posso fazer absolutamente nada. Raramente, Westin não consegue fazer *algo* para ajudar.

CORINNE MICHAELS

— Você não está louca, Serenity. Você é corajosa, linda e a melhor oncologista que já conheci. Acho que seria louca se *não* fizer isso. Você já passou pela fase um e dois, esta é a hora de ver aonde realmente pode chegar. — Westin afasta meu cabelo loiro do rosto e sorri.

— E o que eu faço se eles cancelarem?

Ele se afasta um pouco.

— Quem? A diretoria?

— Sim, não há garantia de que eles vão levar adiante. Quer dizer, aprovaram até agora, mas como Dr. Pascoe esteve fora nas últimas duas semanas e a reunião foi adiada, agora estou preocupada.

É o que tem me deixado tão inquieta. Ninguém pode prever as escolhas do hospital. Um dia estão do seu lado e no outro a publicidade é muito arriscada. Deveríamos ter aprovado tudo isso semanas atrás, mas Dr. Pascoe, o atual presidente do hospital, estava lidando com uma emergência e me disse para prosseguir como se tivéssemos a aprovação, pois o adiamento mudaria algumas das situações dos pacientes. O tempo é crucial para nós.

Westin solta um suspiro profundo.

— Há uma chance de que não aprovem, mas tudo vai do quanto você acredita nisso. Acha que fazer este coquetel em vez de cirurgia vale o possível risco de uma vida?

Olho bem dentro dos seus olhos, mostrando a ele a firmeza em minhas palavras.

— Cem por cento. Sei que os dados são inconclusivos e podem ser discutidos, mas tenho *certeza* disso, Wes. Se eu pudesse ter a oportunidade de provar… Sei que essa é a dosagem certa para que essas mulheres não tenham que perder tudo. Podemos reduzir o tumor a ponto de conseguir removê-lo, tratar o câncer e permitir que as pacientes tenham filhos. Essas mulheres, algumas delas estão na casa dos vinte ou trinta anos, e têm esperanças e sonhos. Se fosse comigo e tivesse esses sonhos arrancados de mim, não consigo imaginar o que faria. Mas e se eu puder dar a elas mais opções? E se não tiverem que perder tudo ou morrer?

Seu olhar não se desvia do meu.

— Lembre-se desse sentimento, porque se você sofrer com uma perda, precisará dessa determinação para ajudá-la a continuar.

Eu me lembrei de Westin de um ano atrás. Nunca vou esquecer de como ele ficou destruído. Começamos a sair um ano antes de ele começar sua última pesquisa clínica. Ele era um cirurgião arrogante que não queria nada sério. Então sua pesquisa clínica foi por água abaixo e Westin se fechou com todos. Ninguém conseguia fazer com que ele falasse, exceto eu, depois que ele… esgotasse sua angústia. Foi quando nossa bela aventura casual se tornou uma amizade com direito a passar algumas noites juntos.

Meu peito aperta ao pensar se agirei da mesma forma se esses testes não derem certo.

— Não posso pensar nisso — comento.

Se eu admitir a derrota antes da luta, será um massacre. Preciso de uma vitória.

— Ótimo. Você tem que acreditar que vai dar certo porque vai te ajudar. E apenas saiba que — ele passa o polegar pelo meu lábio —, estarei aqui a cada passo do caminho.

Às vezes, ele faz certas coisas que não sei como responder, e essa é uma delas. Ele diz coisas que me assustam, e sei que ele percebe. Não há etapas para nós. O próximo nível não existe. Isso é tudo que tenho para dar.

Há muito tempo, aprendi que amor não garante felicidade.

Nunca amarei Westin.

Nunca mais vou amar ninguém. Não depois de descobrir como é perder o amor.

— Westin — digo, em um tom de advertência.

Ele dá um passo para trás com as mãos para cima.

— Eu sei, eu sei. Só estou dizendo como médico. Se precisar de uma consulta e, claro, de qualquer tipo de teste, para garantir que está funcionando da maneira que você espera.

Não foi o que ele quis dizer, mas vou deixar passar porque ele fez o mesmo por mim: ser evasiva.

— Certo, perdão. Eu deveria saber que era isso… Estou sendo burra por causa de tudo. Lamento pensar que foi outra coisa. — Balanço a cabeça como se estivesse envergonhada. Westin pode ser incrível, mas ainda precisa ser homem. Meu pai foi quem me ensinou a respeito da necessidade de preservar o ego delicado de um homem – ou minha mãe ensinou, na verdade.

Minha mãe andou sobre as águas, mas o verdadeiro milagre foi como ela lidou com ele. Mamãe foi capaz de fazê-lo acreditar que precisava dele quando todos nós sabíamos que ela poderia ter feito qualquer coisa por conta própria, e, provavelmente, melhor do que ele.

Ela me diria que os homens gostam de ter seus sentimentos adulados e, ao fazer isso, adulam os seus.

Minha mãe era uma mulher inteligente. Sinto falta dela todos os dias.

Westin precisa que eu o adule um pouco.

— Pare. — Ele ri e me abraça. — Você está pensando demais nas coisas com os testes iniciando hoje. Não fui claro. Falando em pesquisa... — Ele para e olha para o relógio. — É melhor você se apressar.

Se essa combinação não funcionar, então tudo pelo que tenho trabalhado é um desperdício. Todas as noites solitárias, horas tardias e rostos de pacientes que a quem precisei dizer que não poderiam ter filhos levaram a este momento. Agora, posso tentar salvar as mulheres e dar tempo a elas, mas o câncer ainda as rouba de alguma coisa. Sempre.

E volto a pensar na única pessoa de quem foi tirado tudo.

Minha mãe.

Quero deixá-la orgulhosa e provar que sua confiança em mim não foi em vão.

— Tudo bem. — Aceno e descanso os braços em seus ombros.

— Quer que eu faça algo de café da manhã? — pergunta ele.

— Não consigo comer nada.

— Vá se arrumar e eu vou fazer alguma coisa. — Ele segura o meu rosto e me dá um beijo escaldante. — Você precisa comer.

Permaneço aqui com a cabeça apoiada na parede enquanto ele sai do banheiro. Ele é mesmo perfeito. Há momentos em que me odeio, e este é um deles. Gostaria de ser uma garota cheia de vida que acredita que o amor pode salvar sua alma. Ser otimista pode ser bobo, mas torna as coisas mais agradáveis de se ver.

Fecho os olhos, sentindo o vapor flutuar ao meu redor, odiando a dor em meu coração, que sei que nunca vai se curar.

— Ren. — Westin bate na porta, me fazendo pular. — Recebi uma ligação e preciso ir para o hospital agora. Tenho um paciente de emergência chegando. Nos vemos mais tarde?

— Claro, vejo você no trabalho.

— Jantar esta noite e depois passar a noite na minha casa? — pergunta ele.

— Talvez. Não faço ideia.

Ouço sua risada diante da minha resposta e depois silêncio.

— O que há de *errado* comigo? — pergunto a mim mesma. Talvez eu devesse ter feito terapia, alguma ajuda aqui seria útil agora. — Foco. Sem tempo para debater seus problemas ridículos hoje. Isso tem que bastar por enquanto. Desnecessário bagunçar as coisas.

Termino meu banho e procuro algo para vestir no armário. Santo Deus, preciso repaginar meu guarda-roupa. Tudo aqui é monótono e, provavelmente, grande demais. Não é como se eu tivesse tantos motivos para me vestir bem. Minhas roupas consistem nos uniformes verdes e um jaleco branco. Nas raras ocasiões em que não estou no hospital, geralmente estou de moletom ou nua – ambos funcionam bem para mim.

Quem precisa de calças, afinal?

Pegando o único vestido razoavelmente decente que tenho, termino de me arrumar. Hoje, dedico um pouco de tempo para ficar apresentável. *Seja lá o que significa isso.* As enfermeiras me dizem o tempo todo que pareço fria, desanimada e quase assustadora. Segundo elas, eu sorrio muito pouco.

No entanto, meus pacientes não parecem se importar. Dou resultados, independentemente do meu humor.

Meu cabelo loiro está puxado para trás, e passo delineador cinza-escuro acima dos meus olhos castanhos, feliz por só ter enfiado a ponta no olho duas vezes desta vez. É uma melhoria.

O telefone berra Metallica e eu sorrio, sabendo quem está do outro lado da linha.

— Oi, papai!

— Serenity, minha linda menina. — Sua voz está radiante de orgulho.

— Não estou tão bonita agora. — Dou risada. Estou com rímel em um olho e no outro tem uma gota preta de delineador sob ele.

Posso retirar um tumor com a precisão de um bisturi sem cortar nada, mas passar maquiagem? Esquece.

Papai solta um longo suspiro.

— Você nunca se enxergará do jeito que eu te vejo. Então… hoje é o grande dia?

— É, sim! — Minha voz aumenta com o entusiasmo.

Dei uma canseira no meu pai com mais detalhes do que o motociclista grandalhão de um metro e noventa jamais gostaria de saber. Acho que ele agora é um especialista em câncer de ovário e possíveis tratamentos. Embora, ele meio que era antes. Esta vitória é parcialmente dele.

Minha mãe faleceu dois dias após meu vigésimo quarto aniversário, comigo, Everton e papai ao seu lado. Antes desse dia, não me lembro de ter visto meu pai chorar. Mas lá estava ele, segurando a mão dela, com lágrimas

CORINNE MICHAELS

escorrendo pelo rosto. Eu o abracei enquanto os soluços percorriam seu corpo, e ele se desfez em meus braços. Sempre amou duas coisas tanto quanto amava Harmony Adams: seus filhos e a liberdade da estrada.

— Estou orgulhoso de você, Ren. Sei que não digo muito isso, mas você é uma mulher extraordinária. Gostaria que sua mãe estivesse aqui para ver isso. — Ele pigarreia.

Eu também gostaria que ela estivesse.

— Ela está comigo todos os dias.

É por ela que faço isso.

— Eu também, querida. Eu também.

Se ela não tivesse morrido, não sei se a oncologia ginecológica seria minha área escolhida de especialização. Nem sei se teria terminado a faculdade com média alta suficiente para conseguir a residência em Northwestern.

Garotos te deixam burras e você perde o foco no que importa.

Meu segundo alarme toca na sala e eu solto um palavrão.

— Droga! Preciso ir, mas talvez consiga ir para a fazenda esta semana, okay?

Mesmo dizendo as palavras, sei que nunca vai acontecer. Já se passaram um pouco mais de seis meses desde que fui capaz de ir para lá. Estive tão ocupada me preparando para hoje.

— Só acredito vendo. — Ele ri. — Talvez você finalmente traga aquele rapaz para vir me conhecer.

De novo, não.

— Westin tem que trabalhar.

— Isso é ridículo, Serenity. Há anos você dá essas péssimas desculpas. Não me diga que neurocirurgiões não têm um dia de folga.

Claro que têm, mas o neurocirurgião com quem costumo passar as noites não precisa conhecer meu pai. Não consigo nem imaginar a estranheza desse encontro. Meu pai quer me casar e ele nunca verá isso acontecer.

— Vou ver com ele — digo, sabendo que não vou.

— Ren, o amor é…

— Não vou falar de amor agora — eu o interrompo. — Preciso mesmo ir, papai.

— Acabe com o câncer, meu amorzinho.

— Vou acabar com ele. Manda oi para o Everton!

O telefone desliga, pego uma banana e corro porta afora. É hora de fazer a diferença na medicina moderna.

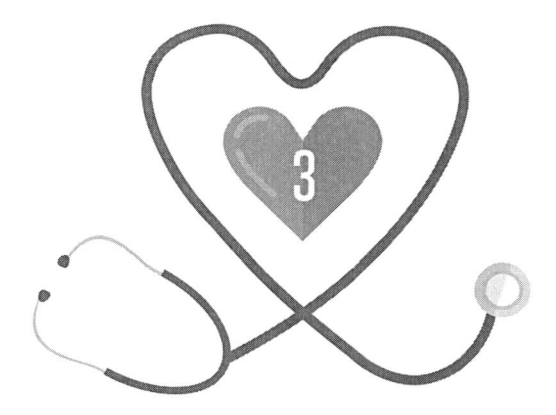

A caminho do trabalho, repasso mentalmente o planejamento do meu dia. Quero que tudo corra com perfeição, no entanto, não sou idiota a ponto de acreditar que isso vai acontecer. Sou médica há tempo suficiente para saber que o único plano que devo esperar é o caos.

Hoje será um pouco diferente, pois vou me dividir entre meu estudo e os pacientes atuais. Vinte e cinco pacientes foram admitidas nesta rodada da pesquisa, cada uma com vários estágios iniciais de câncer de ovário. Minha pesquisa mostrou que este coquetel medicinal que preparei deve ajudar a reduzir significativamente o tamanho do tumor que resta, caso a paciente queira manter os ovários e útero. Se eu for capaz de retirar o máximo possível do tumor, e deixar os ovários intactos antes que o câncer chegue ao estágio II, posso tratar o câncer remanescente com este medicamento e a paciente pode manter tudo sem uma histerectomia. Para qualquer mulher que ainda queira ter filhos, isso se tornará uma opção. Posso livrá-las do câncer e deixar a possibilidade de ter um bebê em aberto para elas.

Pelo menos esse é o objetivo.

Estou diante do hospital e olho para cima pensando em como, quando estou no auge da minha carreira, sinto que posso tocar em Deus. Inferno, alguns dias me sinto um deus, mas sei que não sou. Sou mortal e as pessoas aqui também. É meu trabalho mantê-las vivas o maior tempo possível.

— Você vai ficar aqui o dia todo? — pergunta Martina, me assustando.

— Se eu fizer isso, significa que hoje ainda não começou oficialmente. — Sorrio, sem deixar de olhar para cima.

— Se não começar, nunca saberá se vai funcionar.

— Estou quase pronta — respondo. — Estou apenas tentando me orientar.

CORINNE MICHAELS

— Tudo bem então. — Ela coloca a mão no meu ombro. — Vou te deixar sozinha aqui congelando a bunda.

— Graças a Deus por amigas iguais a você — brinco.

Ela salta um pouco e esfrega as mãos para cima e para baixo nos braços.

— Eu te amo, Ren, mas amo muito mais os meus dedos.

Meus olhos se fecham e eu exalo pelo nariz enquanto ela sai correndo.

— Cagona!

Tudo bem, Serenity, você consegue. Você foi criada para isso. Desistiu de tudo para ter sucesso, agora vá em frente.

Parece bastante fácil.

Passo pelas portas de vidro e as pessoas se movem. Adoro esse lugar. Não tem muitas coisas que amo, mas este hospital é meu lugar seguro.

Quando minha vida desmoronou anos atrás, ele me manteve firme. Peguei toda a dor, decepção, frustração e canalizei para o meu trabalho. Nenhum médico se esforçou mais do que eu, e valeu a pena. Dei muitas voltas para superar, e então… Encontrei meu destino.

Tudo bem, talvez seja forçar demais usar a palavra destino, mas estou correndo atrás.

No fundo do coração, tenho essa sensação avassaladora de que hoje será o dia da minha vida em que algo mágico acontecerá.

Vou até o meu armário, pego o jaleco e saio para fazer as rondas antes da minha reunião de diretoria. Já que a Sra. Whitley é o ponto alto do meu dia, vou primeiro para lá. Ela está na ala de reabilitação; sabemos que não há nada que eu possa fazer, mas não consigo deixá-la fora da minha lista de pacientes. Sabendo que seria útil ouvir umas verdades e um pouco de perspectiva antes do início dos testes da pesquisa, sigo para lá.

— Dra. Adams. — Ela sorri. — Hoje é um belo dia.

— É verdade. — Retribuo seu sorriso caloroso.

— Tenho muita sorte de ter você como minha médica.

Se ela tivesse sorte, não estaria morrendo. Eu sei que todas as cartas estão contra nós. Seu câncer está em estágio avançado, ela não é uma mulher jovem e esta também não é sua primeira rodada de tratamento. Estava totalmente ciente, mas isso não impediu meu coração de se apegar a ela.

E quando eu a perder, vai doer mais do que gostaria de admitir.

— Bem, se é sorte não sei dizer, mas estou feliz que você me encontrou.

Ela dá um tapinha na minha mão e depois suspira.

— Está animada? — Seu ombro se contrai quando a emoção toma conta de sua voz.

VOCÊ ~ AMOU ~ DIA

— Estou, mas…

— Nervosa? — Ela termina a frase.

Eu poderia admitir, mas não vou. Nervosismo não tem vez hoje.

— Na verdade, não.

Ela me olha com os lábios franzidos.

— Sem dúvida, querida. Médicos não são robôs, embora talvez você seja.

— Que tal verificarmos seus sinais vitais e ver como está indo? — Mudo de assunto. É sempre uma escolha viável. — Como você dormiu? Está comendo?

Ela me conta de suas dores e que está sem apetite. Gostaria de ter algo para ajudá-la, mas não há mais nada a fazer a não ser esperar. Que é realmente a última coisa que quero fazer.

Meu coração dói por ela porque ninguém se senta aqui, e ela fica sozinha, a menos que as enfermeiras ou eu a visitemos. Fiquei ao lado de minha mãe todos os dias. Ia para a escola e passava o resto do meu tempo ao lado dela. O fato de o filho da Sra. Whitley não a visitar me irrita.

Existe uma coisa chamada arrependimento. Ele vai desejar ter aparecido quando ainda tinha tempo.

— Digamos que você só tem mais um dia de vida, quem você escolheria para "molhar o biscoito"? — a Sra. Whitley pergunta isso enquanto afiro sua pressão arterial. Embora normalmente não faça parte do meu trabalho, fico feliz em fazer o que puder para justificar estar com ela.

— Qualquer um? — pergunto.

Meu primeiro pensamento é Bryce, claro. Não importa quantos anos se passaram – as memórias me assombram. Seu sorriso, a maneira como ele despertou para a vida cada parte em mim só de estar perto dele. Sinto falta dele. Mais do que isso, sinto falta de quem eu era quando estava com ele. Eu não estava cansada, irritada ou tão certa de que jamais fosse encontrar o amor verdadeiro. Ele era meu verdadeiro amor – até que nos separamos.

Então penso em Westin e como, mesmo agora, não é ele o meu primeiro pensamento. Eu me odeio de verdade por não ser forte suficiente para esquecer Bryce.

Não quero pensar nele. Mas ele é parte de mim. Bryce mora dentro do meu coração e não importa o que eu faça para tentar me livrar dele – ele não vai embora.

— Qualquer um.

Seu sorriso frágil me lembra que o tempo não está do lado dela. A Sra.

Whitley está morrendo. É a realidade e não consigo impedir isso. O dia todo, ela fica sozinha e fica olhando pela janela. É difícil ver a vida se esvaindo dela, então venho e passo meu escasso tempo extra em sua companhia.

— Dra. Adams, estou esperando.

Deus sabe que ela não lida bem com isso.

— Hmmm — pondero ao mesmo tempo em que confiro sua pulsação. — Adam Levine?

— Ah, ele é um homem muito sexy. Meu Leo teria ciúme de seu gingado de quadris. — Seus olhos brilham porque sei que essa é a sua escolha também. Ela hesita entre ele e trazer JFK de volta dos mortos.

— Ele é.

— Você deveria encontrá-lo. É tão bonita, tenho certeza de que ele iria gostar de você. A maioria das médicas não têm a aparência que você tem.

— Ela me diz todos os dias como sou bonita e que preciso me casar com Westin, já que nós dois somos médicos, e salvamos o mundo. Gostaria que fosse assim tão simples. Não consegui nem ao menos salvá-la.

— Bonita quanto?

— Bem, a maioria das garotas que são inteligentes não tem a menor ideia. Igual a minha neta, por exemplo, Deus sabe que ela tira proveito de ir à cabeleireira e de um pouco de maquiagem, mas você é bonita. Muitas garotas bonitas não são tão inteligentes.

Dou risada de seu comentário.

— Não tenho certeza se isso é um elogio. — Aperto sua mão e sorrio.

— Sim, é. E jamais deve discutir com uma idosa moribunda — ela me repreende. — Estou dizendo que você tem tudo. Deve usar o que Deus te deu e se casar com Westin antes que ele acorde e encontre uma garota que perceba que belo partido ele é.

Esse pensamento me aquieta. Posso não amar Westin, mas estamos juntos há tanto tempo que nunca o imaginei com outra garota.

Mas hoje não é o dia para esses pensamentos, droga. Preciso ficar concentrada no trabalho.

— Você não vai morrer nas minha mãos hoje, então podemos discutir isso mais um bocado.

O câncer dela se espalhou tanto que não há nada que eu possa fazer. Nós travamos uma batalha difícil, rodada após rodada de quimio e radioterapia, mas no final, essa doença horrível a levará.

— Ah, mas você não sabe se isso é verdade. Estamos todos morrendo, só não estamos mortos ainda. E pare de tentar me enganar, estávamos falando sobre você ser uma moça bonita que não tem um namorado de *verdade*. Aquele seu médico vai se cansar de ser enrolado por você. Agora, de volta ao Adam Levine e quaisquer outras opções que possamos pensar.

— Você está terrivelmente geniosa hoje. — Dou risada. — Além disso, não preciso de opções, porque tenho pacientes como você que me impedem de ficar sozinha.

É verdade, em partes.

— Dra. Adams — ela coloca a mão frágil no meu braço —, quanto tempo ainda tenho?

Se meu coração pudesse se partir, teria acontecido agora mesmo. Prometi a mim mesma ser sempre honesta com meus pacientes a respeito de seus diagnósticos. É uma confiança que não pretendo romper, mas me dói.

— Não consigo responder, e sei que não é o que você quer ouvir. Tudo o que sei é que faremos tudo o que pudermos para deixá-la confortável — eu asseguro a ela.

— O conforto do corpo não acalma a alma — diz ela, e desvia o olhar.

Essa é de longe a pior parte do meu trabalho. É a sensação de saber que não poderia dar mais tempo a ela. O jeito que o meu peito dói quando penso naqueles que não consegui salvar. Cada vez que perco um paciente, sou lembrada de como nossas vidas são curtas. Uma célula escurece que infecta o resto.

— Meu filho ligou? — ela me pergunta bem nessa hora. Cada dia, vejo a vida se apagar de seus olhos azuis quando dou a resposta.

Olho para o relógio, tenho mais quatro pacientes para verificar, mas agora sei que ela precisa de consolo.

— John ligou mais cedo, ele pediu uma atualização — minto.

Conversamos um pouco mais e ela me conta uma história do marido. Já ouvi essa pelo menos dez vezes, mas cada versão muda um pouco. Dou risada de suas piadas, sorrio apropriadamente quando ela me conta como suas vidas eram mágicas, e eu a invejo um pouco. Ela viveu e amou por inteiro. Foi capaz de ficar com seu marido, Leo, até o dia em que ele morreu.

— Tenho que ir conversar com meus outros pacientes antes de ser acusada de ter favoritos — brinco ao me levantar.

— Vá fazer coisas importantes hoje, Dra. Adams.

Eu sorrio e aceno.

— Farei.

CORINNE MICHAELS

Aceno um adeus e vou para o laboratório. Preciso dar outra conferida em todos os documentos do teste, porque estou louca e não consigo me controlar. Não existe isso de ser muito meticuloso, certo? Entro no laboratório, onde Julie passa seus dias se escondendo atrás de seu microscópio.

Nós duas cursamos juntas a faculdade de medicina, mas ela nunca terá que olhar para um paciente e dar más notícias, pois escolheu trabalhar no laboratório em vez de atender pacientes. Invejo isso nos dias ruins, com certeza.

— Ren! Diga que estou linda hoje — Julie me cumprimenta quando entro.

— Bom dia, Jules. Sempre está.

Julie, Martina e eu somos amigas desde a faculdade. Elas são as únicas pessoas, além de Westin, com quem socializo fora do trabalho.

Esperar pelos resultados dos exames nunca é divertido, mas quando a patologista não gosta de você, é uma tortura. Felizmente, tenho Julie do meu lado e ela sempre agiliza com meus exames.

— Pelo amor de Deus, você não está aqui para verificar as pastas de novo, está? — Ela revira os olhos.

Não respondo – ela vai reclamar na minha cabeça. Em vez disso, vou até onde as pastas estão no balcão, contando cada uma e revisando a ordem em que os pacientes estão listados.

Minha pesquisa científica está sendo executada quase como uma loteria. Já que a fase I saiu sem grandes preocupações em matéria de segurança e a fase II mostrou resultados promissores, é hora de intensificar e ver o quanto podemos realizar. No entanto, desta vez, duas pacientes receberão um placebo que não será agressivo suficiente para reduzir o tumor da maneira que acredito que o novo medicamento fará.

À medida que cada paciente chega, elas recebem um número que corresponde a uma pasta. Não tenho ideia de quais embalagens contêm o medicamento até abri-los. Claro, todas as pacientes ainda recebem quimioterapia, mas não o que acredito ser a mistura certa para matar os tumores, e essas pacientes, provavelmente, precisarão de uma histerectomia ao final de quatro semanas.

— Você vai acabar enlouquecendo — diz Jules, e se inclina na mesa ao meu lado.

— Já enlouqueci.

— É verdade — concorda ela. — Falou com seu irmão hoje?

Eu a olho de soslaio e reviro os olhos. Ela está apaixonada por Everton, o que é ridículo, já que ele é um idiota.

Jules é inteligente, bonita e vem de uma longa linhagem de médicos.

Everton é o típico *bad boy*. Ele bebe, fuma, anda de Harley como meu pai, e nem vamos falar de como ele se veste. Ele é o completo oposto de seu tipo.

— Não me olhe assim. — Ela ri e me cutuca.

— Desista, Jules. Você nunca vai domar aquela fera.

Ela suspira e descansa a cabeça na mão.

— Um dia ele vai me amar.

Minhas amigas são loucas. É tudo que posso supor neste momento, porque todas, inevitavelmente, chegam a esse ponto quando se trata de meu irmão.

No colégio, perdi minha amiga Gabby porque ela dormiu com ele e, no dia seguinte, viu outra garota sair de seu quarto. Foi horrível e eu o odiei por isso, mas ele nunca vai mudar. Claro, ele se preocupa com o papai, mas é porque tem hospedagem e alimentação grátis e meu pai não dá a mínima para quem ele traz para casa.

Depois que mamãe morreu, meu pai parou de se preocupar com muitas coisas.

— Faça um favor a nós duas e esqueça que Everton existe. Por favor? — Inclino a cabeça e faço beicinho.

— Tanto faz, vamos falar do Doutor Super Sexy. — Ela sorri ao se abanar com a pasta na mão. — Como ele está?

Reviro os olhos, apoiando o braço no balcão.

— Se ele virar o médico-chefe, vai chamá-lo de Médico-Chefe Super Sexy?

— Ah, não, ele será Sr. Super Sexy. Muito mais sexy, não acha?

Ela é ridícula.

— Ele ia adorar. Por favor, nunca o deixe ouvir que as pessoas o chamam assim.

Julie continua como se eu não tivesse falado nada.

— Adoraria despi-lo e fazer coisas obscenas com aquele homem.

— Você, definitivamente, vai gostar. Vou dizer a ele que está interessada. Não fizemos planos para esta noite, se quiser ir com Wes — comento, brincando.

— Não te entendo. — Ela larga a pasta. — Você é burra? Sério, qual é a merda do seu problema, Serenity?

Muito bem, aquilo se agravou muito rápido e de um jeito bem estranho. Não sei por que ela fica chateada, de repente.

CORINNE MICHAELS

— O que foi que eu fiz agora?

Julie se levanta da cadeira e ergue as mãos.

— É o que você não faz.

— O que é...?

— Fique com ciúmes! — grita Jules. — Vocês transam feito dois animais no cio há dois anos e nunca se importa quando as pessoas falam dele. Inferno, você chega a arrumar transas para ele. Não faz sentido. É literalmente a coisa mais estúpida de todas. Como pode ser tão indiferente, porque essa não é quem você é. Ele é um cara ótimo!

Dou de ombros. É o que é. Ter ciúmes vai significar o quê? Nada. É uma emoção inútil que só vai me fazer sentir mal comigo mesma. Não sou exclusiva de Westin, então, se ele quiser sair com outra pessoa, não tenho o direito de impedi-lo.

— Nós dois estamos cientes do que somos. Sou exatamente essa pessoa. Gosto de Westin, mas ele não é meu.

Frustrada, Jules bufa.

— Então não se importaria se eu fosse até ele agora e enfiasse a língua em sua garganta?

Reflito por um segundo. Sinto um leve aperto por dentro ao pensar nele com outra pessoa, mas não acredito que seja por causa de qualquer coisa relacionada à grande ideia do amor. Essa ideia toda de que o amor torna você mais forte é a maior conversa-fiada que já ouvi. Não existe nada de forte no amor. Meu pai amava minha mãe com todo o coração, e quando ela morreu, ele morreu com ela. Eu amava Bryce, só para ser abandonada. Prefiro nunca mais sentir essas emoções. Prefiro curar as pessoas, melhorar as coisas e apagar os danos que a vida pode causar, em vez de convidá-los a entrar.

Mas e se eu perdesse Wes? E se minha vida não fosse mais preenchida com aquelas noites juntos? Nunca pensei nisso porque nós apenas... nos deixamos levar. Dane-se Julie por me fazer pensar assim.

Julie pigarreia, me trazendo de volta dos meus pensamentos.

— E, então?

— Não sei. Não ficaria assim com ciúme. Gosto de pensar que se isso o fizesse feliz, não teria problemas para mim.

— Você vai se arrepender disso um dia, minha amiga. Ele vai se cansar de esperar que seu coração de gelo descongele e encontre um corpo caloroso que quer tudo. Vai ser triste, porque você vai acordar se perguntando por que não viu como ele é perfeito para você.

Às vezes, eu desejo isso. Não porque quero perdê-lo. Eu gosto de verdade de Westin. Ele é um homem maravilhoso e tem estado ao me lado em vários sentidos.

Tem sido a constante na minha vida maluca e não quero vê-lo ir embora, mas sei que ele quer o "felizes para sempre". Não quero roubar a vida que ele deseja e não sou assim tão egoísta para mantê-lo, se ele é capaz de encontrar o amor em outro lugar.

Uma coisa que ela disse continua reverberando dentro da minha cabeça, no entanto.

— Jules? — chamo seu nome com hesitação.

Sua expressão muda de irritada para preocupada com o tom da minha voz.

Julie é a pessoa mais gentil que existe, por isso ela quis evitar pacientes. Ver alguém magoado, triste, com medo ou experimentando qualquer emoção extrema a faz surtar. Ela jamais seria capaz de dar as más notícias aos membros da família – ela enlouqueceria. Apesar disso, quando Julie me viu no fundo do poço, ela me segurou e me manteve de pé.

Eu devo tudo a ela. Não sei se ainda estaria com as funções plenas se não fosse por ela.

— Ren?

— Você realmente acha que tenho um coração de gelo?

Pensar que as pessoas que realmente me conhecem, me veem desse jeito, dói no fundo da minha alma. Sinto muito mais do que qualquer um pode imaginar. Aprendi a esconder bem. Os pacientes merecem meu foco, não minha preocupação com coisas bobas que não posso mudar. Ser parte robô é normal, mas Jules também me viu no chão, incapaz de me levantar.

Só estive assim duas vezes, mas ela esteve lá em ambas.

Uma, quando perdi Bryce.

A outra quando perdi minha mãe.

— Não, Ren. Eu sei que você não é uma Rainha de Gelo de verdade, mas seria bom mostrar isso aos outros. Ainda mais para Westin. Ele te ama e você não enxerga isso.

Ela está errada, de novo.

— Westin pode sentir mais do que permite que outras pessoas percebam, mas ele não me ama. Não podemos… ele não pode.. é impossível. Estamos confortáveis e o que temos é tudo o que sempre seremos. Em alguma parte do meu coração, gostaria que fosse diferente. Ele é perfeito e eu sei disso — digo a ela, com sinceridade. — Eu me apaixonaria por ele

CORINNE MICHAELS

em um piscar de olhos se não estivesse tão ferida, desiludida ou obstinada.

Julie ri.

— Teimosa, burra e masoquista eram as minhas descrições, mas essas que você usou também estão certas.

— Nossa, valeu.

— Você não é a única que teve um namorado da faculdade que a magoou. Achei que David e eu iríamos durar para sempre, mas eu namoro e *quero* encontrar o amor novamente. Você não tem que viver toda a sua vida baseada em um relacionamento. Lamento que não tenham dado certo, mas, Jesus Cristo, já se passaram quatorze anos, esquece isso.

Bryce não era apenas um relacionamento. Ele era mais. Era tudo. É diferente.

— Sei que você não entende, mas perdê-lo, e perder minha mãe, Julie, foi demais. Não consigo explicar, e sei que você e Martina me acham ridícula, mas o que eu sentia por ele não é nada que você possa entender.

— Eu sei o que é amor, Ren.

— Era amor fora do comum.

Ela balança a cabeça.

— Mas ele te largou e agora você precisa esquecê-lo, para que outra pessoa possa encontrar o caminho para o seu coração.

— Não é bem… — começo a dizer, mas o alto-falante do hospital emite um bipe.

— *Dra. Adams, por favor, ligue para a enfermaria sete.*

Eu dou a Jules um olhar arrependido.

— Você não vai ouvir de qualquer maneira — diz ela, rindo sarcástica.

Está aí uma única coisa que amo nela: ela sempre fala com franqueza e não mede as palavras. É bom saber o que alguém pensa sem pegar leve – às vezes.

O telefone atende no segundo toque.

— Dra. Adams, uma de suas pacientes da pesquisa clínica está aqui.

— Agora?

Faltam mais três horas antes de o primeiro grupo chegar. Tenho a reunião com o conselho em vinte minutos e não podemos começar antes disso.

— Sim, ela veio de outro estado e não estava se sentindo bem.

Droga.

— Tudo bem, coloque-a em um dos quartos. Descerei logo, mas diga a ela que vai demorar um pouco.

— Pode deixar — garante Martina.

Julie se aproxima e me dá um abraço.

— Estou orgulhosa de você, Ren.

— Obrigada.

— Sério, este é um dia muito bom, considerando que éramos duas tontas bêbadas na faculdade, mas me faça um favor...

Ah, pelo amor de Deus. Julie precisa parar de assistir comédias românticas e voltar à realidade.

— Julie.

— Não. — Ela levanta a mão. — Pense no que aconteceria se Westin realmente se cansasse de ser um passatempo. Pense em como seria sua vida. Em como você se sentiria. Posso te garantir que não vai ser bom. Você não é uma pessoa insensível, não é possível que depois de tanto tempo seus sentimentos não sejam mais profundos do que seriam por uma trepada casual.

Ele é mais do que isso. É um amigo e aguenta todas as minhas besteiras. Fui protegida e não me permiti querer mais.

Eu seria capaz?

Estou pronta para sequer considerar isso?

Não sei, mas uma parte minha está chateada por Julie ter me feito pensar nisso agora.

— Tenho que ir — digo em tom seco. Hoje não é o momento certo para pensar nessa merda. Não estou pronta e tenho outras coisas em que me concentrar.

Que droga, Julie.

Ela sorri.

— Eu também te amo.

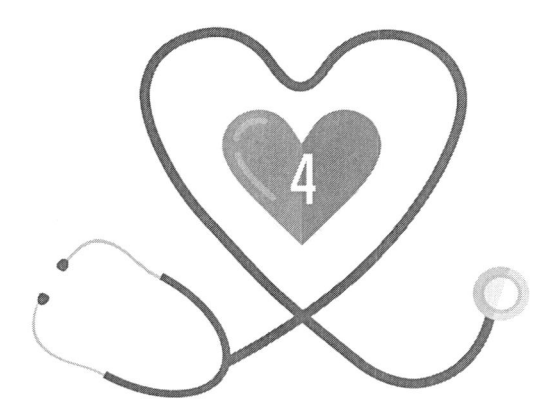

Sigo pelo corredor, preparando-me mentalmente para a reunião do conselho. Precisamos revisar tudo, garantir que estou pronta e que o hospital não está em risco. Mesmo que esta não seja a primeira fase, eles têm que se proteger.

Conforme caminho pelo corredor, sorrio e aceno com a cabeça ao passar por alguns dos chefes dos departamentos. Cada um deles me interrogará, examinando cada resultado possível e como pretendo lidar com todos eles.

Quando chego à porta, o Dr. Pascoe, o presidente do hospital, está de pé com um sorriso caloroso.

— Dra. Adams, é bom vê-la — diz ele.

— É ótimo ver você, também. Como está Monica? — pergunto. Dr. Pascoe e eu temos um relacionamento sem igual. Sua esposa, Monica, era minha paciente. Ela foi diagnosticada com câncer cervical há três anos e está em remissão há seis meses. Dizer que ele gosta de mim é pouco.

— Ela está bem, quer que eu insista para que você venha para o churrasco do feriado de Quatro de Julho.

Bem, isso seria quebrar a regra número um: nada de amizade com pacientes.

É melhor para eles e muito melhor para mim.

— Quem me dera poder ir…

— Mas você não pode — termina ele.

— Você entende, não é? — pergunto.

Dr. Pascoe toca meu ombro.

— Sim, vou dizer a ela com jeitinho. Fazer com que ela pense que é uma regra do hospital ou algo assim. — Ele me dá uma piscadela.

Ele é um ótimo administrador. Gosto dele por motivos pessoais, mas também porque coloca as necessidades dos pacientes em primeiro lugar. A quantidade de burocracia que ele vê em seu trabalho pode ser intimidante, mas Dr. Pascoe garante obstáculos mínimos quando se trata de salvar uma vida. Ele também trata cada médico que trabalha para ele como um igual. É bom não se sentir menosprezado.

— Obrigada.

— Às ordens. Você sabe que hoje é sobretudo uma formalidade, certo?

— Nada é tão simples assim — retruco, porque sei muito bem que eles podem desligar a tomada se eu disser algo do qual não gostem.

— É verdade. — Ele ri. — A que horas seus pacientes chegam?

— Na verdade, uma delas já chegou. Ela não estava se sentindo bem, pelo que me informaram. Assim que terminarmos aqui, irei ao quarto dela.

Acena com a cabeça.

— Você não a viu antes?

Minha resposta pode me fazer parecer responsável ou indiferente.

— Não. Eu não queria vê-la até que tivesse o sinal verde. Se algo acontecesse nesta reunião, que pudesse interromper os testes da pesquisa, não queria acabar dando a ela informações erradas.

Prefiro fazer o melhor que posso para garantir que dê tudo certo e não me arriscar. O que farei, depois de saber que estou aprovada por completo.

— Faz sentido. Vamos? — Ele se adianta.

Entramos na sala da diretoria e meus colegas começam a entrar. Paro com as mãos apoiadas no assento de couro fresco, tentando manter o ritmo cardíaco estável. Falar em público não é a minha praia, e é, definitivamente, mais difícil na frente de um pelotão de fuzilamento.

Precisei fazer isso cinco vezes, sempre que perdia uma paciente em uma cirurgia, e todas as vezes foram igualmente horríveis. Não só fiquei arrasada por saber que havia perdido alguém, mas também porque tive que relatar cada momento, decisão e erro na frente de meus colegas, ter minhas decisões dissecadas... é inimaginável.

Alguns médicos sorriem mostrando seu incentivo, tendo estado onde estou agora, e me concentro em respirar. Todas as cadeiras, exceto uma, estão ocupadas, e Dr. Pascoe pigarreia em seguida.

— Gostaria de começar, pois a Dra. Adams já tem uma paciente esperando.

Todos acenam com a cabeça e me dirijo para fechar a porta. Mas uma mão pressiona contra a madeira, me detendo, e ofego quando percebo quem é.

— Desculpe o atraso — diz Westin, com um sorriso.

— Desculpa pelo atraso?

A confusão se espalha por mim. Ele nunca mencionou que estaria aqui e não pensei que a neurocirurgia estaria envolvida na minha pesquisa. Tudo o que ele disse esta manhã foi que me veria mais tarde. Não sabia que ele faria parte do conselho de aprovação. Westin pode ser o médico gostoso, mas também é o babaca nesses conselhos. Ele questiona os médicos que vêm se apresentar diante do conselho, deixando-os desconfortáveis até que começam a errar.

Bem, isso aqui vai ser ótimo.

— Sente-se, Dr. Grant — pede Dr. Pascoe a Wes. — Oi, pessoal. Como sabem, a Dra. Adams está agora na terceira fase de sua pesquisa clínica com o novo regime de quimioterapia para o tratamento de câncer de ovário. As duas primeiras fases se mostraram, em sua maioria, positivas e deram resultados seguros. Esta fase será executada de maneira um pouco diferente e precisaremos da aprovação ou desaprovação da maioria.

Por favor, não desmaie. Por favor, não vomite. Por favor, aprovem.

Westin pigarreia.

— Gostaria de dizer algo antes de começarmos. Vou renunciar ao meu direito de votar se os testes da pesquisa clínica deve prosseguir devido ao relacionamento pessoal que tenho com a Dra. Adams. No entanto, participarei da investigação para melhor atender ao hospital e aos pacientes envolvidos, se isso for aceitável pelo conselho. Diretor?

Os olhos do Dr. Pascoe se movem para os meus e ele acena com a cabeça.

— Aceito. O conselho tem alguma objeção?

Um coro de "nãos" percorre a sala.

Ótimo.

Ele olha para sua secretária.

— Por favor, anote que o conselho não se opõe à abstenção do Dr. Grant na votação. — Dr. Pascoe se volta para mim. — Dra. Adams. Você tem a palavra.

A grande mesa é em forma de "u", com uma mesa menor, cadeira e microfone no meio. É um assento intimidante, onde todos os olhos estão em você. Não me sento, apenas roçando as pontas dos dedos pela madeira. O nervosismo me domina, subindo pela garganta, mas eu o engulo. Preciso ser uma médica durona agora.

— Oi, obrigada por estarem aqui hoje. Não consigo dizer como é animador estar à beira de uma nova descoberta médica que pode revolucionar a forma como tratamos o câncer de ovário. — E começo a minha apresentação, o nervosismo diminuindo conforme entro no ritmo.

Isto é, até Westin levantar a mão, interrompendo meu discurso.

— Dra. Adams, está tudo muito bem e, como médicos, entendemos o desejo de salvar a todos, mas também sabemos que o câncer não é tão bem-definido.

— Não, não é — concordo.

— Então, por que desviar de um caminho de tratamento convencional? Por que devemos arriscar a reputação deste hospital? — Ele se inclina para trás com a sobrancelha erguida.

Com base em sua agressividade, ninguém nesta sala acreditaria que algumas horas atrás ele estava tentando enfiar a língua na minha boca. Não acredito que ele é o primeiro a atirar em mim, mas me recuso a deixá-lo vencer.

Eu me inclino para frente, olhando diretamente em seus olhos.

— Ao longo de toda a minha carreira, estudei diferentes tratamentos e vários coquetéis de drogas para tratar e reduzir tumores nos ovários. Ainda não encontrei nada que tenha feito exatamente o que essa combinação fez. — Os nódulos dos meus dedos ficam brancos por pressionar a mesa com todo o meu peso.

— Isso não responde à minha pergunta — insiste Westin. — Por que a sua terapia farmacológica vale a pena permitir a possível perda de vidas?

Minhas pernas começam a tremer, no entanto, a voz permanece firme. Quero que essas pessoas me respeitem e entendam que isso é exatamente o que precisamos fazer.

— Sim, é possível que possamos perder uma paciente ao postergar a cirurgia se o tumor for resistente ao coquetel de drogas e não reduzir como esperávamos. Podemos acabar lidando com uma série de outros efeitos colaterais, mas o fato é que essas mulheres estão dispostas a correr esse risco. Sua pergunta se equivale quase como se eu estivesse perguntando por que um médico operaria um sangramento cerebral quando você poderia administrar a medicação primeiro.

Westin sorri, se inclina à frente e balança a cabeça.

— Não vamos por esse caminho, Dra. Adams. Isso não é nem remotamente parecido com o ato de escolher operar ou não. Está nos pedindo para permitir que você forneça um coquetel de medicamentos do qual não temos nenhuma prova de que realmente ajudem a reduzir os tumores. Se não for bem-sucedido, não apenas essas pacientes precisarão da histerectomia que está tentando evitar, mas o câncer pode progredir, exigindo quimioterapia mais agressiva no futuro.

No quarto, ele é gentil, amoroso e cuida de mim. Agora, ele está agindo como um babaca que quer me desmembrar. Não sei como conciliar, mas não vou deixá-lo estragar esse dia. Foi ele quem me disse que eu seria louca se não seguisse em frente.

Ele me segurou em seus braços, me dizendo que estava orgulhoso e que estaria ao meu lado a cada passo. Agora estou me perguntando se ele pretendia me empurrar escada abaixo. Então eu me lembro que este é Westin. Ele não é cruel e deve haver uma razão para ele agir dessa forma. Eu me preparo, mantendo o comportamento profissional e seguro.

— Sim, são diferentes, mas não são iguais em alguns aspectos? O risco é mais importante do que a recompensa? Como você determina as chances, Dr. Grant?

— Não sou eu que estou pedindo ao hospital que arrisque o pescoço por uma pesquisa clínica que não temos certeza se renderá qualquer resultado. É você que está.

— Estou totalmente ciente disso, mas também provei nos últimos seis meses que não estou abandonando toda a prudência. Mostrei resultados positivos com os ajustes nas últimas três pacientes da fase dois. Uma redução que nunca fui capaz de produzir antes com qualquer outra droga em tão pouco tempo. Acredito que esta rodada mostrará uma redução ainda maior dos tumores.

Westin se inclina para o chefe da cardiologia e sussurra algo antes de olhar para mim. Se olhares matassem, Westin precisaria de todos os médicos nesta sala para salvá-lo.

— Dra. Adams — a chefe da Ginecologia e Obstetrícia interrompe o concurso de encaradas que eu estava tendo com o meu... parceiro.

— Sim?

— Como alguém que encaminha muitas pacientes para você, tenho uma opinião diferente. — Os olhos de Tracy são cândidos. Ela também teve de transmitir más notícias a muitas pacientes. — Gostaria de ressaltar as repercussões de não ultrapassar os protocolos atuais da medicina. Se quisermos manter a situação atual, não estaremos arruinando nossa reputação dessa forma? As vantagens de seguir a rota mais segura são maiores do que as vantagens de fazer algo potencialmente inovador?

Algumas pessoas se movem em suas cadeiras fazendo anotações, o que considero um sinal positivo.

— Exatamente — comento. — Temos que ser melhores do que nossos antecessores. Como médicos, é fundamental tentar encontrar não apenas o tratamento certo, mas o melhor para cada paciente. Nenhum de nós tem as respostas ou uma bola de cristal, mas temos ciência e capacitação, e não estou apostando em algo que não usaria em mim mesma.

— Você está me dizendo que se tivesse câncer de ovário agora, participaria deste teste? Arriscaria com a quimioterapia, que sabemos nem sempre diminuir o tumor, passaria por semanas infernais e, possivelmente, ainda precisaria de uma histerectomia? — pergunta Westin.

— Se eu pudesse salvar meus óvulos e, possivelmente, ainda ter filhos, sim.

— Mesmo sabendo que não há nenhuma prova concreta? *Mesmo se* soubesse que estaria se colocando em um grande risco?

Eu me inclino contra a mesa e olho bem nos olhos dele.

— Com certeza. Acredito neste tratamento. Nem sempre se trata de vida ou morte. Para algumas mulheres, é uma questão de escolha. A doença está fora de seu controle, mas isso é algo que elas podem escolher. Não estão alheias quanto ao resultado, mas pode ser exatamente o que essas pacientes precisam para continuar lutando. Elas não estão em estágio tão avançado da doença que não possamos pelo menos tentar. Se falhar, pelo menos teremos feito tudo o que pudermos. Então você me perguntou se eu faria? Sim. Administraria isso a mim mesma, em minha mãe ou em qualquer pessoa que amo, porque está funcionando. A garota do teste anterior está viva com um tumor três quartos do tamanho do que ela tinha quando chegou aqui, e poderei operá-la esta semana para removê-lo. De quantas provas mais você precisa de que vale a pena tentar esse coquetel de drogas? Conseguimos reduzir o tumor, salvar a paciente de uma histerectomia e preservar a opção de ela ter filhos no futuro.

Ele acena com a cabeça e meu olhar circula pela sala, vendo os outros seguindo seu movimento.

— Agradeço a honestidade, Dra. Adams. Como você disse, o risco de negar essa fase da sua pesquisa possivelmente prejudicaria as pacientes.

Todos acenam com a cabeça, olhando para mim.

Westin Grant pode não estar votando, mas ele ganhou a sala inteira para mim.

Ele não estava me interrogando por ser um cretino tentando me derrubar. Estava me fazendo superar o nervosismo e a conversa-fiada para mostrar minha paixão.

Mais uma vez, a pergunta que eu me fiz antes explode na minha cabeça: *que merda há de errado comigo?*

Nossos olhares se encontram e vejo o carinho ali. Westin está do meu lado. Uma parte do meu coração, a que jurou ser incapaz de amar novamente, se quebra. Só um pouquinho.

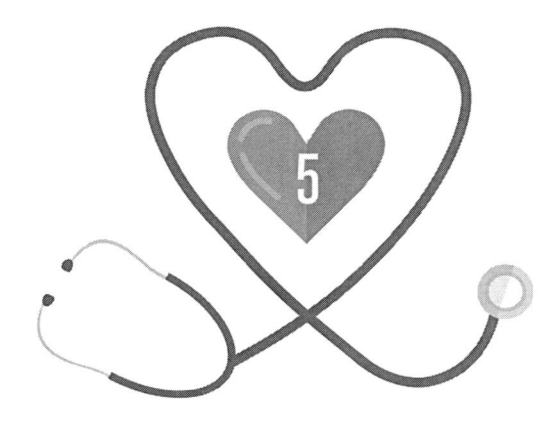

Depois de meu debate animado com Westin, a votação foi aprovada por unanimidade. O protocolo foi definido quanto à frequência com que devo enviar os resultados, e o hospital designou dois outros médicos para consultar. Eles vão atuar como meus contatos com o conselho e também como meus dedos-duros. Se houver algo que pareça fora do lugar, é função deles relatar.

A sala se esvazia, deixando Tracy e Westin sozinhos comigo.

— Boa sorte, Ren — diz Tracy, segurando meu braço. — Estou torcendo por você.

— Obrigada por me apoiar.

— Sempre vou apoiar algo assim. A vida das pessoas é muito importante para fazer jogos políticos, certo?

Concordo. É aí que a medicina ganha sua má reputação, a porcaria da política que acontece nos bastidores. Negar às pessoas o que elas precisam, graças a seguros ou médicos cujos egos impedem a decisão de fornecer um tratamento que pode realmente funcionar.

Todos nós vimos isso, e bons médicos odeiam essa prática.

Westin se demora, colocando papéis em uma pasta enquanto Tracy sai da sala. Assim que estamos sozinhos, decido que está na hora do Dr. Grant e eu termos uma conversa a respeito do que acabou de acontecer.

— Então… — começo, caminhando em direção a ele.

Seus olhos levantam e ele sorri.

— Ei.

— Obrigada.

Wes afasta o cabelo para trás e coça o queixo.

— Pelo…?

— Estar do meu lado.

Ele solta um suspiro pesado.

— Eu disse que estava.

— Eu sei, mas pareceu mudar de pensamento por um minuto. — Dou uma risada de leve, parando na frente dele e encostando-me à mesa. — Não tinha certeza do que estava fazendo ao tentar me repreender daquele jeito. Ainda mais porque nunca mencionou que estaria na reunião.

— Qual teria sido a graça nisso? Era muito melhor parecer que foi pega desprevenida para ter sua parte dissecada na frente de seu mentor. Quero dizer, pelo menos agora as pessoas vão acreditar que não temos nada além de amizade colorida.

— Você é mais do que isso para mim, Wes. — As palavras saem sem esforço e eu gostaria de poder retirar o que disse.

Ele se afasta ligeiramente, passa os dedos pelo cabelo castanho-claro e sorri.

— E o que acha disso?

Droga.

— Do quê?

Westin se levanta com a pasta nas mãos e, depois bate em mim com ela.

— Evoluir.

Nem sei bem o que quis dizer. De todos os dias para decidir mudar algo entre nós, por que hoje? Por dois anos, estive toda contente em manter as coisas simples, então Julie diz a maior besteira e estou adaptando meu pensamento?

— Ah, sei lá… — Ignoro seu comentário, afastando-me da mesa. — Ia procurar por você de qualquer maneira.

Ele ri.

— Imaginei.

— Ah, é mesmo? — pergunto, enquanto saímos para o corredor.

— Bem, esse é o seu estilo. Muitas vezes, você quer me encontrar antes de uma cirurgia importante ou algo assim para aliviar um pouco o estresse, não é? — Westin brinca.

Não tenho certeza do porquê isso me incomoda. Ele tem razão. Mas percebo que me faz parecer uma tarada sexual. Que não é o caso… normalmente. Somos amigos e confio nele de um jeito que não me permiti confiar em mais ninguém.

— Sim, mas não é por isso que eu o procuraria. — Tento não parecer ofendida.

— Sério?

— Sério. Gostaria de pensar que nosso tempo juntos no trabalho é mais do que eu te encontrar para transar, Wes.

Westin inclina a cabeça ligeiramente para trás.

— Tudo bem, está certa, às vezes, você vem falar comigo de algum paciente.

A pequena bola no meu estômago se contrai. Ele fez algo por mim e quero retribuir.

— Bem, desta vez, eu ia procurá-lo para falar sobre jantarmos esta noite.

— Hoje à noite? — pergunta ele.

— A menos que esteja recusando o convite...

Westin nega com a cabeça, encosta-se à parede e sorri.

— Não.

— Estava esperando que talvez pudéssemos jantar esta noite. Comemorar, esse tipo de coisa, sabe?

De repente, me sinto muito tímida, sem saber exatamente o que devo dizer ou fazer. Sei que, geralmente, não sou eu a tomar a iniciar para nada, nem mesmo algo remotamente parecido com algo de uma relação amorosa, e sei que tenho que fazer uma escolha. Talvez nunca ficaremos perdidamente apaixonados um pelo outro, fazendo juras de amor eterno. No entanto, estou percebendo que podemos ser mais do que somos agora.

Podemos ter planos de jantar, filmes e amizade. Sei que quero Westin na minha vida. Ele entende o estresse de ser médico. Não preciso de um amor selvagem, de parar o coração e de partir a alma. Preciso de estabilidade. Preciso de uma rocha que me ancore quando sentir que estou dispersando. Westin poderia ser isso. Talvez ele seja o cara que deveria me segurar quando estou caindo.

— Nunca fiz isso antes.

Westin me olha com a cabeça inclinada e toca meu rosto com o polegar.

— Você está me convidando para um encontro?

Dou de ombros, sorrio um pouco e abaixo o olhar.

— Acho que sim. — Olho para cima. — O que me diz?

Westin ergue a sobrancelha, abaixa a mão e se inclina para me dar um beijo carinhoso.

— Acho que devo dizer que aceito.

— Bom.

CORINNE MICHAELS

Ele sorri e me envolve com um braço.

— Bom.

Nós dois estamos aqui, exibindo uma demonstração pública de afeto no hospital pela primeira vez. No trabalho, sempre mantivemos uma relação muito profissional. Dou um passo para trás agora, sentindo um pouco de desconforto em tocá-lo abertamente. Tenho quase certeza de que todos os membros do hospital estão cientes da nossa relação, mas não significa que estou disposta a ser assunto para fofocas.

— Oi, Dr. Grant. — Uma enfermeira acena com as pontas dos dedos ao passar pela porta aberta onde estamos parados, e eu reviro os olhos. — Você está muito elegante hoje — acrescenta ela.

— Oi, Tammi. — Ele sorri.

Pare de olhar para ele, sua atrevida idiota.

Espere. Isso é… ciúmes?

Não. Não pode ser. Não sou ciumenta, ainda mais quando se trata do meu "rolo-quase-relacionamento".

— Nos vemos hoje à noite? —Westin segura o meu cotovelo.

Assinto, voltando à realidade.

— Sim.

— Tenho duas cirurgias hoje. Que horas acha que vai acabar?

— Com os testes da pesquisa começando, não tenho ideia. Não posso estragar tudo, entende?

Digo isso com cuidado, ciente de suas próprias experiências difíceis e com medo de cutucar uma ferida. Não sei como ele conseguiu se levantar e continuar depois de perder seis pacientes em sua pesquisa clínica no ano passado. Não tenho certeza se sobreviveria a esse tipo de golpe.

— Vai se sair bem, Ren. Você sempre se supera. Há um motivo para você ser a oncologista mais procurada aqui. — Ele afasta o meu cabelo para trás e sua voz soa baixa: — As pessoas olham para você e têm uma sensação de… tranquilidade. Dá isso a elas por causa do que está dentro do seu coração. Você as permite ver o quanto se importa, dá a elas esse conforto porque precisam disso tanto quanto você precisa dar.

Meu coração dispara e percebo que Jules estava certa. Westin é um partidão e não devo esquecer a fila de mulheres esperando por uma chance de ter algo com ele. Mas consigo dar mais quando sinto que já estou no limite? Sou capaz de arriscar no amor outra vez?

Tenho me escondido no meu passado por muito tempo, e está na hora de seguir em frente. Não queria mais me machucar assim de novo. Aprendi a ficar sozinha. Já se passaram tantos anos desde que permiti que alguém entrasse em meu coração.

Seria injusto com Wes se eu oferecesse mais e depois recuasse. Olhando para ele, porém, sei que se alguém vai tomar cuidado comigo, é ele. Westin tem estado presente e confio nele.

Toco seu braço e sorrio.

— Você é bom demais para mim, mas pelo menos eu sei disso. Estou... ansiosa pelo nosso jantar. Estou animada com...

O celular que uso somente aqui toca e agradeço a Deus pela interrupção. Estava prestes a dizer mais, muito mais do que provavelmente estou preparada para dizer. Levamos as coisas com calma e acho que é por isso que damos certo. Ele é paciente comigo e sou cuidadosa em não entregar meu coração. Dar um passo à frente com ele é empolgante, mas quero ter certeza de que não vou magoá-lo também.

— Dra. Adams. — Atendo o telefone.

— A paciente da pesquisa que deu entrada mais cedo está muito desconfortável e precisamos que nos informe qual medicação ela tem permissão para usar para controlar a dor.

— Estou indo.

Westin levanta a mão antes que eu possa dizer uma palavra.

— Vá. Nos vemos à noite.

Sigo pelo corredor e o chamo ao mesmo tempo em que continuo caminhando.

— Obrigada... por tudo.

— Devemos admiti-la como a paciente número um? — pergunta Martina.

— Ainda não. — Contenho o sorriso. — Vamos admiti-las da forma como organizamos. Por enquanto, basta colocá-la como uma paciente do teste da pesquisa, sem um número. — Está realmente acontecendo. — Mas vamos deixá-las prontas para sua estadia, já que amanhã começa a próxima etapa.

— Certo.

CORINNE MICHAELS

A fase 3 da pesquisa clínica vai começar hoje e minha primeira paciente com o ajuste de dosagem pode ser esta. Eu não deveria estar feliz, mas tem uma esperança dentro de mim que não consigo conter quando penso nas vidas que não precisam ser destruídas porque o câncer se infiltra em cada parte de quem essas mulheres são. O câncer é uma coisa que cresce, mata enquanto avança e, às vezes, continua depois que uma pessoa se vai, destruindo as pessoas que amavam enquanto tentam lidar com a morte dessa pessoa.

Examino o prontuário. Allison Brown tem 38 anos, é casada, não tem filhos e tem câncer de ovário em estágio II. No entanto, esta é a segunda vez que ela luta contra o câncer. Tem a mesma idade que eu, e a mesma idade que minha mãe tinha quando começou sua batalha. Meu primeiro caso não poderia ter sido um pouco menos parecido com a minha história?

Soltando uma respiração profunda, endireito as costas e sigo para o quarto dela.

Uma linda mulher com longo cabelo castanho e olhos verdes gentis me olha com um sorriso cansado.

— Oi, sou a Dra. Adams. — Eu me aproximo de sua cama e ela se mexe, tentando mascarar a dor em seu rosto.

— Eu sou Ali.

Seguro sua mão gelada entre as mãos.

— Vou providenciar um remédio para a sua dor, mas primeiro preciso avaliá-la e registrá-la na pesquisa clínica. Tudo bem?

Ela faz que sim com a cabeça.

— Está doendo muito hoje. Fiz meu último tratamento de quimioterapia há duas semanas e está demorando a passar os efeitos.

— Sinto muito. Vamos repassar seu histórico rapidamente e partiremos daí. — Seu prontuário diz que ela mora na Carolina do Norte, onde fiz faculdade antes de partir para Chicago para estudar medicina. *Outra coisa que está um pouco próximo demais para ser confortável.* — Seu formulário para o teste diz que era uma advogada de muito sucesso e está sendo considerada para um cargo de juíza?

— Até que o câncer me passeou uma rasteira. — Allison solta uma risada sarcástica. — Meu marido, Peyton, e eu tínhamos muitos planos até meu diagnóstico, há quatro anos.

— Vejo que esta é a sua segunda ocorrência?

— Sim, já venci o câncer de mama só para ter câncer de ovário. Sorte a minha, hein? Passei por tudo isso, com a esperança de ainda ter filhos, mas depois veio isso…

— Entendo. Conseguiu extrair seus óvulos antes desse tratamento?

Ela acena afirmativamente com a cabeça.

— Sim.

Ótimo. Um obstáculo a menos.

Seguro a mão dela na minha.

— Faremos tudo o que pudermos para vencê-lo outra vez.

Continuamos a repassar o formulário e percebo que essa mulher poderia ser eu em muitos aspectos. Ambas somos mulheres muito motivadas, com carreiras prósperas. Allison se casou jovem, mas concordaram em adiar os filhos até que estivessem estabelecidos em suas carreiras, e então o câncer voltou, tornando essa possibilidade ainda mais tênue.

— Peyton me deixava maluca, me fazendo esperar para ter filhos. Queria tanto um bebê. — Uma lágrima escorre por seu rosto. — Agora, porém, gostaria que não tivéssemos esperado. Poderia ter tido um filho, e então… então eu podia simplesmente lutar contra o câncer.

Aprendi que não existe palavras para censurar isso. Ela tem a realidade dela, e meu trabalho exige que eu entenda suas necessidades.

Ela enxuga as lágrimas e pigarreia.

Dou a ela um segundo para se recompor enquanto permaneço ali.

— Desculpa. — Ela tenta sorrir. — Alguns dias sou péssima para me controlar.

— Não se desculpe — eu a tranquilizo. — Você não precisa se segurar comigo. Lidaremos com isso, tá bom?

Gosto de Allison e rezo para que esta droga tenha o resultado que quero para ela. Não consigo explicar, mas sinto um vínculo instantâneo.

— Você não é o que eu imaginei.

— Ah, é? E o que esperava?

Quanto mais ela fala, menos seu desconforto transparece.

— Não sei, mas o seu perfil no site não tem fotos nem revela muito sobre você, apenas suas conquistas.

Sorrio com suas palavras.

— É projetado para ser profissional. Como mulher, muitas vezes acho que é difícil para as pessoas da área médica olharem meu currículo em vez de me julgar pela minha foto.

— Eu te entendo.

— Achei que talvez entenderia — respondo. — Tudo bem, tudo parece em ordem e vou pedir um medicamento para a dor.

— Obrigada, Dra. Adams.

— Não há de quê. Gostaria de rever as informações da pesquisa, se estiver tudo bem?

Ela concorda com a cabeça.

— Por favor.

Informo os detalhes e então chego à parte que odeio, mas não posso deixar de fora.

— Este estudo ainda está nas fases iniciais e há uma grande chance de que você ainda precise fazer uma histerectomia. O coquetel de quimioterapia pode não reduzir o tumor, e os outros possíveis efeitos colaterais podem restringir suas opções de tratamento. Você também pode acabar recebendo o placebo, o que garantiria que prosseguiríamos com uma histerectomia. Você entendeu?

Allison endireita os ombros e faz uma careta de dor.

— Preciso dizer isso, e como você é minha médica, deve-se manter o sigilo, certo?

— Claro, tudo o que dissermos fica entre nós.

— Nem mesmo para o meu marido?

Aquilo me faz ter uma breve pausa.

— Correto.

— Ótimo. Então, quero te entregar esta carta como meu direito legal de declarar quais são os meus desejos.

Pego o envelope que ela me entrega e abro, esperando uma ordem de não-reanimação, só que não é isso. É a recusa de histerectomia, assinada e autenticada.

— Allison...

— Não, quero deixar isso claro, Dra. Adams. Sei o que quero. Estou em sã consciência e entendo que, se recusar a histerectomia, morrerei. Não vou permitir que tirem tudo de mim. Prefiro morrer de câncer a saber que nunca poderei ter um filho. Embora isso possa parecer uma estupidez para você ou qualquer outra pessoa, este é o meu desejo.

Olho para o papel, sem entender como ela pode escolher esse caminho.

— Existem outras opções, barriga de aluguel, adoção... — Paro quando sua mão se levanta para me impedir de continuar.

— Fui adotada e, embora tivesse tido ótimos pais, havia uma parte de mim que se perguntava se… bem… Eu sei que é a única coisa que quero neste mundo, carregar um bebê. Sonhei em gerar um filho, um que fosse realmente ligado a mim. Encontrei um homem que me ama e esse sonho estava ao meu alcance. E então descobri que o câncer tiraria isso de mim. Congelei meus óvulos, esperando que, depois de superar o primeiro obstáculo, pudesse tentar, só para ir à clínica de fertilidade e descobrir que havia uma massa no meu ovário.

Eu me sento, sentindo a angústia em sua voz. Ela não chora, mas está claro que é algo em que ela não apenas pensou, mas também planejou.

— Eu realmente preciso aconselhá-la contra isso.

— Tenho certeza de que sim, e agradeço. Mas é o seguinte: se não posso ter meu próprio filho, não tenho uma vida pela qual valha a pena lutar. Já tentei, conversei com psicólogos, meu marido, pais e todas as outras pessoas, e sei, lá no fundo, que esta é minha última opção. Prefiro passar o resto da minha vida sabendo que tive a escolha roubada de mim não por uma cirurgia, mas por um câncer.

É isso que este teste deve dar às pessoas, outra opção. A ideia de que as mulheres têm que ir com o tudo ou nada me atormenta. Quis ter filhos no passado, mas tive que escolher não tê-los. Este teste é sobre dar algo às pessoas, e não tirar. Embora eu possa não concordar necessariamente com sua decisão, tenho que respeitá-la.

— E você entende que está assinando sua sentença de morte ao dizer isso? Se o tratamento não funcionar ou se receber o placebo?

— Sim, e quando escrevi essa carta, estava no escritório com um tabelião e meu advogado. Tudo está claramente estabelecido. Meu único pedido é que meu marido nunca saiba disso. Não quero que ele sofra por causa da minha escolha. Não consigo ouvi-lo implorar e suplicar quando sei que se eu fizesse a histerectomia, isso me mataria de outra forma.

Eu me sinto mal com isso, mas não posso negar. Como médica dela, não posso divulgar essa informação a ele e serei eu quem terei que encontrar outra maneira de ajudá-lo se o teste não funcionar.

— Espero que possamos encontrar uma saída nesse processo todo, sem que nenhum desses seja o resultado. Mas se o medicamento não funcionar da maneira que queremos, não haverá outra maneira de tratar o câncer.

Allison enxuga uma lágrima e tenta sorrir.

— Compreendo. Espero e rezo para que este tratamento funcione. Quando vi essa pesquisa clínica, eu juro, foi como se Deus tivesse respondido minhas orações. Acredito em você e neste teste. De verdade.

Estou prestes a dizer algo mais, porém a porta se abre. Nossas cabeças viram e meu coração para quando meus olhos se fixam nos olhos azuis que tentei apagar nos últimos quatorze anos. Tudo ao meu redor desaparece e tudo que posso fazer é me concentrar em uma coisa – nele.

Bryce Peyton está na minha frente. Seu olhar está repleto de choque e confusão e eu não consigo respirar. Meu peito está apertado e sinto meu sangue gelar. Anos se passaram, mas ele está exatamente como eu me lembro. Seu cabelo castanho-escuro está mais curto, mas seus olhos são os mesmos.

Seus lábios se entreabrem quando dá um passo para frente, mas dou dois passos para trás.

— É você mesmo? — pergunto, balançando a cabeça, descrente.

Não pode ser. Ele não mora aqui e não há razão para estar no meu hospital.

— Peyton? — A voz tensa na cama ao lado quebra o encanto. Puta merda. Allison Brown chamou o marido de Peyton, e então a ficha caiu.

Bryce é seu marido.

Seus olhos perderam a vida e vejo a parede subir, me excluindo. Ele olha para a esposa e sorri.

— Não consegui encontrar a médica — explica ele e vai até a cabeceira dela.

— Esta é a médica…

— Foi o que imaginei — Bryce responde em um tom cortante.

Ela sorri para mim e depois olha para ele.

— Este é meu marido Bryce, mas eu o chamo de Peyton. Ele parece ter esquecido os bons modos. Peyton, esta é a Dra. Adams, ela está conduzindo meu teste na pesquisa clínica.

Seria pouco profissional da minha parte não apertar sua mão, mas tocá-lo… se eu deixar minha mão tocar sua pele, acho que não vou conseguir me controlar. No entanto, ele resolve isso me encarando com puro nojo.

— Se pudesse dar a minha esposa algo para a dor, seria ótimo. Ela está esperando há quase uma hora. — Bryce segura a mão dela, os dedos ásperos envolvendo os da mulher delicada, com cuidado. Lembro-me da sensação de sua pele. Como ele poderia fazer você se sentir segura com apenas um toque. Cada calo em seus dedos percorria meu corpo, deixando arrepios em seu rastro.

Allison solta a mão dele e ele beija seus lábios. Sinto as lágrimas nos olhos, mas eu as reprimo. Eu me afastei dele. Desisti dele, portanto, não tenho por que ficar chateada.

VOCÊ ～ AMOU ～ DIA

— Dra. Adams, preciso assinar a documentação, já que estou cem por cento de acordo com tudo? — pergunta Allison.

Tudo isso é demais, ela me fez prometer que a deixaria morrer se o teste falhasse.

Olho para os papéis em minha mão e aceno, porque sou incapaz de dizer uma palavra agora que ele está aqui.

— Sim, claro, então posso passar o programa.

Meus pés se arrastam ao me aproximar dos dois, tentando parar de olhar para a aliança de ouro em seu dedo anelar.

Ela assina o documento e Bryce me observa enquanto minha mão treme, pegando o formulário de volta. Há uma rachadura em sua armadura quando um ar de tristeza passa por ele antes de fechar os olhos com força, e quando os reabre, desapareceu.

— Vocês dois se conhecem? — pergunta ela, quando nós dois observavamos um ao outro.

Limpo a garganta, tentando engolir o nó alojado, depois balanço a cabeça. Não sei como dizer a essa mulher que passei metade da minha vida o amando e que ele destruiu todo o meu mundo. No entanto, não estou entendendo como ela não conseguiu perceber. Se eles são casados, tenho certeza de que sabem dos relacionamentos passados.

— Não — ele responde, antes de mim.

Está certo, acho que não.

— Mas ela perguntou… — Allison tenta falar, mas ele continua antes que ela possa terminar.

— Não sei. Já nos encontramos antes? Você se formou na faculdade de medicina da Duke? Talvez tenhamos estudado na mesma escola?

Allison olha para mim. Não me formei em medicina em Duke, e ele sabe disso, mas estudei lá. Ainda assim, algo me diz para não mencionar nada.

— Eu me formei na Northwestern.

Ele balança a cabeça.

— Então não tenho ideia de onde nossos caminhos poderiam ter se cruzado.

Sério? Sério? Não faz nem ideia? Posso pensar em um milhão delas.

Como ele pode agir como se eu nunca tivesse existido? Nós nos amávamos no passado. Planejamos uma vida inteira juntos. Eu seria cirurgiã e ele seria arquiteto, teríamos dois filhos, viveríamos na Geórgia, onde o tempo era quente e eu poderia fazer grandes coisas em Atlanta. Tudo na vida que planejamos foi perfeito. Ele era perfeito e juntos éramos invencíveis. Ou era o que eu pensava.

Tento controlar o assombro, mas inclino a cabeça para trás um pouco depressa demais. Nunca esperei um grande reencontro, mas esperava que, se nos víssemos novamente, não seria assim. O aperto no meu peito, a sensação horrorosa por dentro e a descrença que sinto são esmagadoras.

Pela primeira vez em muito tempo, sinto que vou desabar e chorar.

Preciso sair daqui.

— Vou preparar sua receita — digo, rapidamente. Não posso ficar perto dele e manter a compostura. — A enfermeira voltará em breve com a medicação.

— Tem certeza? — pergunta ela, olhando para nós dois com curiosidade antes de se virar para Bryce. — Você está agindo de forma estranha e muito rude.

Bryce afasta o cabelo dela e pressiona os lábios em sua testa.

— Não, querida. Não a conheço. Ela se parece com alguém que conheci na faculdade, mas que morreu há cerca de quatorze anos. Não pode ser a mesma pessoa.

Ele tinha que saber. Devia ter ouvido meu nome e saber que iria me ver.

Allison toca seu braço.

— Ah, isso é muito triste.

Bryce olha para mim.

— Sim, é, mas foi há muito tempo e eu tinha me esquecido completamente dela.

E assim, meu coração se despedaça.

Inclino a cabeça contra a parede e minha vida inteira chega a um impasse. Bryce está aqui, sua esposa foi aceita em minha pesquisa e, aparentemente, ela deseja morrer, se não funcionar.

Não sei como vou suportar ver a ela, e a *ele* – todos os dias.

— Tudo bem? — pergunta Martina. — Tá com cara de quem viu um fantasma...

— Acho que vi — respondo, rápido.

— O quê?

Balanço a cabeça.

— Por favor, leve à Sra. Brown seu analgésico. Já prescrevi o remédio no prontuário. Volto daqui a pouco.

Sem outra palavra, disparo pelo corredor, passo pela sala de descanso e vou para o banheiro. Tranco a porta, o clique alto ecoando pelo pequeno espaço enquanto me sento no chão.

Não podia ser verdade. É apenas um pesadelo horrível, porque eu não poderia ter esse tipo de sorte. Merda, por que isso está acontecendo comigo? Ele é casado e eu sou a médica de sua esposa.

Minha nossa, ele é casado e está bem claro que seguiu com a sua vida. Claro que sim. Um soluço escapa da garganta enquanto as lágrimas que tenho segurado borram a minha visão.

Minha cabeça cai sobre os joelhos e ponho tudo para fora. Poderia ter sido eu, mas escolhi ir embora e ele seguiu em frente. Deveria ter sido assim comigo também. Em vez disso, estou presa e parada no tempo. Aquela era a vida que eu queria.

É claro que eles se amam e, logicamente, foi burrice minha acreditar que ele era como eu – que sentia falta do que tínhamos. Nunca pensei que ele fosse fingir que eu nunca existi. Que morri. Que não me conhecia. Houve um tempo em *que éramos tudo*. Meu Deus, como fui idiota.

Eu me endireito, olho para o teto e limpo o rosto. Bem feito! Quem mandou ter emoções. Era para eu ser forte, e aqui estou, chorando como uma tola apaixonada.

O que as pessoas de quase 24 anos sabem sobre o "para sempre", afinal?

Nada.

Então penso em Allison e como ela veio me pedir a ajuda que não sei se posso dar agora.

Eticamente, não tenho certeza se posso ou devo tratá-la. Não. Não vou tratá-la. Não posso trabalhar com a esposa do meu ex. Se ela morrer, todos pensarão que fiz tudo o que podia? Posso realmente ajudar a mulher que está segurando a mão do homem a quem um dia amei? O homem em quem continuo pensando? Que claramente não pensa em mim? As perguntas giram feito uma nuvem em espiral, deixando nada além de destruição. Como posso fazer isso?

Não dá. Essa é a realidade.

Não posso ser objetiva e nem mentir para Allison a respeito da natureza de meu relacionamento com seu marido, o que significa que tratá-la é um conflito. As regras são claras e não vou arriscar estragar esta pesquisa. Não posso conhecer nenhum dos pacientes ou suas famílias. É um grande desastre.

Lá se vai o meu dia incrível.

Preciso terminar de verificar os pacientes da pesquisa, então encontrarei uma maneira de encaminhá-la para outro médico. Embora saiba que essa é a coisa certa a fazer, eu me sinto péssima sabendo que significa que ela não fará nenhum tratamento que outro médico possa sugerir.

Como posso virar as costas para ela quando sei da situação? Sei o que vai acontecer com ela.

— Serenity? — A voz de Martina soa baixa depois de ela bater.

Merda. Eu me levanto e jogo um pouco de água no rosto, na esperança de atenuar a vermelhidão.

— Estou saindo — grito para ela.

— Ren, o que está acontecendo? Você está bem? — continua Martina, mesmo com uma porta de aço grossa entre nós.

— Estou bem.

— Ah, tá. Destranque a porta.

Faço o que ela pede e seu rosto me diz que ela não está acreditando. Martina entra no banheiro comigo e cruza os braços.

— Desembucha, garota. Eu te conheço tão bem que sei quando algo está acontecendo.

Se eu contar, posso colocar tudo em risco, e não vou fazer isso de jeito nenhum. Por enquanto, preciso manter isso só para mim e descobrir o que vou fazer.

— Estou sobrecarregada.

Suas sobrancelhas levantam.

— É por isso que se trancou no banheiro? Por que não ir para a sala de descanso, que é onde você costuma se esconder quando precisa?

— Não quero ver Westin — respondo, sincera. Ele é a última pessoa que quero ver agora.

O que isso tudo diz do *timing*? Finalmente começo a dar ao meu coração uma pequena chance de cura, e a causa de sua destruição reaparece. Tudo bem, universo… Estou ouvindo. Nada de amor para mim.

Martina me observa de perto, mas parece acreditar.

— O que te fez dizer que viu um fantasma?

Merda.

— Aquela paciente me lembrou da minha mãe.

O que podia ser verdade.

— Oh, Ren. — Os braços de Martina me envolvem. Ela me puxa para perto e a decepção me inunda. Tenho duas amigas de verdade nesta cidade e acabei de mentir para uma delas.

Eu me odeio por isso. Eu o amava e as mentiras que disse a mim mesma quando terminamos foram para o bem de todos. Bryce queria coisas de mim que eu não podia dar a ele. Éramos tão envolvidos e firmes na faculdade que nada era capaz de nos segurar. Até eu entrar na faculdade de medicina.

Então, o que pensei ser indestrutível desmoronou em semanas.

Vê-lo trouxe tudo de volta.

Ele era o único brilho em minha vida e então houve um eclipse e eu me escondi, jurando nunca permitir ser machucada de novo.

Agora ele está aqui e tudo o que enterrei está de volta à superfície. Assim que tirar Allison dos testes da pesquisa e encontrar uma maneira de convencê-la a fazer a coisa certa, ele irá embora, daí posso voltar para minha vida.

Eu me afasto, não querendo o conforto de Martina quando não mereço.

— Preciso cuidar de algo, tá bom?

— Claro. Me avisa se precisar de ajuda. Só para que saiba, mais duas pacientes da pesquisa deram entrada.

Vou lidar com o problema "Bryce e Allison" mais tarde. É meu trabalho ser médica e tratar os outros que me procuram. Meus problemas não são importantes em comparação, então farei o que de melhor faço – deixarei tudo de lado.

— Estou indo.

Ela sai e eu me olho no espelho. Respiro fundo, lembrando-me da pessoa que sou agora.

— Você não é a mesma garota que era. Você é médica, amiga e uma mulher forte. Nenhum homem pode fazer você se sentir mal-amada e indigna. Você consegue.

Já se passaram muitos anos desde que tive que pronunciar essas palavras em voz alta, mas preciso delas hoje.

Vou para o quarto da segunda participante dos testes e rezo para evitar ver Bryce. A sorte nunca foi minha amiga, no entanto. Quando coloco a mão na porta do quarto da minha próxima paciente, ele sai do quarto de Allison. Nossos olhares se encontram e vejo o conflito em seus olhos azuis.

Minha pulsação acelera ao vê-lo, mas lembro que ele não é meu, e ele não me conhece mais. Acho que ele estava certo, aquela garota morreu quatorze anos atrás quando ele a deixou partir com tanta facilidade.

Viro a cabeça e entro no quarto para fazer o que nasci para ser.

Depois que as pacientes restantes são registradas e recebem as instruções para amanhã, vou para a sala de descanso me sentar e mapear anotações. Há uma paciente que preciso liberar, devido aos exames estarem fora dos limites da pesquisa.

Entro em seu quarto e ela olha com esperança em seus olhos.

— Dra. Adams? Oi, estou muito animada com este teste e…

— Lindsay, recebi seus exames e tenho algumas preocupações — informo o mais delicadamente possível.

— Qual é o problema?

Eu me aproximo, na esperança de aliviar sua tensão, mas não há nada que vá confortá-la. Dizer a ela que o tumor voltou a cresceu, e que a quimioterapia não vai ajudar, é um golpe devastador.

Minhas emoções estão desligadas. Não sou Serenity Adams, filha, irmã, amiga e, de certo modo, namorada. Eu sou a Dra. Adams, cirurgiã de renome mundial e assassina do câncer. Não tenho sentimentos, apenas fatos.

— Os exames mostram que não tenho como salvar os ovários, mesmo com esse tratamento. O tumor cresceu e devo marcar uma cirurgia imediatamente. Se eu encontrar o que acredito que vi, você não será mais elegível para a pesquisa. Vou precisar fazer uma histerectomia completa. Sinto muito mesmo.

Alguns médicos seguem dizendo mais, mas não adianta. A maioria das pessoas ouve só a primeira frase, então tento dizer o que há de ruim de uma vez.

A esperança que estava nos olhos de Lindsay desaparece e é substituída por lágrimas. Elas caem conforme as palavras que falei começam a ser absorvidas.

— É isso? Não tenho chance? Meu útero também? Este é o fim para mim, não é?

— Não é o fim. Ainda farei tudo o que puder para lutar contra o câncer, mas é bem provável que o exame não tenha mostrado a imagem completa, então tenho que ver cirurgicamente para determinar e apresentar o melhor curso de ação.

Vou lutar até o fim com ela.

— Não posso pagar…

— Ei — eu a interrompo. — Você é minha paciente e há muitas coisas que podemos investigar. Não quero que se preocupe com isso. Minha enfermeira Martina é muito boa em conseguir ajuda financeira para as pacientes.

— Não sei como fazer isso — admite ela, com lágrimas nos olhos. — Como posso dizer isso ao meu noivo… que não serei mais uma mulher completa? Que não posso gerar nossos filhos?

Não posso me esquecer de ajudá-la a encontrar um grupo de apoio e aconselhamento, bem como ajuda financeira, se for o caso. Lindsay tem 26 anos e é possível que faça uma histerectomia completa se eu descobrir o que acredito que encontrarei. Não consigo imaginar ter que fazer essa escolha na idade dela.

CORINNE MICHAELS

— Acredite em mim, não é o que quero fazer, então se eu te abrir e for o que acho que pode ser, o que vi na tomografia, farei o que for necessário. Teremos nossa equipe reprodutiva lá para o caso de haver algum óvulo que possa ser congelado, e então você poderia pelo menos ter uma barriga de aluguel, mas quero que esteja preparada para quaisquer que sejam as possibilidades.

A maioria das minhas pacientes já teve óvulos congelados, mas Lindsay não era uma deles. Ela não tinha como pagar, mas vou ter que fazer mesmo assim, não será considerado um procedimento eletivo. Se eu puder conseguir alguma coisa por ela, eu o farei.

— As possibilidades acabaram — comenta ela, olhando pela janela. — Eu não ligo. Pode tirar tudo.

Dou mais um passo, coloco a mão em seu ombro e vejo seu lábio estremecer.

— Vou fazer o que puder, okay?

Ela concorda com a cabeça.

— Por que não liga para seu noivo e sua família? Vou te agendar para amanhã de manhã e dar um pouco de tempo para você conversar com todos.

Uma lágrima escorre por sua bochecha e meu coração se parte por ela.

— Eu tinha esperanças…

— Eu sei. Também tinha.

De todas as pacientes que conheci hoje, Lindsay foi a que eu mais gostaria de poder ajudar. Ela é jovem e achei que seu caso seria muito promissor. A maioria das minhas pacientes tem entre trinta e quarenta e poucos anos, é casada e algumas já têm filhos, mas Lindsay não. Esse teste poderia ter dado a ela a vida que ela imaginou.

Lindsay não olha para mim. Ela olha pela janela com lágrimas escorrendo pelo rosto. Dou um tapinha em seu braço e saio silenciosamente.

Sentir-se impotente é uma merda.

Sigo para a enfermaria e luto contra a minha própria onda de emoções. O dia de hoje me esgotou de muitas maneiras, mas ver a dor e a devastação nos olhos de Lindsay foi a cereja do bolo. Como esse trabalho pode ser tão gratificante e totalmente doloroso ao mesmo tempo? Quando está bom, é ótimo, mas quando você tem que lidar com as partes feias… é pesado demais.

— Programe Lindsay Dunphy para uma cirurgia exploratória e possível histerectomia amanhã às oito, por favor — informo à enfermeira-cirúrgica na mesa. — Verifique para que a equipe reprodutiva também esteja disponível. Além disso, ela deve ser removida dos testes da pesquisa clínica.

Meu telefone apita com uma mensagem.

> **Ainda iremos jantar?**

Merda. Confiro as horas e a fome me atinge em cheio. Nem percebi que já passava das oito e não comi nada o dia todo. A última coisa que quero fazer é ver Westin esta noite. Sequer considerei como será vê-lo. Nunca menti para ele, e não é algo que estou ansiosa para fazer agora, se ele perguntar das minhas pacientes. Não estou preparada para falar com ele a respeito de tudo o que isso significa.

Ficar cara a cara com Bryce trouxe à tona tudo do meu passado, e me preocupo em não conseguir fazer isso. Por outro lado, como é que vou cancelar o jantar com Westin… e tudo o que sugere esse encontro… se foi ideia minha?

Minha vida é uma merda.

Westin arriscou o pescoço por mim e devo muito a ele. Vou ter que encontrar uma maneira de colocar meus problemas de lado.

> **Estou saindo em alguns minutos. Sua casa?**

> **Já pedi pizza.**

> **Ótimo. Estou morrendo de fome e hoje foi estressante.**

Espero que ele perceba o aviso e compreenda se eu não for a mesma.

Em vários sentidos, hoje foi horrível. E ainda não acabou. Tenho mais um golpe de más notícias para dar. Desistir de Allison é errado e preciso lidar com isso agora. Meu peito aperta porque não é clinicamente necessário, mas é mental e – pelo menos na minha cabeça – eticamente necessário. Tratá-la, mentir para ela e saber que talvez eu não seja capaz de ser objetiva, nunca vai dar certo.

Não existe uma maneira fácil de fazer isso. Vou ter que olhar nos olhos dela e dizer que não posso tratá-la, e deixar seu *marido explicar* o porquê.

Coloco o arquivo de Lindsay de lado e começo a andar em direção ao quarto de Allison com os pés pesados. O pavor me invade a cada passo que dou e me pergunto se posso mesmo tirá-la dos testes. Posso entrar lá e admitir que sou muito fraca para fazer a coisa certa e contar a ela a verdade a respeito do meu relacionamento com seu marido? Será que vai entender que o que ela pediu de mim é impossível agora? Sei, no fundo da alma, que é a coisa certa, mas então por que parece errado? Paro de andar, pressiono as costas contra a parede e respiro.

Droga. Controle-se, Serenity. Você têm que fazer isso. Não tem escolha, porque sabe que vai estragar tudo que construiu. É um conflito que a manterá fraca e incapaz de dar a ela os cuidados de que precisa.

Sou fraca quando se trata dele, no entanto.

Sempre fui.

Sempre serei.

Existe um limite e não posso ultrapassá-lo. Fiz a escolha de deixá-lo anos atrás, e preciso fazer de novo.

Empurrando-me da parede com a determinação de acabar com isso, reúno todas as minhas forças para dizer as palavras. Quando viro o corredor, fico cara a cara com Bryce, e todos os meus planos desaparecem.

Suspiro com a mão sobre o coração acelerado. Os anos e a distância não fizeram nada para deter a dor que vê-lo causa. Tê-lo aqui agora trouxe isso à tona. Olhar em seus olhos azuis desperta coisas dentro de mim que nunca pensei que voltaria a sentir.

Minha vida tem sido estável desde que deixei a Universidade de Duke. Tive que fazer uma escolha naquele dia, e decidi voltar para casa e para minha mãe, e frequentar a faculdade de medicina mais próxima de casa. Quando fiz isso, foi o fim da minha história de amor com Bryce.

Claro, tentamos por alguns meses, mas a ausência não fez nosso coração se apaixonar ainda mais. Encerrei o nosso capítulo e quando mais precisei dele, ele não estava por perto.

Agora aqui estamos nós, com as páginas viradas, e estou revivendo tudo de novo.

— Bryce — respiro seu nome e tento controlar a pulsação.

— Garotinha — sua voz profunda praticamente cantarola meu nome.

Aquele nome. Ninguém me chamou de "garotinha" desde ele. Ninguém sabe desse nome idiota. Ouvindo sua voz acariciar o apelido, meu peito aperta e sinto vontade de gritar.

Em vez de fazer isso, vou direto ao que importa… conseguir respostas.

— O que está fazendo aqui?

— Allison… — Ele faz uma pausa.

— Não me refiro no hospital, quero dizer, parado aqui agora — esclareço. — Achei que estaria com sua esposa.

Estou tremendo por dentro, mas usando cada grama de controle para manter a aparência externa firme. Como posso olhar para este homem depois de quatorze anos e ainda sentir vontade de chorar? Como ele pode me deixar de joelhos com um único olhar? Não, não deveria ser assim. Sou a porcaria de uma médica que enfrentou adversidades incríveis com graça e equilíbrio, mas Bryce Peyton é o eixo que pode destruir tudo.

Ele esfrega a nuca.

— Vim procurar por você.

— Por quê?

Ele coça o pescoço e desvia o olhar.

— Por que acha, Serenity? Já se passaram quase quinze anos, e agora vejo você de novo, do nada? Pensei que talvez devêssemos conversar antes que tudo dê errado.

Não, estou aqui desde o dia que parti, então foi ele que apareceu do nada. O que não faz sentido. Por que pensaria que isso era uma boa ideia?

— Por 'dar tudo errado', você quer dizer o fato de ter mentido que não nos conhecemos?

Bryce ergue a cabeça e dá um suspiro profundo.

— Não sabia o que dizer.

Eu bufo.

— Então, seu primeiro instinto foi mentir?

— Não é como se eu achasse que algum dia veria *você* como a médica dela. Portanto, sim, eu menti.

Bem, essa é uma ótima maneira de se agir em um casamento. Não que Allison esteja fazendo algo melhor. Ainda assim, não faz sentido, essa teia de mentiras. Por que não contar a ela e então todos nós poderíamos nos entender? Ela nunca iria querer que eu a tratasse e eu não teria que fazer isso.

— Como é possível que você não soubesse que eu seria a médica dela? Você está no meu hospital, na minha pesquisa clínica, tinha que juntar as peças. Não conheço nenhuma outra Serenity Adams, você conhece?

Ele parece sem-graça.

— Nunca soube o nome do médico quando ela mencionou este teste. Allison consultou incontáveis médicos e me contou de todos os testes do planeta. Há tantos detalhes envolvidos nessas coisas, e os nomes dos médicos geralmente não são pertinentes. Aprendi a deixá-la no controle de tudo e a não fazer perguntas. Quando ela me disse que foi aceita nesta pesquisa, eu vim com ela sem hesitar.

Fecho os olhos ao mesmo tempo em que balanço a cabeça.

— Como *ela* não sabe? Não estou entendendo é nada.

Ele espera e eu, por fim, me obrigo a olhar para ele novamente.

— Ela não sabe da sua existência.

Dor, mais uma vez, me apunhala. Queria acreditar que havia significado mais para ele. Bryce me pediu em casamento, me amou, estava disposto a arriscar tudo para fazer as coisas funcionarem, e então eu o deixei.

— Muito bem.

Minha mente gira, sabendo que essa situação não vai dar certo. Não é bom para ninguém envolvido, e se ela nem sabe que ele e eu estivemos noivos no passado, não tenho como fingir. Não é justo com ela. Ela merece um médico que estará cem por cento comprometido com seus cuidados, e manter segredos pode atrapalhá-la. É um conflito, mesmo que aos olhos de uma comissão de ética não haja transgressão. Aos meus olhos, é.

Seu olhar encontra o meu e vejo a raiva fervilhando.

— Não me julgue. Fiz o que foi preciso para sobreviver quando você me deixou.

— Não foi bem assim…

— Foi exatamente assim, Garotinha. Pedi que não fosse, e você se foi. Então você se mudou.

Ele age como se eu quisesse ter ido embora. Como se deixar o homem de quem estava noiva fosse um objetivo. Não foi. Minha mãe estava doente e eu precisava estar aqui para cuidar da minha família. Ele escolheu ir para a pós-graduação.

— Você não pode realmente acreditar que foi o único destruído. Não tem ideia de como foi difícil para mim.

Ele levanta a mão.

— Não posso fazer isso com você agora. Precisava falar contigo antes que visse Ali de novo. Ela tem feito muitas perguntas e precisamos esclarecer as coisas.

Bryce dá um passo mais perto e sinto o cheiro de seu perfume, instantaneamente me transportando de volta no tempo. Ele é o mesmo em muitos sentidos, mas as coisas também são diferentes. Sua voz ainda soa a mesma, eu já repassei isso centenas de vezes na cabeça, mas seu cabelo tem alguns fios grisalhos que, definitivamente, não existiam quando éramos mais jovens. Gostaria de poder dizer que o faz parecer menos atraente, mas não é o caso.

Mais uma razão pela qual não posso fazer isso. Não consigo nem olhar para ele sem meu estômago embrulhar e meu coração parecer que vai voar para fora do peito.

— Pretendo ser bem clara, porque não vou fazer isso… Q-quero dizer… — gaguejo e depois paro um momento para me recompor. — Não posso tratar Allison. Sinto muito, mas preciso liberá-la da pesquisa clínica hoje. Tem outro médico que ela pode consultar, mas, eu, conduzindo seu tratamento, não é uma boa ideia.

— Por quê? — ele praticamente grita.

— Porque é um conflito de interesses. As regras são muito claras: em um teste de pesquisa clínica, não posso tratar ninguém que conheço, Bryce.

— Você não a conhece.

Tudo bem, está certo, mas isso é questão de semântica.

— Não posso ser médica dela e fingir que nem te conheço. Esta pesquisa é muito importante para mim e não conseguirei ser objetiva, o que torna perigoso para ela também.

— Ela não fez nada de errado!

— Não, ela não fez, mas não me sinto confortável. Não posso administrar a medicação dela em um ensaio clínico quando estive romanticamente envolvida com seu marido.

Começo a me afastar, mas ele agarra meu braço. Cada músculo do meu corpo trava com a sensação de sua pele contra a minha. As memórias me assaltam todas de uma vez; o amor, o ódio, a reconciliação e, por último, o desapego. Minha respiração vem em curtas expirações enquanto uso toda a minha força para me impedir de desabar no chão.

— Serenity, não faça isso. — O som áspero de sua voz chama meu coração. — Por favor, não… estou pedindo que pense nisso por um segundo.

— Por favor, me solta. — Mantenho os olhos fechados, ainda de costas para ele.

Sua mão me larga, e eu me viro, vendo-o andar de um lado ao outro.

— Foi um choque ver você. Só isso. Estávamos há um século distantes e isso não é sobre nós, é a respeito dela. Ela não merece ser expulsa deste teste, quando ela só fala nisso há semanas. Não importa que tenhamos nos conhecido antes, nós não nos conhecemos agora.

— Não posso mentir para ela. Não posso dizer a ela que nunca te conheci quando está mais longe da verdade. E não importa se nos conhecemos ou conhecíamos, não é permitido

Seus olhos se tornam suplicantes.

— Você é a única chance dela. Compreende isso? Ela desistiu de tudo e negou a histerectomia que provavelmente deveria ter feito, por causa disso. Você vai penalizá-la porque a gente pensou que se amava no passado?

Respiro fundo e balanço a cabeça. Não achei que o amava, tinha certeza. O fato de ele admitir que não me amou me magoa. E conhecer as intenções de Allison, saber mais do que ele, é demais. Existem alguns fardos que não sou forte suficiente para carregar. Ainda assim, não posso quebrar a confiança dela e dizer isso a ele. Tenho que ficar com o fato de que é sobre nós. Posso ser a malvada.

— Não é uma boa ideia. Lamento que esteja chateado, mas existem regras por um motivo.

— Você é médica. É o seu trabalho. — Os dedos de Bryce envolvem meu pulso, me impedindo de ir embora, e eu não consigo respirar. — E você me deve isso.

Solto-me de seu agarre, rompendo o contato.

— Devo a você? O que eu devo a você? — Ele me deixa com raiva, triste, feliz e destruída ao mesmo tempo.

Bryce se aproxima, me forçando a dar um passo para trás, mas me choco contra a parede. Ele desvia o olhar e esfrega o rosto, exasperado.

— Dever é a palavra errada. Acho que quero dizer que isso é muito difícil. Ver você e Ali no mesmo quarto me deixou confuso, e sinto muito. Olha, tudo que estou pedindo é que pense no que isso vai fazer com ela.

Essa é a questão, é ruim para ela, também. E se ela descobrir a nosso respeito? Não que tenha havido algo recente, mas não éramos só um caso qualquer.

— Como é possível que ela não saiba nada sobre nós?

Ele solta um suspiro profundo.

— Quando você foi embora, perdi a cabeça. Eu estava uma bagunça, não falava com ninguém e fui para Houston, onde ninguém nos conhecia ou sabia sobre nós. Minha família seguiu meu exemplo e... Não sei, o assunto nunca surgiu. Não queria que isso acontecesse. Eu te amei com todo o coração e você o despedaçou.

— Sinto muito, Bryce. Gostaria de poder ajudá-lo, mas não posso colocar em risco a minha pesquisa. Há outras pessoas em quem pensar neste teste. Não seria justo.

Vejo a derrota em seus olhos.

— Você tem razão. Achei que você, entre todas as pessoas, entenderia o que é ver alguém que ama precisar de ajuda. Estou pedindo a você... — Seus olhos se enchem de lágrimas não derramadas. — Estou pedindo para não puni-la. Estou implorando que pelo menos pense nisso. Não precisamos contar a ela, porque isso é passado. Estamos no passado e ambos seguimos em frente. Por favor, Ren, por favor, não faça isso.

O nosso amor era do tipo que as pessoas descrevem em canções. Éramos a história de amor que os escritores escrevem. Duas pessoas se encontrando da maneira mais simples, apaixonando-se e depois dilaceradas pela tragédia.

Tivemos o início, o clímax e depois a queda, mas, ao contrário da ficção, nunca tivemos uma segunda chance.

Fui embora como eu disse que faria e Bryce não me seguiu.

Ele se afasta mais e tudo dentro de mim está em conflito.

— Não posso...

— Por favor, apenas pense nisso esta noite — diz Bryce, desaparecendo no final do corredor, me deixando atordoada.

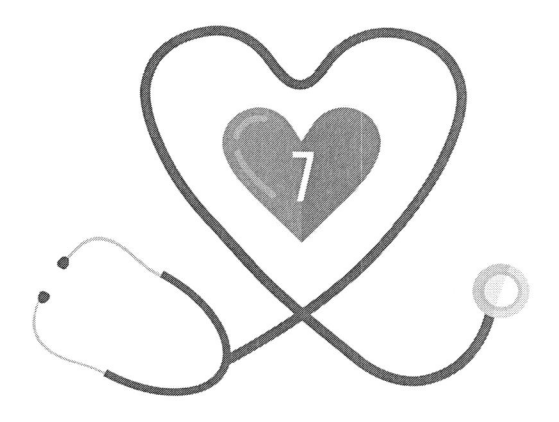

Dezessete anos antes...

— Oi — uma voz profunda ressoa atrás de mim. Ergo a mão para dispensar o idiota que só vai estragar minha alegria. — Só pensei que deveríamos nos conhecer.

Nego com a cabeça, desinteressada em tudo o que ele está oferecendo.

— Não, obrigada.

— Bem, considerando que você vai ser minha esposa... Provavelmente seria melhor tirarmos as formalidades do caminho.

Eu me viro, boquiaberta.

— Oi?

— Você me ouviu — diz o estranho.

— Desculpe, mas quem é você? — pergunto, olhando para ele. A primeira coisa que chama minha atenção são os olhos. De um tom azul-claro com espirais verdes, mas mais do que isso, ele olha para mim como se conhecesse todos os meus segredos.

Nós nos encaramos por um momento, absorvendo cada detalhe um ao outro.

Minha melhor amiga, Laura, começa a rir.

Nenhum de nós fala, mas nunca me senti tão em sintonia com alguém.

— Eu disse que vou me casar com você um dia. — Ele dá de ombros como se fosse algo que se diz todo dia. — Achei que deveríamos nos conhecer antes do casamento.

Sorrio e tomo um gole da minha cerveja.

— Tem certeza disso, hein?

— Bem, tenho certeza de que nunca vi ninguém tão bonita quanto você antes. — Seu sorriso aumenta, e o meu também.

— Cruzes. — Laura começa a rir. Ela pega sua bebida, bebe e depois se levanta. — Você deveria se sentar. Tenho a sensação de que estão apenas começando. — Ela dá um tapinha nas costas dele e vai para a pista de dança.

— Bem, já que, aparentemente, vamos nos casar, talvez você queira me dizer seu nome? — pergunto.

— Bryce Peyton. É um prazer conhecer você... — Ele para. Pela primeira vez, tenho o pequeno vislumbre de um sotaque, mas não é proeminente, a menos que esteja prestando atenção.

— Serenity Adams.

— É um nome lindo.

Dou de ombros. A verdade é que odeio meu nome. Meus pais disseram que, no minuto em que minha mãe me segurou, ela teve uma sensação avassaladora de serenidade. Ela também poderia ter fumado maconha durante toda a gravidez, mas nunca entendi o que ela quis dizer até agora. No minuto em que Bryce se sentou, senti uma sensação de calma tomar conta de mim. Foi como se minha vida, de repente, se encaixasse no lugar. Duas metades formando um todo. Ele me completa e eu nem o conheço.

— Então, Bryce Peyton, meu futuro marido... o que está fazendo aqui? — Tento bancar a indiferente, mas não consigo parar de olhar para ele. Seu cabelo castanho cai de leve sobre seus olhos e, sem permissão, meus dedos se levantam e o afastam de lado. Puxo a mão para trás, envergonhada, mas Bryce segura a minha mão na dele. — Desculpa — digo, me sentindo estranha.

— Não precisa pedir desculpas. — Ele aperta a minha mão. — Sério.

— Será que existe alguma razão válida para começar nosso casamento predestinado com uma mentira? — respondo de brincadeira.

— Meu colega de quarto precisava estudar ou, mais precisamente, dormir com a namorada, então decidi dar uma volta. Ao passar por este bar, senti a necessidade de entrar e dar uma olhada. Então, eu vi você. E sei que não faz sentido, mas eu precisava falar com você.

— E aqui está você...

— Aqui estamos nós.

Meu coração dispara quando ele diz "nós".

— Sim, nós estamos. — Sorrio. — Deixe-me fazer algumas perguntas. — Entro no jogo.

— Manda bala.

CORINNE MICHAELS

— Seremos felizes em nosso casamento?

Bryce pega minha cerveja, bebe um pouco e a coloca de volta na minha frente.

— Creio que sim. Você sabe dividir e eu sou um homem generoso.

— Hmm — eu digo. — Você, aleatoriamente, propõe casamento a garotas em bares?

— Nunca.

É bom saber, penso comigo mesma.

— E qual é a sua especialização?

— Arquitetura.

— Interessante. — Toco o meu queixo. — Presumo que construiu muitos Legos?

Ele ri e eu gostaria de não ter gostado tanto do som disso.

— Me pegou. E você, futura esposa, quais são seus objetivos de carreira, além de me fazer delirantemente feliz?

Ele é bom. Reconheço. Eu me inclino para trás na cadeira, trazendo a cerveja comigo, e observo o jeito como ele me analisa. O olhar de Bryce é intenso, mas há ternura nele. Não sei se já tive esse tipo de reação a um homem antes.

Já fui paquerada várias vezes no bar, mas nunca quis mais do que uma bebida de graça. Só a ideia de ele se levantar e ir embora me dá vontade de pedir a ele para ficar. No entanto, prometi a mim mesma que não haveria nada de namorado ou algo parecido antes de me formar. Nem pensar em estragar minhas chances na faculdade de medicina.

No entanto, aqui estou eu, imaginando como seria voltar a vê-lo. Estou claramente maluca se a jogada dele estiver funcionando.

— Estou terminando minha licenciatura, mas depois irei para a faculdade de medicina.

— Uau, uma médica. Em que ano está?

— Terceiro ano — grito por cima da música. — Eu deveria estar no último, mas parei por um ano.

— Bem, só outra coisa que temos em comum.

Ergo a sobrancelha. Poucos jovens que conheço com ambições como a minha param por um ano, mas minha mãe estava lutando contra o câncer e eu queria estar com ela para ajudar. Assim que ela saiu do tratamento, mergulhei de cabeça na faculdade.

— Tirou um ano sabático? — pergunto.

Bryce sorri.

— Sim. Senti que precisava de mais um ano para descobrir meus objetivos. Além disso, é muito estudo, né?

Tomo um gole da bebida.

— Com certeza é, mas depois piora. Sabe, isso significa que você terá que aceitar que meu trabalho é exigente. Acha que consegue lidar com isso e ainda me amar eternamente?

Estou me divertindo muito. É um pouco louco, mas tenho certeza de que posso assustá-lo com este argumento.

Bryce se inclina para frente, seus dedos se entrelaçam aos meus, e sua voz profunda está cheia de promessas.

— Acho que teremos que nos casar e descobrir.

Se isso for possível, acabei de me apaixonar por ele. Deveria parar com o álcool, mas passamos a próxima hora conversando e, no final da noite, eu sei, sem sombra de dúvida, que este é o homem com quem sou predestinada a me casar.

CORINNE MICHAELS

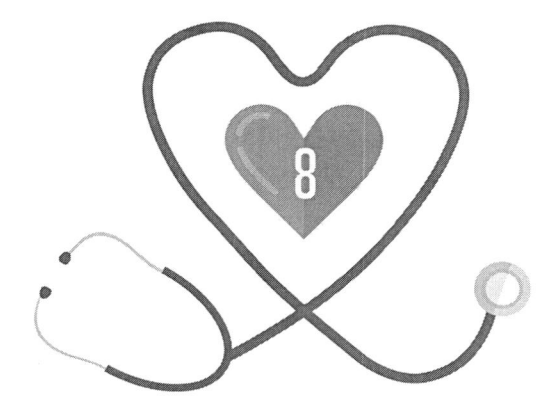

Eu fico do lado de fora da porta do apartamento de Westin, pensando em quantas decisões ruins vou tomar hoje. Em vez de ir ao quarto de Allison e contar a verdade, acabei aqui.

Depois que Bryce me deixou ali parada, não conseguia pensar direito, então peguei meu casaco e saí correndo.

Inclino a cabeça para trás e solto um suspiro profundo. Sou tão idiota. Este é o último lugar que eu deveria estar.

A porta se abre.

— Ren? — A voz de Westin está cheia de preocupação.

— Oi. — Dou o melhor sorriso que consigo expressar.

— Por que está parada aqui fora? — Ele ri, recostando-se ao batente da porta.

Boa pergunta. *Porque estava debatendo como voltar para casa sem parecer uma idiota.*

— Acabei de chegar — minto. Estou aqui há mais de dez minutos.

— Tá bom, vai entrar ou precisa dormir um pouco? — pergunta Wes.

Ele me conhece muito bem a ponto de me dar a oportunidade para ir embora. O quanto isso é triste? Estou tão maluca da cabeça que preciso de escapatórias em todas as partes dos meus relacionamentos. Preciso muito de terapia.

— Não, vou entrar. — Solto uma risada nervosa. — Estou tão exausta, não consigo pensar direito.

Westin estende o braço quando entro no apartamento. Seu prédio tem uma aparência completamente diferente do meu. O meu é um edifício antigo, e o de Westin é novo e muito industrial. Os dutos estão pendurados no teto, os pisos são de concreto e o balcão é de aço inoxidável.

Assim como os tijolinhos à vista da parede de Westin, estou à flor da pele e exausta, e a argamassa que me mantém inteira está rachando.

Seus braços me envolvem por trás e eu suspiro. Ser abraçada agora é o que preciso. Fecho os olhos e descanso a cabeça em seu ombro. Quando estamos sozinhos, posso deixar minhas barreiras caírem um pouco. É quando saímos do casulo que elas voltam a subir.

— Gosto quando você está assim. — A voz profunda de Westin é baixa contra o meu ouvido.

— Assim como?

Seus lábios tocam meu pescoço e eu estremeço.

— Exposta.

É fácil quando se está em uma bolha, fingir que o mundo lá fora é uma farsa. Não tenho que ser nada além de mim mesma quando estamos sozinhos. Westin não se importa, porque nossas expectativas são exatamente essas. Quando estamos juntos, podemos dar o que queremos um ao outro e, quando estamos separados, não precisamos fazer nada.

— Tive um longo dia. Preciso de nós esta noite.

Eu me viro, encarando seus lindos olhos verdes e toco seu rosto.

— Primeiro vamos comer — pede Westin. — Então pode ter tudo que quiser de *nós dois juntos*.

Westin beija meus lábios antes de me soltar. Ele vai para a cozinha que nunca é usada, exceto para esquentar pizza ou alguma comida de *delivery*, e sorri.

— Você vai me deixar no suspense? — pergunta ele.

Santo Deus, ele soube do meu colapso no banheiro? Está escrito na minha testa: desastre. O ex-noivo está de volta à cidade.

— Sobre o quê?

Ele balança a cabeça e coloca o prato na minha frente.

— Do seu dia…

— Ah. — Dou de ombros. — Foi… difícil.

Essa é a maior piada do ano.

Westin pega sua pizza e me observa. Nunca escondi esse tipo de coisa dele. Nós dois dividimos nossos dias livremente, mas não sei se, nesse caso, eu deveria. Se ele descobrir a respeito da esposa de Bryce, não sei o que ele vai dizer. Ou talvez saiba, e é por isso que não digo uma palavra.

— Ren, o que está acontecendo? — pressiona ele.

Merda. Estou fazendo um péssimo trabalho em manter meus sentimentos longe do rosto. Preciso dizer a ele alguma coisa.

— Tive que retirar uma paciente do teste — explico. Lindsay foi uma parte difícil, então começo por aí.

Ah, a propósito, o homem que me deixou em uma total confusão nos últimos dezessete anos está de volta, sua esposa é minha paciente, e ela, basicamente, me disse que recusaria todo o tratamento normal se o teste não funcionasse. Além disso, estou morrendo por dentro.

— Por causa de...

Conto a ele a respeito do câncer dela e os exames. O objetivo do estudo é ver se pode evitar uma histerectomia. Se eu tiver que remover seu útero e ovários, não há nada para testar.

Ele se inclina contra o balcão na minha frente. Seus olhos verdes variam de curiosos a preocupados.

— Você sabe que tem que relatar isso ao conselho, né?

— Sim — respondo, hesitantemente.

— Perdê-la da pesquisa ajusta a porcentagem do estudo. Estou dizendo que deve manter suas informações corretas. Se perder outra paciente, podem encerrar tudo até que você recupere sua posição.

Minha cabeça despenca junto com meu coração. Nem tinha pensado nisso. Se eu remover Allison da pesquisa também, posso ser forçada a adiar tudo. Todas as outras pacientes seriam afetadas por isso. Pode significar que perderam a chance e não sei quando seria capaz de recomeçar.

A vida de todo mundo é mais importante do que só encontrar uma maneira de lidar com Allison?

Posso realmente não lidar com a situação ou estou sendo ridícula?

Descanso o cotovelo no balcão com a cabeça apoiada na mão.

— Não posso perder esta pesquisa — admito.

Ele esfrega minhas costas.

— Eu sei, talvez não seja grande coisa, mas para provar os resultados é preciso ter os números. Você mal se qualificou para esta fase da pesquisa por causa da mulher que desistiu.

Meu Deus, nem tinha pensado nisso. O primeiro estágio da pesquisa foi um sucesso e mostrou resultados promissores suficientes para avançar para a próxima fase, mas é necessário um número mínimo de pacientes e estou bem no limite dessa quantidade para a fase três. Se eu perder Allison também, não sei o que significará para a pesquisa toda.

Olho para ele, torcendo para que tenha as respostas de que preciso.

— E se eu perder outra paciente? Uma das pacientes, Allison, pode acabar desistindo. Estou esperando seus exames para determinar se ela se qualifica. Então, se eu a perder, o que acontecerá?

Westin passa as mãos pelo cabelo.

— Não sei, vai depender muito. Estou apenas avisando. Faria o que pudesse para manter o resto na pesquisa.

Isso pode mudar tudo. É maior do que eu, Bryce e Allison. Trata-se das famílias de pacientes que esperam que isso possa salvar um futuro que imaginaram. Minha antiga vida amorosa não deveria destruir suas chances.

Não estou realmente apaixonada pelo Bryce. Ele é casado e eu tenho uma vida agora. Anos já se passaram. Sou forte a ponto de colocar minhas emoções de lado para ajudar Allison. Sem mencionar que essa provação é de vida ou morte para ela. Não quero que ela morra. Não quero que nenhuma das minhas pacientes morra, mas não quero que ela morra, de verdade.

E Bryce estava certo, eu não a conheço. Não estou tratando de uma amiga ou membro da família, ela é a esposa de um homem a quem amei. Não sei se isso é realmente uma violação ética, mas se alguém descobrir, pode ser visto como tal. É um risco – um grande risco. Sinto um buraco no estômago que cresce a cada segundo. Deixá-la sair é o que devo fazer, mas então penso nas outras pacientes.

Elas precisam de mim para ser mais forte do que uma mulher que não consegue deixar de lado suas besteiras.

E Allison precisa de mim. Ela veio até mim pelo tratamento e é o que vou dar a ela. Vou dar a ela o melhor atendimento médico que puder e ignorar o homem que costumava me admirar com olhos amorosos.

Esta pesquisa clínica é tudo o que importa.

Minha vida inteira me levou a esse ponto, e não vou permitir que o homem que não consegui tirar do meu coração me atrapalhe.

A mão de Westin roça meu rosto.

— Você está aí?

— Foi um longo dia — comento ao pegar sua mão na minha.

Acena com a cabeça.

— Você precisa esquecer, Serenity?

O timbre profundo de sua voz provoca arrepios no meu corpo. Westin pode não ser o homem que eu amava e tenho tentado esquecer, mas é ele quem está na minha frente. Ele é real, se importa e está aqui.

Eu quero esquecer tudo. Quero voltar vinte e quatro horas atrás, quando Westin e eu estávamos no meu apartamento, arrancando a roupa um do

CORINNE MICHAELS

outro para exorcizar nossos demônios juntos. Sem julgamento ou expectativa, somente nós dois.

— Nada de conversa, Wes. — Eu me levanto e encaro seus olhos cor de esmeralda. — Sem emoções. Não esta noite. Eu sei que mais cedo…

Ele coloca os dedos na minha boca.

— Nada de conversa. Sem explicações.

A fome se agita em seu olhar. Ele sabe exatamente o que estou pedindo e vai me dar tudo que preciso.

Entro pelas portas do hospital com um propósito. Vou passar pela cirurgia de Lindsay e explicar a Bryce que ele deve ficar longe de mim se quiser que eu trate sua esposa.

É a única opção que tenho, se quiser manter minha pesquisa clínica. Meu coração não importa, só a medicina me interessa.

— Ren? — a voz gutural de Bryce me chama.

Não consigo evitá-lo, mesmo quando estou tentando.

Ele estende uma xícara de café e seus lábios se inclinam em um sorriso hesitante. Não quero uma oferta de paz. Quero que ele vá embora, para que eu possa voltar a fingir que não tenho um coração. Era mais fácil desse jeito. Minha vida era clara e concisa, não confusa com sentimentos que me deixam vulnerável.

— Não quero, obrigada — digo, rejeitando sua oferta.

— Certo. Não estou tentando subornar você — explica ele.

Balanço a cabeça com um sorriso.

— Se essa foi sua ideia de suborno, você tem muito a aprender.

Ele ri.

— Sim, é só que…

— Obrigada — respondo, e estendo a mão. Se ele vai ser legal, não há motivo para ser rude. Tenho certeza de que demorou muito para ele vir até mim assim. Não é fácil quando uma pessoa tem as chaves da sua felicidade. Sei muito bem disso.

Lembro-me de quando o médico de minha mãe foi abrupto e não quis nos oferecer nem um pouco de esperança.

— Não tenho mais certeza de como gosta do seu café, mas optei pelo que me recordava.

— Agradeço. — Tomo um gole e reprimo a reação.

Bryce se lembrava exatamente de como gosto do meu café. O tempo pode ter passado, mas este único momento mostra que eu não era uma mancha em sua tela. Embora isso não mude nada para nenhum de nós.

— Então, pensou no que eu disse?

Só pensei nisso. São tantas variáveis e não sei mais o que é certo.

Solto um suspiro baixo, sentindo a ansiedade borbulhando dentro de mim.

— Tenho uma paciente que foi retirada da pesquisa e preciso operá-la. Queria muito pensar sobre isso antes de tomar minha decisão, porque você e eu sabemos que é uma complicação.

Ele coça a barba por fazer no rosto.

— Não precisa ser complicado. Não somos mais as mesmas pessoas, Ren. Não é como se estivéssemos tendo um caso. Estou te pedindo para ser a médica dela. Para salvar alguém que não fez nada de errado nesta situação. — Ele se aproxima e eu recuo. — Não sou…

Estar tão perto dele desperta a dor que tentei tanto enterrar.

— Por favor, dê um passo para trás — peço. — Se quer que eu finja que não nos conhecemos, você tem que fazer o mesmo. O fato de sua esposa ser minha paciente é uma complicação, e nós dois…

— Dra. Adams. — A voz de Westin me impede de falar.

Jesus Cristo.

Meu estômago embrulha quando ele se aproxima.

— Finja que não me conhece, a não ser como médica de Allison — sussurro para Bryce.

Westin chega ao meu lado e estende a mão.

— Sou o Dr. Grant, prazer em conhecê-lo.

Bryce olha para mim e depois de volta para Wes.

— Bryce Peyton — diz ele, enquanto aperta a mão de Westin.

— A esposa de Bryce é uma de minhas pacientes dos testes da pesquisa — explico. — Estávamos discutindo o procedimento.

— Bem, você está em ótimas mãos; a Dra. Adams é a melhor. — Westin me dá um sorriso. — Não há ninguém igual a ela.

Bryce pigarreia.

— Bom saber.

CORINNE MICHAELS

O contraste entre os dois homens é impressionante.

Westin é alto, magro, com olhos verdes nos quais você pode se perder. Ele tem o cabelo mais claro e mantém o corte curto constante que eu adoro. Não resta dúvidas sobre sua confiança. Cada sorriso é real e despreocupado.

Enquanto Bryce é mais musculoso e moreno. Ele carrega o peso do mundo em seus ombros e posso ver como está cansado. A energia ao seu redor é diferente, mais severa. Mas quando aqueles olhos azuis estão em mim, não consigo respirar.

— Preciso verificar minhas pacientes — digo, com uma risada nervosa. — Vou ver sua esposa, Sr. Peyton, e podemos repassar as informações mais tarde.

Os olhos de Bryce se estreitam ligeiramente e ele acena com a cabeça.

— Tudo bem.

Ele se afasta e Westin envolve os braços em volta da minha cintura.

— Desculpe, precisei correr esta manhã. Recebi uma ligação no meio da noite e não queria te acordar.

Não sei quando ele foi embora, e não pensei muito nisso. Acontece com frequência para nós dois. Faz parte de ser médico e minha cabeça estava em outro lugar.

— Está tudo bem.

Tento não me sentir incomodada com ele, mais uma vez, iniciando uma demonstração pública de afeto, mas eu defino esse ritmo. Ir para a casa dele ontem à noite era o que eu precisava, e ainda quero seguir em frente, dar mais de mim para ele.

A sensação de que estamos sendo observados me domina. Meu peito fica apertado e eu desvio meu olhar para ver o que está causando meu desconforto. Enquanto observo ao redor, percebo que Bryce ainda está aqui e encontro seus olhos fixos em nós dois. Seus punhos estão cerrados ao lado quando me vê no abraço de Westin. Pareceria para qualquer um que estivesse assistindo que somos um casal.

Talvez seja exatamente isso que preciso que ele veja. Não quero que saiba que passei os últimos quatorze anos pensando no que poderíamos ter sido. Ele precisa acreditar que eu segui em frente.

Subo a mão pelos braços de Westin e seguro sua nuca.

— Vai tirar um dia de folga esta semana? — pergunta Westin. — Poderíamos tentar dar uma escapada no fim de semana…

Não gosto de mim mesma por fazer qualquer tipo de jogada, mas preciso proteger meu próprio coração agora.

— Não sei, acho que vou visitar meu pai e meu irmão.

O semblante de Westin desanima ligeiramente. Olho para trás e vejo Bryce indo embora. Observo enquanto ele desaparece, virando no final do corredor, e então dou um passo para trás.

Que merda é essa que estou fazendo?

Enlouqueci, cacete. Preciso sair daqui e me recuperar.

— Me avise se mudar de ideia.

Não tenho como ficar em Chicago. Além disso, para começar, minha família é o motivo pelo qual estou nessa confusão.

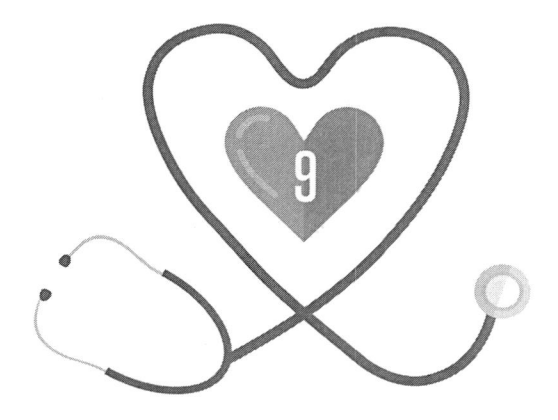

Dezesseis anos antes...

— Meu pai quer que eu vá para a Universidade de Rice, que é onde ele estudou — Bryce me informa. Estamos deitados no sofá, abraçados, depois de assistir a um filme.

— Onde fica isso?

— Houston.

Eu me sento.

— Houston? Mas é tão longe.

Ele me dá um sorriso tranquilizador.

— É, mas eu não vou. Nós dois vamos para Penn State.

Solto a respiração que estava segurando e aceno com a cabeça.

— Bem, se eu entrar.

— Você vai.

Eu me inscrevi na mesma hora que ele, e ele já teve sua admissão aceita. Não há razão para pensar que não vou entrar, mas ainda assim...Estou preocupada. Se eu não for aceita, terei de estudar na Johns Hopkins ou na Northwestern. Ambas são escolas excelentes e oferecem o que quero, mas a Penn State é onde Bryce estará.

— Devemos discutir as opções.

Ele me puxa de volta, até que me encontro deitada em seu peito.

— Não precisamos, porque vamos resolver isso. Se você for para Johns Hopkins, estaremos perto, Northwestern é a única que seria difícil.

— Mas faríamos dar certo?

— Eu faria qualquer coisa dar certo se significasse que tenho você.

Esfrego os dedos em seus lábios.

— Você diz as coisas mais bonitas.

VOCÊ *me* AMOU *um* DIA

— Digo só o que quero dizer.

Eu o amo. Eu o amo mais do que jamais imaginei ser possível. Ele me deixa muito feliz, e agora entendo por que minha mãe faz o que faz pelo meu pai. Costumava pensar que eram loucos em sua devoção um pelo outro, mas aqui estou.

Talvez seja porque ele é meu primeiro amor, mas não acho que seja o caso.

Acho que é porque Bryce é a outra metade da minha alma.

— O que você faria para me manter? — pergunto de brincadeira.

Ele desvia o olhar enquanto faz um zumbido.

— Bem, primeiro, eu teria que matar qualquer homem que tentasse levar você embora.

— Como eu poderia amar outra pessoa agora que sei o que é amar você?

— Boa resposta, Garotinha.

Eu gemo com o apelido ridículo.

— Pare com isso.

— O quê? É fofo. Você parece uma menininha.

Já disse que o amo? Porque agora mesmo eu gostaria de estrangulá-lo.

— Vou encontrar algo que odeia e torturá-lo com isso.

Ele ri e traz seus lábios aos meus.

— Você pode tentar.

— Eu juro, você me deixa louca.

— Da melhor forma.

Gostaria de poder negar, mas seria mentira. Estamos juntos há quase dois anos e cada dia fica melhor. Nunca pensei que uma chance de conhecer meu primeiro amor me levaria a encontrar o único homem com quem quero estar.

No meu coração, sei que ninguém mais vai me amar como Bryce. Não há outra alma que poderia me fazer sentir que o mundo está cheio de cor e vida. Ele sempre será a única pessoa para mim, e eu sei disso.

É por esse motivo que farei tudo que puder para ficar com ele.

Vale a pena lutar por um amor como esse.

— Você sabe que eu te amo — digo a ele, enquanto meus dedos esfregam seu peito.

— Eu sei e amo você… até meu último suspiro.

Sorrio e o beijo.

— Não quero te perder.

— Ei — sua voz é suave e reconfortante —, não vou deixar você me perder.

CORINNE MICHAELS

— Você não acha que estamos sendo ingênuos?

— Não existe outro humano neste planeta que vai te amar do jeito que eu te amo, Serenity. Você é tudo que eu quero e tudo que preciso. Se isso nos torna ingênuos, não quero clareza. Nós nos amamos, e um dia, você será minha esposa. Você será a mãe dos meus filhos e vamos fazer isso dar certo, não importa o que aconteça.

— Pensar em não ter você…

— Não é uma possibilidade.

E então seus lábios tocam os meus mais uma vez, selando sua promessa com um beijo.

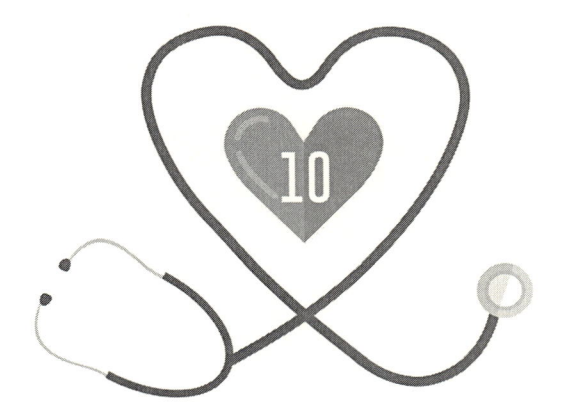

— Que diabos, Everton? — pergunto, olhando ao redor da casa em que cresci.

Está absolutamente nojento. Há pratos empilhados, bitucas de cigarro espalhadas em latas de refrigerante e o chão tem uma camada de sujeira. Em todos os anos que tivemos esta casa, ela nunca foi assim. Minha mãe estaria revirando em seu túmulo se visse isso.

— Não pode julgar.

— Julgar o quê? Isso é desagradável! Você deveria cuidar do papai e da casa. Isso aqui não está nada bom. Sério, Ev, eu sei que você é um idiota preguiçoso, mas isso aqui é loucura.

Everton bufa e vai para a outra sala. Meu irmão sempre foi um desleixado, mas não pensei que viria aqui e encontraria isso. Marcho para a sala onde ele se senta no sofá, prestes a acender um cigarro. Arranco de sua boca antes que ele acenda e o quebro ao meio.

— Que porra é essa? — grita ele.

— Você pirou. Mamãe morreu de câncer e você está fumando? Em casa, com o papai? — continuo. — O pai, que teve suspeita de câncer alguns anos atrás? Sem mencionar na minha profissão. É imprudente e irresponsável, até mesmo para você. O que está fazendo com o dinheiro que mando todos os meses?

Ele revira os olhos e pega outro cigarro do maço, o que me enfurece.

— Vá para o inferno, Serenity.

Quando ele levanta a mão para acender o cigarro, eu explodo. Pego o pacote inteiro de sua mão e corro para a cozinha. Eu o ouço atrás de mim, então jogo o maço rapidamente na pia e abro a torneira.

— Desgraçada! — berra ele. — Você vem aqui depois de seis meses

CORINNE MICHAELS

vivendo sua vida extravagante e acha que pode mandar em nós?

— Minha vida não é extravagante, tenho o que tenho porque trabalho! Trabalho todos os dias, ao contrário de você. Droga, pensei que tinha tudo sob controle! — Passo a mão pelo rosto. — Cadê o papai?

Ele revira os olhos e pega uma cerveja na geladeira.

— Encontre-o sozinha. Você é boa no que faz.

Meu irmão sai furioso da cozinha, batendo a porta da frente, o que me faz pular. Não acredito no egoísmo dele. Eu me mato de trabalhar para enviar dinheiro a eles todos os meses. Sei que o problema de saúde de meu pai tornou difícil manter o negócio aberto. É difícil trabalhar com motos quando seus dedos têm cãibras o tempo todo. Estou cansada de tentar salvar pessoas que não estão dispostas a ajudar a si mesmas.

Independentemente dos problemas do meu irmão, não posso permitir que a casa continue assim. Meu pai não é jovem e seus pulmões não podem respirar essa fumaça todos os dias.

Passo um tempo fazendo o melhor que posso para torná-la habitável. Coloco a roupa suja na máquina de lavar, troco a roupa de cama do meu pai, abro as janelas e tento exalar o cheiro de fumaça, e então faço uma compra online no mercado. É, provavelmente, o que eu deveria ter feito desde o início, em vez de pensar que meu irmão babaca usaria o dinheiro que enviei de forma correta.

Depois de fazer o possível, percorro o trecho comprido de terra até a oficina.

Meus pais herdaram a propriedade e, sendo *hippies*, viviam dela. Temos uma horta com vegetais, tudo funciona com painéis solares que dão suporte a um gerador para os tempos sem sol, e papai transformou o velho celeiro em garagem.

Ele a construiu assim, caso o governo algum dia quisesse nos destruir, para que pudéssemos nos esconder aqui e nunca mais sair. Meus pais eram muito estranhos.

— Filha? — Meu pai desce o caminho de terra, limpando as mãos permanentemente manchadas de preto em uma estopa.

— Papai. — Suspiro, com um sorriso. Seus olhos castanhos brilham ao sol e a felicidade transparece em seu rosto.

Não o vejo o tanto quanto gostaria, já que ele fica a pouco mais de uma hora de carro de Chicago. Queria vir com mais frequência, mas é difícil sair do hospital. Ele mudou um pouco desde a última vez que o vi – há um leve mancar em seu andar e mais fios brancos em seu cabelo. O que me faz perceber quanto tempo realmente faz.

— Ora, se não é uma surpresa? — Seu sorriso diz mais do que suas palavras.

— Precisava de uma folga.

— Tenho certeza. É difícil salvar o mundo o tempo todo. Às vezes, você precisa se salvar.

Aceno, e seu braço aperta ao meu redor quando ele me puxa para o seu lado.

— Que saudade, papai. Desculpa por não ter vindo com mais frequência. Só precisava te abraçar.

— Precisava, sim. — Ele ri. — Então, por que você está tão chateada?

Bendito homem intuitivo.

Resmungo, apertando-o com mais força.

— Uma moça não pode simplesmente sentir falta do pai? Você me convenceu a fazer uma visita em nossa última ligação.

Há momentos na vida em que se precisa dos braços amorosos de um homem que nunca desaponta você – e este é um deles. Meu pai é minha rocha e, embora essa rocha possa ser um pouco deformada, ele é sempre honesto.

— Claro, pode sim, mas sei quando ouço mentiras. Já sou bem velho e você não é muito boa em mentir, de qualquer maneira.

Nada passa por Mick Adams.

— Você é tão chato.

Começamos a voltar para o celeiro a alguns metros de distância. Papai tem esse jeito de fazer você sentir que ele está dizendo tudo o que precisa ouvir no silêncio. Embora nenhuma palavra seja trocada, muito está sendo dito. Ele espera com a mão na porta.

— E então?

Eu gemo por dentro.

— Por que acha que tem alguma coisa? Por que não pode ser o que eu disse?

— Porque conheço você, filha. Também sei que não vem visitar seu velho a menos que algo esteja bagunçando sua cabeça e precise de um tempo longe. E, geralmente, tem a ver com um cara. Seus sinais sempre foram fáceis de se compreender.

Eu bufo.

CORINNE MICHAELS

— Poxa, obrigada.

Fácil de compreender, uma ova. Saí porque as pessoas são péssimas e estou em uma situação sem saída. Não preciso de tempo por causa dos homens. Bem, está certo, só uma vez – e depois talvez um pouco desta vez. Que seja.

Ele me leva até o sofá que está lá desde que me lembro por gente. É sujo e cheira a combustível, mas é o lar.

Meu pai se agacha, ergue meu queixo e me diz mais com os olhos do que eu gostaria de ouvir.

— Fala logo.

É hora de contar a ele e rezar para que ele não perca as estribeiras.

— Tá bom. Se quer mesmo saber, eu vou te contar… É o Bryce — eu digo o nome, me preparando para o impacto.

— O que tem o Bryce? — O tom de meu pai é astuto e duro. Ele nunca escondeu seus sentimentos a respeito de Bryce.

— Ele voltou.

Papai não diz uma palavra. Ele parece uma estátua, sentado enquanto espero que ele fale.

— Ren, você não pode… — Ele desvia o olhar. — Você não pode nem pensar em chegar perto dele.

— A esposa dele está morrendo — digo a ele e vejo a dor atravessar seus olhos. — Ele não sabia que eu seria a médica dela. Não sabia que ela era sua esposa quando a aceitei nos testes da pesquisa clínica. Mas, não é como se houvesse uma opção de evitá-lo se eu estou tratando dela.

— Ele vai te afundar de novo. Vai ficar pior do que da última vez. Não pode tratá-la, isso vai te matar.

— Não desta vez.

Papai fica calado. Fico esperando ele voltar a falar.

— Ren, nunca gostei desse homem.

— Eu sei.

— Ele partiu seu coração. Te fez chorar por semanas. Achei que fosse se matar a certa altura. — Meu pai se levanta e aperta sua nuca. — Estou te dizendo, estar perto daquele homem vai te destruir.

— Não vou deixar que isso aconteça. — Balanço a cabeça. — Não permitirei que vá tão longe de novo, e as coisas estão diferentes porque ele é casado. Esse é um limite que nunca cruzaria.

— É o que você pensa agora. Mas acha mesmo que pode fazer seu coração parar de sentir? Acha que é forte suficiente para lutar contra isso? Porque eu juro, querida, você e Bryce têm assuntos pendentes. — Papai faz uma pausa, dando um minuto para que isso seja compreendido. — Consegue me dizer que vê-lo não bagunçou sua cabeça a ponto de vir até aqui?

Mentir para ele é inútil. Ele sabe que não é algo que eu seja capaz de fazer. Não porque ele seja tão veemente em não sermos desonesto, mas porque eu o respeito mais do que tudo.

— É mais complicado do que isso.

— Não. Não é, Serenity. Tudo o que um homem tem é sua palavra. Se ele a quebra uma vez, fará de novo. Ele disse que te amava e se casaria com você, e então, quando as coisas ficaram difíceis… ele desapareceu.

Lágrimas ameaçam cair dos meus olhos.

— Eu estou tão confusa.

Papai se aproxima e me dá a resposta que vim buscar.

— Se afaste dele.

Só que não quero ser a mulher que destrói a vida de outra pessoa. Allison precisa de ajuda tanto quanto as outras pacientes do estudo. Claro, há uma parte de mim que enterrei há muito tempo e que está sendo desenterrada agora, mas eu aguento, certo?

Não sou mais aquela garota. Aquela que era idealista no que se tratava de amor e a felicidade. Não conhecia a verdadeira perda como conheço agora.

Nossa, estou tão confusa sobre o que fazer.

— Você deixaria mamãe ficar sem o tratamento que pudesse mudar sua vida?

— Ren… — Sua voz está repleta de advertências. — Não pode fazer essa comparação.

— Posso, porque se eu não tratá-la, ela sai perdendo. Ele se casou com ela e a ama. Sei o que está em jogo, pai. Não sou a mesma garota que o perdeu anos atrás. Estou mais forte do que nunca. Ele não pode me machucar. Conheço as regras.

— As emoções não seguem regras.

— Nem você. — Sorrio, esperando que ele deixe o assunto para lá, por enquanto.

Ele ri e acena com a cabeça. Ele sabe que estou certa. Acho que o homem nunca jogou limpo. Ele briga muito, ama muito e é a pessoa mais honrada que conheço.

— Regras nunca foram minha praia. Parece que você se parece mais

CORINNE MICHAELS

com o seu velho do que eu esperava. Se fosse como a sua mãe, você faria a coisa certa.

— Mamãe não iria gostar que eu deixasse alguém inocente sofrer. Ela me pressionaria para ser mais forte do que penso que sou. Se essa mulher fosse outra pessoa, eu não teria nenhum problema em tratá-la. Mas, porque há dezessete anos me apaixonei pelo marido dela, agora ela não pode ter uma chance? Não é certo.

Papai coloca a mão na minha perna.

— Sua mãe era gentil demais para o próprio bem. Só espero que não seja sua vida que acabe arruinada. Você é forte, eu sei disso, mas tem o coração mole, exatamente como o dela, e isso causa problemas para você. Acho que é revelador, com base em como vive sua vida.

— O que isso quer dizer?

— Significa que é uma médica fantástica. Você permite que as pessoas entrem e saiam sem apego. Mora sozinha e seu namorado dos últimos dois anos nunca conheceu uma única pessoa em sua vida além das pessoas com quem trabalha. Você se fechou a qualquer chance de amar e perder. Nós dois sabemos que quando você ama, não se segura.

Não quero ouvir mais nada. Ele, mais do que ninguém, deveria entender por que vivi assim. Ele mora nesta casa decadente no meio do nada com meu irmão. Seus amigos, que nunca saíam de sua garagem, não estão mais por perto. Quando mamãe morreu, ele também se foi.

— Já acabamos de conversar? — pergunto. Vim aqui para ter mais clareza, mas é a última coisa que sinto agora. Preciso parar com essa conversa antes de dizer algo do qual me arrependerei.

Papai olha para mim por um minuto e solta um suspiro profundo.

— Por que não vem me ajudar com este alternador, já que seu irmão não ajuda hoje em dia? — O braço de meu pai envolve meu ombro enquanto entramos na baia.

O que me lembra, precisamos conversar das condições de vida dele.

— Papai, a casa…

— Você esteve lá?

A vergonha nos olhos de meu pai me deixa destruída. A última coisa que quero ver é sua dor. Ao mesmo tempo, é totalmente inaceitável. Meu irmão é claramente muito inútil para cuidar da casa, mas ser médica e morar a apenas uma hora de distância não me coloca na melhor posição para oferecer ajuda.

— Sim. — Paro e ele desvia o olhar. — Onde está o serviço de limpeza que contratei para limpar a casa?

— Eu dispensei.

— Pai! Por quê?

Ele balança a cabeça com os lábios franzidos, a raiva cintilando em suas feições.

— Não preciso que estranhos entrem aqui para limpar a casa da sua mãe.

— Mamãe se foi, papai. Ela se foi e você não pode viver assim.

Meu pai é um homem orgulhoso, entendo isso, mas não pode fazer tudo sozinho. A fazenda foi quitada quando eu era criança, aí minha mãe adoeceu. Ele hipotecou a casa, a oficina, o terreno e tudo que tínhamos para pagar os tratamentos dela. Claro, ele estava tão desesperado para conseguir dinheiro para ajudar a esposa moribunda, que foi completamente explorado.

Afundado em dívidas, meu pai tem que manter a oficina funcionando horas a mais ou não tem como pagar as contas, além disso, ele precisa cuidar da fazenda sozinho, sem minha mãe. Mando o que posso, mas Chicago não é exatamente uma cidade barata para se viver.

— Agradeço sua ajuda, mas estou bem.

— Bem? — Inclino para trás com os braços cruzados. — Acha que aquilo lá em casa é "bem"?

— Você não mora aqui, por que se importa?

Solto um suspiro alto. Por que os homens são tão teimosos?

— Porque eu te amo, papai.

— Eu também te amo, filha. Já acabamos de conversar?

Não estamos nem perto de terminar. Tudo o que ele fez foi revidar sem oferecer uma solução. Serei aquela que fará as coisas acontecerem – como sempre. Os dois vão estragar tudo e será meu fardo consertar tudo de novo.

— Por ora. — Acaricio suas costas.

— Ajude-me com aquele carro, tá bom? — Papai faz uma oferta de paz.

— Claro. — Sorrio e caminho até minha caixa de ferramentas.

Meu pai e eu costumávamos passar horas nesta oficina. Tanto que ele teve que me dar meu próprio conjunto de ferramentas, porque eu estava trabalhando muito. Aqui eu me solto, sem pensar em ex-namorados, sem dor e sofrimento, apenas meu pai e eu.

Mergulhamos de cabeça no alternador que está quebrado, discutindo sobre o que acreditamos ser o problema. Consertar carros é muito diferente de ser médico. É mecânica, então não há adivinhação. Posso desmontar um motor e saber que ele vai voltar a ser o mesmo. É entorpecente, mas é bom me afastar de tudo.

Assim que o carro está funcionando de novo, limpo um pouco o lugar, me sentindo muito mais em paz.

Inclino o quadril contra a frente do carro, pego meu telefone e suspiro. Três chamadas perdidas do hospital. Escuto as mensagens de voz, agradecida por não ser nada grave. No entanto, preciso voltar para a cidade.

— Vai embora? — pergunta meu papai quando coloco o telefone no bolso de trás.

— Preciso voltar. — Olho para as minhas roupas sujas. — E tomar banho. No entanto, vou ligar para uma faxineira esta noite e você vai deixá-la limpar a casa.

Ele abre a boca, mas ergo a mão para detê-lo.

— E você vai dizer a Everton que se ele fumar dentro de casa de novo, vou dar uma surra nele. Já chega, pai. Estou falando sério. Você não pode respirar essa fumaça. —Aponto para seu peito. — Anos de sujeira, exaustão e todas as outras porcarias afetaram seus pulmões. Se Ev quer se matar, problema dele. Também tem comida chegando, e precisa comer o que mandei, o que significa nada de tranqueiras! Abra também algumas janelas, você precisa de ar fresco. Ah, e precisa tomar seus comprimidos. Há uma razão pela qual o médico os prescreveu.

— Tá, tudo bem — concorda ele.

As mudanças de papéis da idade adulta são impossíveis de compreender. Este teria sido um sermão que ouvi quando era adolescente. Não fume, não deixe que os outros influenciem sua vida, limpe, coma direito… e agora sou eu quem está dizendo isso a ele.

— Não está concordando comigo só para eu mudar de assunto, né?

— Volte para a cidade e salve as pessoas. — Ele ri e me conduz em direção ao meu carro.

— Eu me preocupo com você — digo ao chegar à porta.

Agora, ainda mais do que antes. Vou ter que dar um jeito de ficar mais próxima. Preciso estar presente para meu pai. Meu irmão também precisa de uma sacudida.

— Não precisa se preocupar, Ren. Estou bem.

A casa não estava bem, nada disso, mas também vejo em seus olhos o ar de assunto encerrado. A conversa acabou para mim, então agora preciso fazer meus planos e espero que ele os siga.

Quando abro a porta, posso sentir o caos vindo dele. Ele pode ter se cansado de me ouvir, mas papai não terminou de falar o que queria.

— Tenho que dizer isso para você. — Ele tosse. Sabia que ele não conseguiria se conter. — Eu te amei no momento em que te vi. Queria tanto um menino, mas no segundo em que você saiu, eu senti. Sua mãe sentiu.

— Sentiu o quê?

— Paz.

Ele nunca escondeu o fato de que, quando entrei em seu mundo, eu o mudei. Costumava dizer que ter filhos é quando você percebe que nada do que sabia na vida era verdade. Meu irmão e eu o alteramos em sua essência, nós o transformamos em mais.

Sempre quis saber como era, até não ter mais ninguém com quem quisesse compartilhar.

— Você tem esse poder dentro de você que não vê. Você salva pessoas. Você as conserta. Você me ajudou. É isso que quero dizer. — Ele solta um suspiro profundo. — Nunca permita que outra pessoa tenha o poder de destruir você. O homem que ama, aquele com quem você divide seu coração, deve sempre tratá-lo com cuidado. Ele não deveria abandoná-lo.

— Papai — eu começo, mas ele ergue a mão, me interrompendo.

— Não, ouça isso, se não ouvir mais nada do que eu disse. — Mais um suspiro. — Existem diferentes tipos de amor. O tipo que salva você e o tipo que te destrói. Bryce não era do tipo que salva. Ele roubou uma parte sua e você nunca a recuperou.

Meu pai fez a cabeça a respeito de Bryce há muito tempo. Não importa quantas vezes eu disse a ele que estava errado, não importava. Eu era o seu bebê e alguém me machucou. Os pais deveriam proteger suas filhas, e ele não podia consertar meu coração partido, não importa o quanto tentasse.

Nunca contei a ele toda a história do motivo pela qual fui embora, em parte porque sabia que ele me diria que eu era uma trouxa.

Todos nós somos.

Eu vim para casa por ele e minha mãe, embora eles tenham me dito para não fazer isso.

Também menti a respeito de não entrar na Penn State...

Aceno, sem saber o que dizer, porque ainda não estou pronta para dividir minhas verdades.

— Obrigada, pai. Por tudo.

— Disponha. Sabe que estou aqui.

— Sim.

— Bom, dirija com cuidado. Espero você antes que se passem outros seis meses. — Ele dá um olhar penetrante. — E tenha cuidado, Ren.

Aperto o volante com um pouco mais de força, sabendo que ele não está falando da volta para casa.

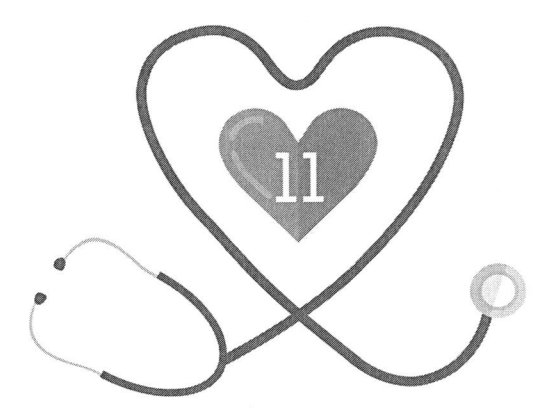

Estaciono o carro na garagem subterrânea e inclino a cabeça contra o descanso do assento. As coisas que pensei que estavam funcionando na minha vida agora estão crivadas de falhas.

Meu irmão claramente não está cuidando de meu pai.

Ainda há um pedaço de mim que ama Bryce, embora eu tenha me iludido, acreditando que não. Só de pensar nele faz meu coração disparar, minhas palmas suarem, e fico pensando em como tudo teria sido se eu tivesse ido para a Penn State. Tudo teria sido diferente. Poderíamos ter sido felizes, mas nossas vidas seguiram em direções opostas e agora estou tratando a esposa dele, porque não tenho escolha a menos que queira perder minha pesquisa clínica, ou outra candidata se inscreva, seja aceita e chegue a Chicago hoje. Depois de falar com meu pai, sei que estou perdida.

E então há Wes, nada disso é justo com ele. Gosto dele, quero um futuro com ele, mas Bryce está de volta... o que complica as coisas.

Não está simplesmente chovendo na minha horta, é uma falha de ecossistema inteiro.

Vejo uma mensagem de Julie no meu celular.

> **Quer sair hoje à noite? Estou de folga e preciso de vodca.**

Vodca parece uma ótima ideia.

> **Sim. Onde?**

> Que tal irmos ao bar do Rich? Discreto e você sabe que podemos conseguir um otário para nos pagar bebidas.

> Perfeito.

Tenho duas chamadas perdidas de Westin, mas não estou com vontade de falar com ele. Agora, quero um pouco de espaço na minha vida. Westin, Bryce, Allison, a pesquisa, meu irmão inútil e tudo mais, podem desaparecer por uma noite. Segunda-feira começa a distribuição efetiva da quimioterapia, e decido que mereço um fim de semana só para mim.

As próximas horas se passam com uma mensagem de Westin que fica sem resposta, e nem tenho energia para me importar agora. A última coisa que preciso é dizer alguma besteira e estragar as coisas de verdade. Normalmente, passamos juntos nossos fins de semana de folga juntos, mas não há mais nada dentro de mim para fingir hoje.

Caminho até o Rich's, precisando da atmosfera que sempre me prende. É um barzinho simples, mas o barman é generoso com o álcool e é barato. Quando você é uma estudante de medicina sem grana, barato é sua palavra favorita. Mas tornou-se muito mais do que um barzinho. É meu lugar favorito para conselhos que não peço e tem os melhores hambúrgueres de Chicago.

— Oi! — Julie sorri e me abraça. — Você está com cara de quem precisa de uma bebida.

— Sim.

Ela sorri.

— Ótimo. Vamos tomar todas e você pode me contar todos os seus problemas.

Não tem a mínima chance disso, mas a parte de ficar bêbada parece boa.

Enganchamos os braços e entramos.

— As encrencas número um e dois estão aqui — grita Rich, o proprietário, dando um tapa no balcão.

— Que boas-vindas. — Julie ri. — Sabia que sentia nossa falta.

Rich saí de trás do bar, nos abraça e depois limpa dois bancos.

— Sentem, já faz um tempo que não vejo vocês.

Rich é uma peça. É provável que esteja chegando nos setenta agora, mas nunca imaginaria pela forma com que ele se move. Ele e sua esposa compraram este lugar quando estavam na casa dos vinte anos e sobreviveram a tudo isso. Cada cliente que entra vira família, e ele ama sua família.

VOCÊ ~~ AMOU ~~ DIA

É o que mantém aqueles que entram pelas portas sempre voltando.

— Então, quais a novidades das minhas garotas? — pergunta Rich.

— Ren começou sua pesquisa clínica — revela Jules.

— Sério? — O orgulho em seus olhos é indigno. Ele é quase como um segundo pai para mim.

Concordo com a cabeça.

— Sim, na segunda-feira começa, mas a parte preliminar está toda feita — explico.

— Bem. — Ele sorri. — Macacos me mordam! Sabia que as duas mudariam o mundo na primeira vez que vi vocês.

Ele só fala merda. Éramos duas estudantes de medicina com olhos assustados na primeira vez que tropeçamos aqui dentro. Eu havia voltado para cá para ajudar minha mãe, perdi Bryce e estava tentando desesperadamente fingir que estava bem. Estava bebendo mais do que deveria e dormindo com tantos caras quanto era capaz para sentir qualquer coisa, exceto a saudade de Bryce.

— Ele está mentindo. — Julie revira os olhos.

— Não estou, não. — Rich coloca as mãos nos quadris. — Sabia que as duas fariam coisas fantásticas. Ambas demoraram um pouco para perceber isso.

— Estou feliz que alguém soube que éramos especiais. — Dou risada.

— Você é especial, certo — diz Rich, com sarcasmo. — O que as desordeiras vão beber esta noite?

Julie e eu nos entreolhamos e respondemos.

— Vodca.

Depois de alguns martinis, eu me sinto bastante entorpecida. Não estou esquentando tanto a cabeça com todos os problemas da minha vida. Julie encosta a cabeça no balcão e gira o copo.

— Le-lembra quando bebemos muito d-disso aqui? — gagueja ela.

Dou risada quando a minha cabeça tomba para trás, fazendo o cabelo esvoaçar. É uma sensação engraçada.

— Leeembro.

Meu telefone apita com uma mensagem.

— Argh… — gemo. — Westin de novo.

Não sei onde você está, mas disse que estaria em casa às cinco. Está tarde e estou preocupado que não esteja bem.

CORINNE MICHAELS

— O que é que ele quer? — pergunta Julie.

— Mais.

— Mais é menos. — Ela ri. — Mais nunca vai acontecer com você.

— Mais é uma merda — eu respondo. — Sabe por que não dá mais? Porque você dá mais e eles querem mais — divago. — Estou cansada disso. Não vou dar mais nada.

Julie levanta a cabeça, dá um tapa na madeira e endireita as costas.

— Sim. Não dê nada, porque os homens não nos dão o suficiente.

— Sim! — concordo.

— Acho que você é uma idiota, no entanto. — Ela dá de ombros.

Por que sou idiota? Fui eu quem começou esta revolução de como é ridículo dar mais.

— Mas que merda?! — pergunto, me sentindo irritada.

Julie levanta a taça na direção de Rich, indicando que precisamos de mais.

— Porque Westin é mais do que qualquer uma de nós jamais conseguirá.

— Westin não é perfeito.

Ele tem falhas e as pessoas precisam entender isso. Estou tão cansada de ouvir como ele é ótimo porque, às vezes, ele não é. Quando ele perde um paciente, ele é um babaca. Quando não consegue descobrir uma maneira de consertar algo, ele é horrível. Quando ele não consegue o que quer, ele é um bebezão.

Ele é homem.

Eu sei que ele é ótimo em muitos aspectos, mas também sabe dar um bom espetáculo. A boa impressão que ele causa é cuidadosamente orquestrada. Westin quer ser o cirurgião-chefe. Ele está fazendo uma jogada e todos nós somos peões. Qualquer um que não vê isso é cego.

— Nunca disse que ele era — esclarece ela.

Ela não disse?

— Por que continua trazendo isso à tona? É a segunda vez em dias.

Julie se vira para me encarar.

— Não me diga que não ouve os rumores das mulheres querendo tomar seu lugar, Ren. Ele pode não ser perfeito, mas está bem próximo a isso.

— Você não sabe tudo. Ele tem ambições e se acha que ele não vai

VOCÊ ~e~ AMOU ~um~ DIA

pisar em todos nós para chegar lá, você está maluca.

Ela balança um pouco no banco e abaixa a cabeça.

— Como se qualquer uma de nós não faria isso se tivéssemos a chance?

— Gosto de pensar que não pisaria nos meus amigos para chegar ao topo — digo, porque quero merecer o título de médico-chefe, e não fazer politicagem para chegar a esse cargo. Provavelmente, será por isso que nunca conseguirei.

Julie ri de novo.

— Nem você, nem Wes fariam algo assim. Ele pode ter aspirações e objetivos, mas não é um cretino. Ele quer fazer da mesma forma que nós.

Wes não é assim. Ele é gentil e ela está certa. Ele não destruiria ninguém de propósito para alcançar seus objetivos.

— Verdade. Então só me resta você. E todos nós sabemos que você seria incapaz de machucar alguém — respondo. — Você é muito legal.

— É verdade — ela suspira. — Estou feliz no meu laboratório e você está feliz com as pessoas.

De novo, ela tem razão. Quero ser a pessoa na linha de frente da medicina. Ser médico-chefe exige muita papelada, política e irritar as pessoas. Vou ficar com os pacientes, onde posso fazer a verdadeira diferença.

— Tenho que fazer xixi. — Julie ri, pulando do banco. — Não faça nada estúpido.

— Tá — digo, e a minha cabeça pende de lado. — Estarei bem aqui.

Nunca bebo assim, mas é bom relaxar pelo menos uma vez. Sinto que nos últimos quinze anos da minha vida, estive tensa demais. Era a escola, mãe doente, curso de medicina, estágio, residência, e agora é só morte o tempo todo. Sem mencionar que meu pai não vai durar para sempre e meu irmão rebelde não sabe fazer merda nenhuma.

Estou cansada. Estou cansada de sempre fazer a coisa certa.

Cansada de ser sempre a porcaria do adulto.

Quando posso me divertir? Nunca, é a resposta. Meus amigos aproveitaram dos primeiros quatro anos de faculdade, mas eu não frequentava bares ou festas de fraternidades, estava estudando ou com Bryce. Foi minha escolha, sei disso, mas achei que tinha mais tempo.

Quando mamãe ficou doente, tudo mudou. Minha vida inteira girou em torno do câncer. Preciso me divertir um pouco de vez em quando.

— Este assento está ocupado? — Uma voz profunda, que eu reconheceria mesmo em uma multidão de pessoas gritando, pergunta ao meu lado.

CORINNE MICHAELS

Nossos olhos se encontram e sinto uma dor em meu coração quando o observo. Ele parece cansado e desesperado, mas do lado de fora, você só vê a perfeição. Bryce Peyton foi treinado para nunca demonstrar emoção, mas consigo ver. Sempre havia fissuras em sua fachada fria que eu conseguia detectar. Há angústia e medo naqueles olhos lindos, coisas que ele pensa que está escondendo, mas vejo que a doença de sua esposa está pesando sobre ele.

Esposa.

Lembre-se disso, Serenity. Não é por minha causa ou por estar perto de mim. É porque sua esposa está doente.

— Estou esperando minha amiga — explico, e volto para minha bebida.

— Não foi o que perguntei — retruca Bryce, sentando-se sem minha resposta.

— Bem, o assento está ocupado, mas tenho certeza de que se sentará de qualquer maneira. Não que você se importe com o que me faz feliz — murmuro a última parte e depois tomo o resto do meu Martini.

É claro que ele não vai respeitar meu pedido para ficar longe de mim.

— Vou sair daqui quando seu namorado voltar — avisa ele e pede sua bebida.

Uísque puro.

Algumas coisas nunca mudam.

— Nunca disse que Westin estava aqui.

— Ele tem nome. — Bryce sorri e eu o encaro.

— Sim, ele tem um nome. Por quê se importa?

Bryce se mexe, então estamos perto demais e sinto o cheiro de menta em seu hálito.

— Não me importo. Sou casado. Lembra?

Reviro os olhos e me inclino para trás.

— Sim, você é. Eu me lembro.

Nós dois continuamos a nos encarar, e eu me esforço muito para compreendê-lo. Não sei por que ele está aqui ou por que sentiu a necessidade de falar comigo, mas Bryce está lutando contra os próprios demônios.

— Então, nos encontramos de novo… em um bar. — Bryce pigarreia, rompendo o contato visual, e eu luto contra o desejo de caminhar pelo túnel do tempo. Não somos mais aquelas pessoas.

Levanto a taça, indicando a Rich que preciso de outra. Nesse ritmo, ele podia me trazer a garrafa da vodca Tito e eu ficaria feliz. Quem precisa de azeitonas depois da quarta – ou foi a quinta?

VOCÊ ⁓ AMOU ⁓ DIA

— Não deveria estar com sua esposa?

— Ela está dormindo e eu preciso trabalhar — explica ele.

— Trabalhar? No bar? — questiono.

Bryce balança o copo, girando sua bebida antes de levá-la aos lábios. Estou bêbada a ponto de me permitir um lapso momentâneo de julgamento enquanto penso no gosto que ele tinha. A memória da mistura de uísque, menta e apenas... ele, faz minha pulsação ir à loucura. Lembro-me de como ele me beijou com o corpo inteiro. Não era só a sua boca. Pude sentir toda a energia que ele carregava fluir através de nós dois, causando uma onda avassaladora de emoções.

Ele me beijou com ternura e poder, que duelaram pelo domínio.

Lembro-me de me sentir entorpecida depois disso, embora não tivesse bebido.

— Faz diferença? Precisava de uma bebida e aqui estou.

Sorte a minha.

— Sim, aqui está você.

Onde foi que a Julie se enfiou? Preciso muito que ela volte aqui.

— Então, você e o médico?

Meus olhos se estreitam e tento entender por que ele está perguntando. Agora, este é o segundo comentário a respeito de Westin e não posso deixar de me perguntar se isso o está incomodando. Não deveria, considerando que foi ele quem realmente seguiu em frente. Claro, ele não sabe nada da minha vida e não vou admitir o quanto sou ridícula.

— Westin e eu estamos juntos há alguns anos — admito.

— Não estou vendo aliança — observa Bryce.

— Diferente de você, que encontrou alguém e se casou. Embora eu admita que Allison parece muito boa.

Ele toma outro longo gole antes de finalmente falar:

— Ela é. Ela tem sido boa para mim e — seus olhos encontram os meus —, ela me salvou depois que tomei um caminho perigoso.

Fico sem fôlego quando a paixão em seu olhar me diz muito mais. Sempre estivemos sintonizados um com o outro quando estávamos juntos. Bryce poderia olhar para mim e eu saberia o que ele estava dizendo. Era como se fôssemos duas metades de um todo que se juntava sem lacunas.

— Porque fui embora?

— Sim, Ren. Você foi embora e eu fui só ladeira a baixo.

— Não pense que foi tão fácil para mim também — rebato. Ainda estou me recuperando, e ele estar aqui reverteu o pouco progresso que fiz.

Ele olha para a televisão, suspira e depois fecha os olhos.

— Não me sentei ao seu lado para brigar.

Também não quero brigar. Só quero que as coisas voltem a ser como eram. Gostava da minha vida alguns dias atrás. Não era perfeita, mas estava… contente. Westin e eu íamos avançar com as coisas e agora sinto como se tivesse batido contra uma parede – uma parede chamada Bryce.

Brinco com a haste da taça de Martini.

— Então por que se sentou?

— Não sei. Eu te vi e comecei a andar em sua direção. Juro que era como se eu não conseguisse me conter.

Sua admissão me atordoa. Há um toque derrotista em sua voz. Bryce está lutando tanto quanto eu.

— Por que as coisas ficaram tão perigosas? — pergunto.

Ele belisca a ponta do nariz, depois toma um gole longo e lento de seu uísque.

— Acha que eu queria que você fosse embora? Fiquei um caco depois que decidiu ir para Northwestern. Éramos mais fortes do que isso, Garotinha. Era para termos ido para a faculdade juntos, começar nossa vida, mas você voltou para casa e era como se eu não fosse mais importante.

Ele era. Sempre foi importante. Caramba, a certa altura, era tudo o que importava.

Talvez devêssemos conversar sobre tudo isso que permanece entre nós? Desfecho é o que nos falta. Se pudéssemos desabafar, poderíamos enterrar isso de vez.

— Meu Deus. Conheci um cara perto do banhe… — A voz de Julie interrompe o momento intenso. — Oh, oi! — Ela olha para Bryce.

Ele entorna o resto do uísque e se levanta.

— Foi ótimo vê-la, Dra. Adams. Obrigado por me emprestar seu lugar, senhorita.

Parece que o "ponto final" vai ter que esperar.

— Vejo você amanhã, Sr. Peyton.

A formalidade soa estranha saindo dos meus lábios. Ele é o Bryce. Meu Bryce. Aquele que conheci em um bar fuleiro como este, que parece ter sido há um milhão de anos, mas ele não é mais meu.

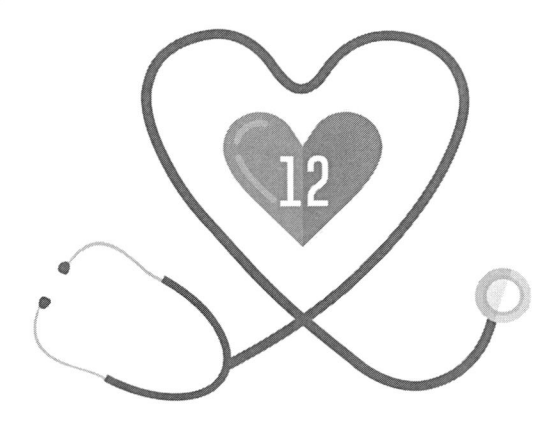

Toc-toc-toc.

Preciso de uma intravenosa para curar essa ressaca, sério. Vodca não é minha amiga hoje. Não, hoje odeio vodca e todas as promessas que ela fez de como eu me sentiria melhor se a bebesse. Não me sinto melhor. Pelo contrário, estou com uma dor de cabeça terrível e passei algumas horas de cara com a privada.

— Ren?

Minha cabeça cai para trás. Gemo quando percebo quem é e coloco a mão na porta. Hoje não tenho energia. Eu queria passar o dia na cama, odiando minha vida e curtindo a pena de mim mesma.

— Ren, eu vi seu carro — a voz de Westin diz, do outro lado da porta.

Destranco a porta e solto a corrente, sabendo que preciso lidar com isso agora. Westin merece coisa melhor de mim.

— Oi — resmungo, limpo a garganta e tento sorrir.

— Você está doente? — pergunta com preocupação em sua voz.

Nego com um aceno.

— Não, Julie e eu fomos ao bar de Rich.

Ele sorri.

— Você me dispensou por isso?

— Não te dispensei, Wes. Ou, não foi minha intenção. De qualquer forma, saiba que estou sendo totalmente punida por meus pecados.

— Como a noite passada foi um fracasso, estou roubando você por um dia — ele me informa. — Vá se vestir, nós vamos sair.

Olho para ele com as sobrancelhas levantadas.

— Desculpa, o quê?

Ele pega a minha mão, me puxando em direção ao quarto.

— Se arrume, Ren. Não discuta comigo, só me escute pelo menos uma vez.

Paro de andar, cruzo os braços e me esforço para não sorrir.

— O que está fazendo, Westin Grant?

Com os nossos olhos fixos um no outro, ele se aproxima, seu braço forte enlaçando a minha cintura e me puxando para que fiquemos um contra o outro.

— Estou fazendo o que deveria ter feito há muito tempo — diz ele, observando minha reação. — Não vou permitir que dite mais as regras, Serenity. Quero mais e estou cansado de esperar que esteja pronta.

Suspiro quando o fogo queima em seu olhar.

— E se eu não estiver pronta agora?

Seus lábios se transformam em um sorriso pecaminoso.

— Então acho que terei que prepará-la.

Se fosse uma semana atrás, eu teria ficado animadíssima com esse tipo de mudança de controle nele. Posso não ter considerado na hora, mas não me sentiria como se estivesse sendo destruída. Agora, porém, estou em guerra com a garota que fui e a mulher que quero ser. Penso em como era deixar um homem governar meu mundo, e como isso acabou. Meu coração é irracional e está dilacerado. Lembro-me de como era comigo há muito tempo com Bryce e, embora não possa ter, anseio pela proximidade e pelo amor que sentia.

Westin deve ver a hesitação, porque não me dá tempo para deixá-la aumentar. Em um segundo, seus lábios se fundem aos meus. A força do beijo me derruba e ele imprensa minhas costas na parede. Seu corpo se molda ao meu, e eu me perco nele, completamente.

Minha língua desliza contra a sua, sentindo o domínio irradiando dele. Eu gemo em sua boca enquanto suas mãos percorrem meu corpo. Westin sabe como me agradar. Ele move seus dedos até o meu centro, pressionando-do exatamente no lugar certo.

Preferia me despir agora do que ir aonde ele está planejando me levar.

— Westin — gemo. — Cama. Agora.

Ele move seus lábios para o meu pescoço, beijando por onde passa até chegar aos meus lábios.

— Não até irmos ao nosso encontro.

Não é justo. Quero que Westin faça o que ele e eu fazemos de melhor e então podemos pensar no encontro. Quero esquecer e ele é a única coisa que acalma o caos que tumultua dentro de mim.

Faço beicinho e ele ri.

— Não é justo.

— Nem os joguinhos que tem feito.

— Não estou fazendo isso. Tenho sido honesta desde o primeiro dia que não sou uma mulher do tipo que tem relacionamento sério. Gosto do que temos. Comecei a pensar que queria mais, mas agora não sei mais… e se não dermos certo? Teríamos que trabalhar juntos, nos ver diariamente. Estou com medo, Wes. Estou com medo de deixar você se aproximar mais e depois bagunçar o que temos.

Eu me obriguei a parar de falar, porque estou um caos. Estou frustrada, em dúvida, insegura e tudo isso ficou claro nos últimos dias. Passei os últimos quatorze anos me endurecendo por ter sido vulnerável a um homem. Meu trabalho, minha família e meu foco me permitiram sobreviver dessa forma. O medo de me abrir para ser magoada de novo me deixa inquieta.

Ele se afasta um pouco e suas narinas se alargam, mas sua voz permanece firme.

— Eu sei, mas estou pedindo um encontro. Uma chance de ver como seria se você baixasse a guarda e abrisse os olhos para o que temos. Não essa merda "nem lá nem cá" que temos feito. Somos ambos adultos. Podemos lidar com o lance de trabalhar juntos se não der certo. Podemos ser amigos se isso acabar, mas, meu Deus, Ren, você suporta a ideia de ir embora?

A dúvida me atormenta e me pergunto se vou me arrepender desse momento pelo resto da vida. Se eu disser sim, estou dando a ele uma esperança de que não existe? Se eu disser não, estou disposta a perder o que tenho com ele?

Julie me daria um soco na cara se ela estivesse aqui.

— Não, não consigo suportar, mas não…

— Não diga mais nada, apenas vista-se e me encontre na sala. — Ele beija meus lábios e se afasta.

Droga. Acho que vamos em nosso primeiro encontro de verdade.

Westin me leva ao cinema, o que não faço há… uma eternidade. Acho que a última vez que fui ver um filme foi na época da faculdade, sério.

— O que iremos ver? — pergunto ao chegarmos à bilheteria.

— Vai ter que esperar. — O braço de Westin envolve meus ombros e minha mão repousa em seu peito. Para qualquer um que passasse, pareceríamos um casal e, por enquanto, somos. A sensação é… boa. Sem passado ou fingimento quando estou com ele. Posso rir, ser diferente e não preciso impressionar Westin. Ele está comigo há tempo suficiente para conhecer minhas peculiaridades.

Pega dois ingressos para um filme de terror e fico um pouco boba.

Westin compra pipoca, um refrigerante enorme, balas e doces.

— Quem vai comer tudo isso? — Ele me entrega a pipoca.

— Nós. Vamos comer porcarias, assistir a um filme e fingir, por algumas horas, que nossas vidas não são sérias o tempo todo.

Aceno uma vez.

— Tá bom, então. Deixa comigo.

Nós chegamos aos nossos lugares e eu me sento, pronta para o filme. De repente, sinto gratidão e arrependimento por ter sido tão idiota nos últimos anos. Westin é verdadeiro, ele está aqui e se preocupa comigo.

Comparar o que temos com o que tive com qualquer outra pessoa não é justo. Com toda a honestidade, sou burra por querer o que tinha antes. Bryce acabou comigo tanto quanto afirma que fiz com ele quando nos separamos. Não quero passar por isso de novo.

Minha mão cobre a de Westin, querendo ter algum tipo de conexão física. Seus olhos encontram os meus e meu coração começa a disparar um pouco.

— Obrigada por isto, Wes.

— Não há de quê. Hoje já devia ter acontecido há muito tempo.

Se eu me der permissão para seguir em frente, pode acontecer. Mesmo com a loucura de nossas vidas, podemos ser felizes… se eu quisesse ser. Se tem alguém que aguenta passar por isso, é ele.

Por sorte, as luzes diminuem, interrompendo a conversa antes que se tornasse intensa. O filme é terrível. Quer dizer, absolutamente ridículo e nada assustador. O tempo todo nós dois fazemos comentários, rimos e jogamos pipoca um no outro.

É a maior diversão que já tive em muito tempo.

— Como alguém poderia pensar que aquele filme era sequer um pouco razoável? — pergunto, enquanto saímos do cinema.

Seus dedos se entrelaçam aos meus e ele me puxa contra a lateral de seu corpo.

— Não tenho ideia, mas estou feliz que sofreu junto comigo.

Sorrio, encarando seus olhos.

— Tá bom. Só sofri porque era muito ruim.

Ele ri.

— Gostei de como deu um gritinho quando ficou com medo e agarrou meu braço.

VOCÊ *se* **AMOU** *um* **DIA**

— Não fiquei com medo! Além disso, não solto gritinhos.

— Tenho quase certeza de que ouvi você.

Dou risada e o cutuco.

— Acho que você precisa verificar sua audição.

— Conhece algum bom médico? — Westin sorri à medida que o encaro.

— Engraçadinho.

Ele se inclina e beija o topo da minha cabeça.

— Fofo. De repente, ele para, pega uma caixa vazia de pipoca do chão e joga no lixo. — Odeio quando as pessoas não jogam suas sujeiras no lixo.

Sinto meus lábios se transformarem em um sorriso caloroso. Aqui está um homem que mora em um apartamento muito caro, tem dinheiro de sobra, mas ainda para e pega o lixo de alguém.

— Gentil — murmuro em voz alta. Solto sua mão e seguro seu braço, conforme seguimos em direção ao Millennium Park.

Enquanto caminhamos, Westin me conta de seu encontro com o diretor e suas esperanças de conseguir o cargo. Depois mudamos de assunto e ele traz à tona um caso que o deixou um pouco perplexo. Adoro ouvir sua paixão à medida que fala de suas esperanças de encontrar uma maneira de ajudar seu paciente.

— Tenho fé que encontrará um jeito — incentivo.

— Você tem, né?

— Tenho. Se existe alguém que não desiste, é você. — Dou risada.

Westin envolve seus braços ao meu redor e começa a me fazer cócegas. Eu me contorço em suas mãos, mas não consigo parar de rir. Sinto tantas cócegas, que chega a ser ridículo. Ele para, mas não solta.

Estamos parados aqui, em frente à entrada do parque, e ele olha para mim com adoração em seus olhos verdes.

— Sou implacável só com as coisas que importam.

— Fico feliz que é assim.

— Ah, é?

Concordo com a cabeça.

— Bem. — Ele dá um tapinha no meu nariz. — Fico fe... — Ele é interrompido quando uma moto passa por nós e ele me puxa para mais perto, abraçando-me com força. Minha pulsação dispara, pois foi por pouco. Wes olha para mim. — Tudo bem?

— Estou bem. — Sorrio. — Graças a você.

Quando estou perto de Westin, sinto uma sensação de segurança em um mar de incertezas. Ele segura o leme, mantendo-nos no curso. Ele não me controla, mas me conforta. Posso relaxar. Consigo respirar.

Continuamos caminhando, comigo segurando seu braço quando chegamos ao famoso Chicago beans – famoso ponto turístico da obra de arte em forma de um feijão enorme e de exterior reflexivo prateado inspirada no mercúrio líquido –, onde muitas pessoas estão se reunindo, tirando selfies e sorrindo. Westin e eu adoramos vir aqui durante nossos dias de folga. É uma região divertida onde podemos ser pessoas normais.

Seu braço envolve meu ombro e eu me afundo nele. Está muito frio.

— Gosto disso, Ren.

Olho para cima com curiosidade.

— Das nossas bundas congeladas?

Ele ri.

— Não, estarmos assim.

Meu coração começa a acelerar quando ele volta para este assunto. Sabia que ia acontecer, mas não sei o que direi se ele insistir. Há uma parte de mim que está pronta para seguir em frente com minha vida e outra que, definitivamente, não está.

Morro de medo de amar outra pessoa. Na minha experiência, as pessoas que amo vão embora ou morrem. Eles me largaram, e não quero pensar nisso agora. Quero aproveitar este pequeno pedaço do céu que Westin me deu.

— Não vamos falar disso esta noite. Por favor. — Fecho os olhos. — Tive o melhor dia com você e não quero estragá-lo.

— Não estou dizendo que quero que nos casemos ou qualquer merda assim, mas quero... — Coloco a ponta dos dedos em seus lábios para detê-lo.

— Amanhã podemos conversar sobre isso. Mas quero aproveitar esta noite sem nenhum assunto pesado.

Ele puxa sua jaqueta em torno de nós dois, e apoia o queixo no topo da minha cabeça.

— Um dia você vai ter que ceder e seguir com a sua vida.

Inalo seu cheiro limpo, esfregando o nariz gelado contra seu peito.

— Por que temos que mudar as coisas?

Westin se afasta, segura meu rosto com as mãos e suspira.

— Porque eu vejo pessoas morrerem todos os dias. Vejo arrependimento em seus olhos e não quero isso conosco. Já se passaram dois anos e tenho sido um homem paciente. Você tem problemas com o amor, e eu entendo, mas não sou *ele*, Serenity. Não sou o homem que ferrou com a sua cabeça. Fui o homem que te abraçou quando chorou, apoiou você, e se não vê que somos mais do que amigos de foda... Nem sei mais o que dizer.

Fico sem chão quando a verdade em suas palavras me penetra. Abro a boca para falar, mas Westin me silencia antes que eu possa dizer uma palavra. Seus lábios pressionam os meus e ele me beija com tanta paixão que minha cabeça gira.

Seguro seus pulsos conforme sua língua entra em minha boca, deslizando contra a língua e roubando meu fôlego.

Ele se afasta e eu ofego.

— Westin, eu quero...

— O que você quer?

Você. Nós. Isso. Eu acho. Mas o medo me impede e eu me odeio.

— Quero que tentemos, mas estou com medo.

Ele me puxa de volta para seu peito, me forçando a olhar para ele com tanto calor em seus olhos que sinto vontade de chorar.

— Sou um médico desejável com quem muitas mulheres gostariam de sair.

Quanto a isso, não há a menor dúvida.

— Eu sei.

— Não posso perder tempo se você nunca vai mudar de ideia.

— Não estou dizendo nunca. Não estou nem dizendo 'não' agora.

O telefone de Westin soa com um alerta e ele sorri, olhando para a mensagem.

— O que foi? — pergunto.

— Nada.

— Está tudo bem?

Ele dá de ombros.

— Sim, foi uma das enfermeiras me avisando de algo.

Algo que Julie me perguntou passa pela minha cabeça, enviando uma onda de ciúme por mim. E se Westin estiver saindo com outra pessoa? No momento, não tenho o direito de me importar. Estava me iludindo antes de pensar que não ficaria chateada de verdade.

Um violino começa a tocar "Radioactive" e nós dois começamos a dançar um pouco. Aqui, abraçados, no meio do parque, nós dois dançamos ao som da música.

Essa música é adequada – na maioria dos dias, eu me sinto radioativa.

CORINNE MICHAELS

Como se eu fosse um produto químico perigoso pronto para explodir a qualquer momento, envenenando aqueles que estão ao meu redor.

A música muda depois de cerca de trinta segundos, quando, de repente, a bateria, uma guitarra e um teclado começam a tocar a próxima música, que é uma melodia muito mais animada.

Nossos braços caem, olhamos ao redor para ver um grupo de dançarinos se movendo, todos sincronizados.

— Puta merda! Vejo quando os grupos de dançarinos do *flash mob* se dirigem para o centro e se juntam. — É um *flash mob*! Nunca vi um e sempre quis ver.

— Sabia que estava chateada por ter perdido aquele no hospital. — Ele se inclina, beija meu rosto e se dirige para o grupo, me deixando atordoada.

A música está alta, os telefones estão no ar e Westin está lá, dançando em perfeita sincronia com eles. A música muda de novo, mas ele não perde o ritmo. Não acredito nisso! Como é que eu não sabia que Westin dança em *flash mob*? Meu sorriso é tão largo que meu rosto chega a doer, mas não consigo desviar o olhar dele. Ele continua com mais duas canções antes de terminar. A multidão ao meu redor começa a aplaudir e todos se dispersam.

Corro até ele, seguro sua mão e o puxo para longe.

— Isso foi… — Balanço a cabeça com os olhos arregalados. — Quero dizer, você faz *flash mobs*! Como? Quando? Você foi incrível.

Ele ri e saímos do caminho.

— Há quanto tempo faz isso?

— Só quando tenho tempo. Lembra-se da criança de oito anos com tumor no cérebro no ano passado?

Meu sorriso desaparece quando o rosto meigo da criança preenche minha memória. Ele era adorável, com o maior sorriso que já vi. Westin ficou absolutamente arrasado quando o perdeu. Nunca o tinha visto tão desolado depois de uma cirurgia.

— Sim. — Afago sua mão.

— Bem, ele adorava *flash mobs*, assistia vídeos por horas no YouTube, então encontrei um grupo que faz e comecei a aprender. Fizemos aquele no hospital para ele, e então continuei encontrando maneiras de praticar.

Meu coração cresce dez vezes mais. Não posso acreditar que ele tem tempo para isso, mas o motivo pelo qual aprendeu é o que me toca tão profundamente.

— Estou sem palavras, Wes.

Ele sorri.

— É muito divertido e algo que me lembra dele. Nunca vou esquecer aquele garoto, mas quando eu danço, é só sorriso e boas lembranças.

A sensação da pele de Westin contra a minha me aquece até o âmago.

— Nunca soube disso.

A mão de Westin toca minha bochecha.

— Tem muita coisa que você não sabe. Coisas que quero compartilhar com você. Tudo o que precisa fazer é dizer sim.

— Nem sei o que dizer, literalmente. Você me surpreende.

— No bom sentido? — Westin sorri.

— Sim. — Dou risada diante do olhar bobo em seu rosto. — De um jeito muito bom.

— Bom quanto?

Eu me aproximo mais de seu peito, amando a maneira como me encaixo nele neste momento. Tivemos a melhor noite e quero muitas mais como esta e como as que sempre tivemos. As noites com meus pés enfiados em seu colo enquanto preenchemos os prontuários. As vezes em que estamos tão exaustos, que simplesmente caímos na cama sem precisar explicar.

— Você me faz querer mais. Não posso prometer que não vou recuar, mas também não consigo imaginar minha vida sem você. No próximo fim de semana, preciso voltar para a casa do meu pai e ver se está tudo bem. Gostaria de ir?

Sua cabeça se inclina de lado, como se eu fosse um enigma que ele está tentando decifrar. É como se ele estivesse me vendo pela primeira vez. Sinto um frio na barriga sob o seu olhar.

— Isso é um sim? — pergunto, depois que a intensidade começa a me preocupar.

— Não sou conhecido por perseguir uma mulher. Você me faz ter vontade de correr… — Abro a boca, mas ele me impede. — Não para longe, porém, Serenity, mas para você. Então, sim, eu adoraria, finalmente, conhecer seu pai.

Meus olhos se enchem de lágrimas que não caem. Não choro. Afasto os sentimentos que ele está revirando dentro de mim.

— Tenho fugido do amor por tanto tempo que não sei se consigo parar, mesmo se eu quiser — digo, desviando o olhar. — Vou tentar, mas seja paciente comigo.

Westin me puxa contra ele, fazendo meus olhos focarem nos dele.

— Sou mais rápido do que você. Estou pronto para te mostrar.

— Pode ser que você não me alcance — advirto.

Ele pode correr mais rápido no sentido físico, mas estou fugindo do amor há anos. Sou boa nisso e não sei se poderei ser pega.

Seus lábios pressionam na minha testa e ele me solta.

— Pode ser, mas não será por causa da velocidade. Será por sua causa.

É com isso que estou preocupada.

Westin dá alguns passos para trás e o ar frio é como um soco no meu peito. A cada passo, sinto sua perda. É assim que vai ser. Ele ali, e eu parada aqui, esperando para tomar uma atitude.

Penso nas palavras de meu pai a respeito de um amor diferente. Aquele onde não seria deixada nas profundezas do inferno. O tipo de amor que Westin oferece não tiraria nada de mim. Eu o vejo recuar e penso no aperto em meu peito aumentando conforme ele se move mais para trás.

Posso deixá-lo ir e ficar aqui, vendo-o partir?

Meus pés estão se tornando um só com o cimento e estou escolhendo ficar.

Quando ele dá mais um passo para trás, sei o que tenho que fazer. Tenho que quebrar as correntes do medo e ir até ele.

Ele é certo para mim.

É bom para mim.

Westin é com quem quero construir um futuro.

É como se, no momento em que fiz a escolha, o chão se transformasse em uma nuvem, ajudando-me a chegar até ele. Acabo com a distância, envolvo os braços em torno dele e o seguro com força. A vida continua ao nosso redor, mas o tempo para. É como se o que foi quebrado dentro de mim por tanto tempo acabou de se curar um pouco. O buraco pode nunca ser preenchido, mas Westin pode remendá-lo. Cada parte minha sabe o que quero. Sem hesitação em meu coração. Ele é o homem certo para mim, e tenho que pôr um fim no passado para poder seguir em frente.

Quinze anos antes...

— Entrei! — grito, correndo para os braços de Bryce. — Consegui!

— Sabia que você conseguiria.

Meu Deus, que alívio. Entrei na Penn State e agora podemos solidificar nossos planos. Vai dar certo. Sinto que posso respirar.

— Que bom que estava confiante.

Bryce balança a cabeça.

— Você é muitíssimo inteligente, entrou em Yale, Northwestern e UCLA, então... sim... Estava confiante.

— Mas nenhuma dessas é para onde eu queria ir, é isso que não percebeu.

UCLA nunca foi uma opção de verdade, mas meu professor me incentivou a me inscrever. Yale era uma opção, se ele fosse para Cornell, mas nós dois queríamos Penn State. Agora, conseguimos.

— Temos um jantar hoje à noite. — Bryce me lembra.

— Merda. Tenho que estudar.

— Garotinha, esta noite não.

Não posso mesmo ignorar essa prova final de biologia. Há uma razão pela qual entrei em todas as faculdades em que me inscrevi – porque morro de estudar. Ele é a única coisa que vejo fora da escola.

— Podemos ir outro dia, por favor?

— Não.

Eu gemo e cruzo os braços.

— Por que está sendo tão inflexível?

— Porque hoje é importante.

A preocupação começa a surgir. É aniversário dele? Não, é daqui a três meses. Nosso aniversário? Não, acabou de passar essa data. Mas que merda tem de importante hoje?

— Por quê?

Ele revira os olhos e me beija.

— Porque é, vá se arrumar.

É claro que não vamos chegar a um entendimento aqui, e hoje é um dia para se comemorar, eu acho. Vou estudar quando ele dormir.

Saio correndo da sala e faço o que ele diz. Eu tomo banho rápido, depilo as pernas e procuro algo bonito para vestir. Assim que estou toda vestida e pronta, saio para vê-lo de terno.

Bryce fica muito bem de terno.

— Quem...

Ele sorri e seus olhos percorrem meu corpo.

— Olhe só pra você. — Lentamente, ele se levanta e fica diante de mim. Suas mãos seguram meu rosto como se eu fosse uma flor delicada e então seus lábios tocam os meus.

O beijo é lento, doce e faz meu coração disparar.

Quando ele me beija assim, parece que tudo desaparece e só Bryce e eu existimos no mundo.

Ele faz isso comigo. Quando estamos juntos, não tenho medo de nada. Sei que ele estará aqui para me segurar. Minhas mãos apertam seus ombros quando nossos lábios se movem juntos.

Alguém já se sentiu tão sem fôlego e amado?

Com os olhos fechados, avalio tudo. A forma como seu perfume enche meu nariz, as notas almiscaradas dando um leve ardor. Como o tecido de seu paletó é áspero contra meus dedos, e como sua pele macia e quente me deixa ansiosa pelo seu toque.

Guardo tudo na memória, para que eu possa me lembrar sempre que precisar sentir, que nada neste mundo pode me machucar.

Depois de mais alguns segundos, ele me solta. Sua testa repousa na minha.

— Eu morreria por você, Ren. Sabe disso?

Sua declaração faz minha respiração parar.

— Como?

— Se algo acontecesse conosco, eu não sobreviveria.

— O que está acontecendo?

Ele solta um suspiro profundo e dá um passo para trás.

— Só fico pensando no quanto eu te amo e como é tão intenso. Tudo que quero é me segurar em nós. É loucura, né? Você sente isso?

Sim. Às vezes, é assustador porque é opressor. É como se nada neste mundo importasse tanto quanto ele, e isso não é normal. Temos apenas vinte e três anos e, no entanto, sei que ele é minha alma gêmea.

— Eu sinto — respondo. — Eu te amo tanto que, às vezes, dói fisicamente.

— Sim.

— E depois eu me preocupei que não ficaríamos juntos e iríamos terminar.

Ele volta a segurar meu rosto em suas mãos.

— Nunca.

Sorrio.

— Bom.

— Casa comigo?

Meus olhos se erguem para os dele, certamente ouvi errado.

— O que disse?

— Case-se comigo, Serenity. — Então, Bryce se ajoelha, segura minha mão e retira uma caixinha do bolso da calça. — Planejava fazer isso no jantar, onde eu diria tudo que tenho em meu coração. Sabe, não há mais ninguém para mim. Eu te encontrei naquela noite e sabia que o que tínhamos era especial. Eu disse a você que um dia seria minha esposa, e falei a verdade na época, e estou falando sério agora. Case-se comigo. Seja a minha esposa. Vamos ter cem filhos. Case comigo, Garotinha. Seja meu tudo… até meu último suspiro.

Não consigo ver seu rosto, pois as lágrimas estão escorrendo. Caio de joelhos e envolvo os braços ao redor dele.

— Sim. Sim! Sim!

E, então, nenhum de nós realmente se preocupa com o jantar.

CORINNE MICHAELS

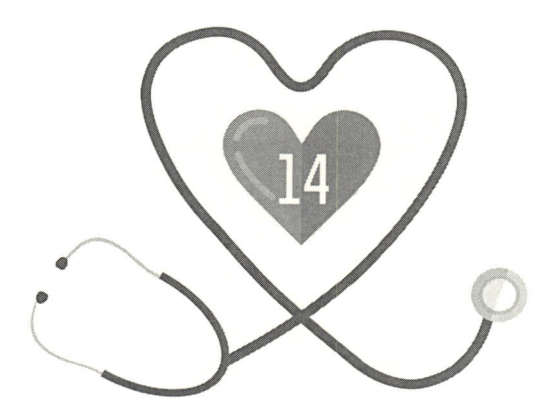

Tudo bem, eu consigo. Vou entrar e fazer meu trabalho.

Hoje começa a administração propriamente dita dos medicamentos. Todas as pacientes foram testadas, as pastas numeradas e agora não tem mais volta. Allison continuará fazendo parte do teste ou precisará ser substituída em 24 horas para que a pesquisa possa prosseguir. Como não tenho outra paciente que atenda aos requisitos de idade e estágio, e ainda tenha útero, ela continuará fazendo parte do programa. Além disso, ela merece o tratamento. Sou a médica dela, fiz um juramento e vou tentar salvá-la, não importa com quem ela seja casada.

Abro a porta do quarto de Allison Brown e encontro ela e seu marido de mãos dadas e sorrindo, e ele a encara do jeito que uma vez olhou para mim. Respiro fundo e forço um sorriso.

— Bom dia, Allison. — Entro no quarto, mantendo o olhar focado nela. Estou com Westin agora, não deveria me importar. — Como está se sentindo?

Ela olha para Bryce e depois de volta para mim.

— Esperançosa. Sinto que talvez dê certo e quem sabe possamos…

Talvez eles possam ter um filho.

Os olhos de Bryce encontram os meus, e eu desvio o olhar, me odiando até mesmo por seguir essa linha de pensamento.

É o que há de errado comigo e por isso nunca serei feliz. Sempre acabo me lembrando dele.

Sigo as palavras no papel, precisando terminar o que vim aqui fazer, sem deixar meus pensamentos ridículos desviarem meu foco.

— Bem, parece tudo ótimo. Seus exames estão bons, as tomografias voltaram como esperávamos, portanto, agora vamos começar a administrar a medicação e monitorar você. — Obrigo-me a encará-la. — Tem alguma dúvida?

Ela assente.

— Eu sei que a declaração dizia que haveria pacientes que não receberiam a dosagem experimental. Essas pacientes ficarão cientes disso?

Esta é a parte de pura tortura para todos os envolvidos, ainda pior para mim. Saber que duas das vinte e quatro pacientes não receberão os medicamentos que desejam é absolutamente horrível. Continuarei tratando o câncer delas, mas se receberem o placebo, provavelmente precisarão de uma histerectomia no segundo mês.

— Não, como afirma a papelada da pesquisa, este é um teste com placebo, o que significa que ninguém saberá quem recebe o medicamento e quem recebe o placebo. Se uma paciente soubesse que estava tomando placebo, desistiria, o que significa que deve ser um teste cego. No entanto, ainda estaremos tratando o câncer com quimioterapia tradicional para mostrar a diferença — explico.

— E ela ainda pode precisar de histerectomia? — pergunta Bryce.

— Sim — respondo, fazendo o melhor que posso para não olhar para Allison e responder como se eu já não soubesse da carta com suas exigências. — Correto, mas estarei acompanhando o tamanho do seu tumor de perto. As regras determinam que não posso fazer nada até o final do teste, que é quando não hesitarei em fazer a cirurgia. — Encaro os olhos marejados de Allison.

Fico olhando para ela, implorando com todas as forças para entender as consequências de suas ações.

— Sei que é assustador, mas há muito tempo trato esse tipo de câncer e, por mais que esse estudo seja importante, você é mais. Não hesitarei em alertá-la se o tumor crescer a ponto de o teste não ser mais relevante. Nós podemos decidir na hora.

Posso fingir ter empatia com o que ela deve estar sentindo, mas não consigo, na verdade. Existe uma ciência por trás da medicina que tira a emoção humana. Trabalho muito para não perder isso de vista ao lidar com meus pacientes.

Tudo o que posso fazer é rezar para que, se realmente se tornar uma situação de vida ou morte, ela escolha a vida.

— Não gosto disso — comenta Bryce. — Não entendo como é justo. Assim você decide quem fica e quem não recebe o coquetel de medicamentos? — Há uma rispidez em sua voz que não aprecio.

É exatamente isso que me preocupa.

Se cada paciente recebesse a mesma dosagem, nunca teríamos uma imagem clara de como essa combinação funciona. Preciso ver comparações das mesmas mulheres recebendo drogas diferentes para chegar a uma conclusão precisa. Ainda mais se quisermos que esta seja uma opção viável para outras mulheres em todo o mundo.

— Peyton — Allison tenta acalmá-lo.

— Não, isso é completamente ridículo. Podemos voltar para a Carolina do Norte e fazer o mesmo tratamento que sabemos que funcionará.

— Allison… — digo, mas sou interrompida novamente.

— Você só se preocupa com a sua pesquisa, *doutora* — zomba ele. — Eu me importo com minha esposa.

— Eu também, Sr. Peyton — respondo, rapidamente. Isso pode sair dos trilhos muito depressa, se eu não conseguir controlar a situação. — Não posso escolher quem recebe qual medicamento. Foi feito um sorteio que designou cada paciente. É a única maneira de manter as coisas justas e equilibradas. — Mantenho o tom calmo.

Até eu abrir o envelope lacrado, não saberei quais pacientes receberão o placebo. A pior parte é que terei que manter as reações ocultas para não alertar algum paciente.

— Isso é palhaçada. — Bryce afasta o cabelo de Allison para trás e pressiona os lábios em sua têmpora. — Podemos fazer a cirurgia e adotar, ou arrumar uma barriga de aluguel. Não quero brincar com a sua vida. A gente pode ir pra casa. Podemos ter tudo o que quisermos, Ali. Não precisa ser assim. Eu amo você.

Meu coração dói com a menção do futuro deles. Quero ser capaz de olhar para ele sem imaginar o que poderia ter acontecido.

Mais do que isso, por que raios ele e Allison fazem a diferença na minha vida? Não fazem. Fiz minha escolha anos atrás, quando terminei tudo entre nós. Não fui atrás dele, implorei que me aceitasse de volta, e ele também não veio atrás de mim. Nós nos separamos, ambos presos em nossas novas vidas e prioridades.

Sim, eu teria me casado com ele se tivéssemos ficado juntos, mas não ficamos, e ele se casou com outra pessoa.

Westin é um bom homem que gosta de mim mais do que mereço. Este é o desfecho de que preciso. Bem aqui, Bryce mudou e eu também.

— Vocês, definitivamente, podem fazer isso — interrompo o momento deles. — No entanto, há uma chance de que possa evitar a cirurgia que

vai tirar sua opção de ter filhos, que é o que acredito que a trouxe aqui.
— Odeio ser dissimulada, mas se Allison sair, todas as outras pacientes também sofrerão. — Se quiser fazer isso, minha sugestão é que eu faça a sua cirurgia hoje para que tenha as melhores opções no combate ao câncer. Posso te colocar na sala de cirurgia em… — Olho para a prancheta como se eu tivesse uma agenda lá. — … uma hora?

— Bom — responde Bryce.

Allison vira a cabeça para Bryce e vejo uma lágrima escorrer por sua bochecha.

— Não é o que quero, Peyton! Mesmo se eu não tomar a medicação, não vou por esse caminho. Quero uma chance. Quero carregar nosso bebê dentro de mim, e se eu não estivesse aqui agora, não haveria opções. Por favor, não tire isso de mim.

Ele balança a cabeça, ergue o olhar para mim por um momento e depois volta para sua esposa.

— Eu só quero você.

Só quero sair dessa porra de quarto.

— Eu também quero você, mas isso é importante. — Seus dedos deslizam pelo seu rosto. — Para mim, importa. Estamos aqui por um motivo e a Dra. Adams é nossa melhor chance.

— Eu te amo — ele se declara para ela.

Eu me fecho, não querendo ouvir mais nenhuma palavra. Tenho tentado lidar com tudo como uma mulher madura e profissional, mas isso é demais. Ouvir isso está fora dos limites.

— Eu te amo mais.

— Até meu último suspiro — diz Bryce, e não consigo me conter.

Ofego quando a dor rasga meu coração já em carne-viva e sou relembrada de algo que há muito tempo tentei esquecer, me jogando de volta ao passado.

— *Não posso ir para a Penn State com você.*
Seus olhos se enchem de confusão.
— *O que quer dizer?*

CORINNE MICHAELS

— Não posso. Minha mãe está doente e minha família precisa de mim.

— Eu preciso de você.

Respiro fundo e toco seu rosto.

— E eu preciso de você, mas o câncer dela não vai melhorar e não posso imaginar o que isso está fazendo com meu pai.

Ele dá um passo para trás, a descrença gravada em cada parte de seu rosto. Sei que não é o ideal. É a última coisa que eu queria fazer, mas no meu coração, sei que é certo. Minha mãe deu tudo para mim. É o mínimo que posso fazer.

— E quanto aos nossos planos?

— Os planos mudam, Bryce. Não estou falando de algo permanente. Irei para Northwestern, você pode ir para Penn State, e nós faremos dar certo... como você prometeu.

Isso parece desanimá-lo um pouco.

— É só que... Consegui um apartamento para nós e estava pronto para isso.

— Eu sei, amor. Eu queria tudo isso também, mas você entende, não é?

— Qual é a distância de Chicago de lá?

Fecho os olhos e sussurro a palavra:

— Oito.

— Oito horas?

— Não gosto disso mais do que você, mas estou pedindo que não torne pior do que já é para mim. Quero que resolvamos isso.

Não brigamos. Nunca. Nós conversamos e então descobrimos o que fazer. Este não é o Bryce que conheço e amo. Ele é sempre compreensivo, mas agora, ele está me fazendo sentir culpada por algo que está fora do meu controle.

— Eu só quero você! — grita ele.

— Não vou te deixar, só estou indo para onde precisam de mim.

Ele balança a cabeça e posso ouvir seu argumento no meu próprio. Levei duas semanas para reunir coragem para falar com ele sobre esse assunto. A mera ideia de deixá-lo me rasgou em pedaços. Depois de falar com meu irmão, sabia o que tinha de fazer. Everton disse que papai está à beira das lágrimas todos os dias e que mamãe mal consegue parar em pé.

Ela está doente por causa da quimioterapia e a única esperança que eles têm é este teste de uma pesquisa clínica para o qual ela foi aceita.

Minha família precisa de ajuda e posso ajudá-la.

— Não estou tentando ser um idiota egoísta, Garotinha. Estávamos apenas construindo nossa vida. Estamos noivos e tudo foi planejado. — Ele passa as mãos no cabelo e suspira. — Desculpa. Sei que não era isso que esperava de mim e, sim...

vamos dar um jeito nisso. Teremos que fazer valer a pena qualquer tempo que tivermos para nos ver.

Uma lágrima escorre pelo meu rosto e corro para ele. Meus lábios tocam suas bochechas, nariz e, finalmente, sua boca.

— Eu te amo, Bryce Peyton.

Ele balança a cabeça, preocupação preenchendo seus olhos azuis.

— Até meu último suspiro.

— Até o meu.

— Oi? Dra. Adams? — pergunta Allison, trazendo-me à força das minhas lembranças.

— Desculpe, estamos prontos para começar, você está preparada? — pergunto.

Allison me estuda com cautela e eu me esforço ao máximo para não olhar para Bryce. Jamais quero que ele veja o quanto essas palavras me afetaram. Allison precisa que eu seja sua médica agora.

Ela fecha os olhos e então, quando olha para mim, vejo a resposta.

— Quero estar nesta pesquisa. Quero a minha vida de volta. Portanto, sim, a única esperança que tenho é você.

Aceno uma vez, recompondo-me e recusando-me a olhar para Bryce.

— Vou dar início à sua medicação. Você ficará internada por três dias enquanto fazemos a quimio, depois virá para um exame e outros procedimentos antes da próxima rodada — explico com muita naturalidade.

— E-eu me lembro.

Ouço o medo em sua voz e, embora essa mulher tenha tudo que eu queria, também é meu trabalho confortá-la. Dou um passo em sua direção, ainda me recusando a sequer olhar para Bryce e toco seu braço.

— Eu sei que é assustador e muito em que pensar, mas saiba que farei o que puder para lutar contra isso junto com você. Tem uma equipe de médicos que acredita nesta pesquisa. — Sorrio e ela retribui com um sorriso esperançoso.

— Obrigada. — Ela faz uma pausa. — Por tudo.

Está claro o significado. Não se trata apenas dos testes, mas por lutar por ela, porque nós duas sabemos o que aconteceria se ela não tentasse.

CORINNE MICHAELS

— Estarei de volta em alguns minutos para preparar você — aviso.

Com uma força que não sabia que possuía, saio do quarto sem olhar para ele. Meu pai estava certo – sou impotente com relação a ele e isso será minha ruína.

Enquanto estou no corredor, cerro os punhos, inspiro fundo e me obrigo a não perder a cabeça. Ele não pode me enfraquecer aqui. Quando estou neste hospital, me recuso a ser qualquer coisa, exceto a profissional no auge da minha carreira. As pessoas precisam de mim para controlar as coisas, e estar confusa não as beneficiará. Acima de tudo, o que importa na minha vida, ser médica é no que me apego. Não vou permitir que Bryce me atrapalhe.

Depois de alguns segundos, recupero a confiança e sigo para o laboratório, onde finalmente descobrirei quem são os dois médicos designados para acompanhar os testes clínicos. Eles garantirão que toda a minha documentação esteja em ordem e serão capazes de discutir qualquer coisa que possa surgir. Por mais que sempre tenha achado ridículo, depois de servir como conselheira de um colega, percebi que, na verdade, é uma ótima política. Bem, contanto que eu não pegue um babaca.

Abro a porta, animada, mas minha empolgação evapora quando vejo Westin parado ali, segurando um envelope, conversando com outro médico.

— Sim, as pacientes recebem um número — ele explica ao Dr. Wells. — Dra. Adams, então, relacionará o número. Precisamos ter certeza de que não há discrepâncias antes de aprovarmos no final.

Dr. Wells examina o arquivo.

— Parece tudo em ordem.

Não. Ele não pode ser conselheiro e auditor nisso. Não pode, porque essa seria a maior piada cósmica de todos os tempos. Ele terá que conhecer as pacientes, supervisionar tudo o que faço, e terei que repassar cada detalhe com ele. Isso não pode estar acontecendo comigo.

— Wes?

— Oi. — Ele sorri. — Estava apenas examinando sua papelada.

— Para…

Ele coça a nuca, que é seu sinal de nervosismo.

— Sou um dos conselheiros da equipe.

E, no entanto, parece que, com certeza, está acontecendo.

Não sei por que o hospital aprovaria isso. Ele e eu estamos romanticamente envolvidos e, embora mantenhamos em segredo, as pessoas sabem.

Com certeza, será visto como um conflito de interesses por alguém. Não só isso, por que raios ele iria querer fazer algo assim? Depois de tudo na noite passada, é um grande erro. Talvez eu consiga que ele deixe essa função para outro médico, um que não me conhece muito bem… intimamente.

— Podemos conversar um minuto? — pergunto e gesticulo com a cabeça.

Eu não aguento muito mais. É tensão demais. Eu me sinto como se estivesse desmoronando. Nada deu certo desde que Bryce Peyton apareceu na cidade.

Solto uma respiração profunda quando chegamos ao corredor.

— Como? — pergunto logo.

— Eu não…

— Você não achou que isso era importante para me contar? Não achou que eu deveria ter recebido o mínimo aviso que fosse? Ou será que você não acha que é uma ideia muito, muito ruim, Westin? — Esfrego a testa. — Você teve a noite toda para me dizer… e nada!

Existem regras do que pode ser compartilhado e já mencionei o possível corte de Allison da pesquisa. Não vou conseguir esconder que há uma história entre mim e um dos envolvidos nos testes, não depois de como me senti naquele quarto há alguns momentos. Ele precisa recusar.

— Sou profissional o suficiente para lidar com isso, Dra. Adams. — Ele se irrita.

Ah, Dra. Adams, não é? Entendi.

— Não estou querendo dizer que não consegue, *Dr. Grant*. Estou simplesmente afirmando que você e eu somos mais do que colegas, e gostaria de evitar quaisquer possíveis sinais de favoritismo e impropriedade — respondo com a mesma dose de concisão em meu tom.

Westin cruza os braços.

— Sou mais do que capaz disso.

Minha garganta fica apertada enquanto Westin me encara. Se ele de alguma forma descobrir que o marido da minha paciente e eu temos um passado, a coisa toda pode ser encerrada. Não reportei isso, o que é claramente uma violação, mas talvez eu possa salvar as coisas. Nenhum medicamento foi administrado, na verdade, não há nada que tenha sido feito de forma questionável neste momento.

— Por que está fazendo isso? Por que aceitaria esse encargo, sabendo o que somos e como pretendemos seguir?

— Não estamos quebrando nenhuma violação ou regra. O Dr. Pascoe sabe muito bem o que somos. Enviei a documentação do nosso relacionamento esta manhã antes de assinar oficialmente.

Recuo um pouco, meu peito aperta como se tivesse levado um soco.

— Sei que era importante para você, mas não achei que fosse tão longe assim. Não pensei que faria isso pelas minhas costas. Não estava preparada para oficializar em papel ainda.

Westin ergue os olhos e suspira, então seus olhos encontram os meus.

— Entendo. Acho que interpretei mal os sinais do que éramos; nenhuma novidade aí.

Isso dói.

— Não é o que estou dizendo. Eu quero, sim. Quero nós dois juntos, mas você e eu sabemos que as aparências, principalmente, em uma pesquisa clínica, são importantes. Temos que fazer tudo dentro dos conformes. Não pode haver o menor indício de qualquer barreira ética sendo ultrapassada.

— Eu sei, por isso enviei a papelada. Procurei o Dr. Pascoe e me ofereci para me afastar, mas ele não quis me ouvir. Sou um dos únicos médicos deste hospital que possui amplo conhecimento em pesquisas clínicas, bem como nos protocolos necessários. Há quatro outros médicos supervisionando, não estou aqui para dificultar as coisas para você, Ren. Estou aqui para ajudar.

Balanço a cabeça, não tenho certeza do que pensar, caramba.

— Você, ainda assim, agiu pelas minhas costas.

— E peço desculpas por isso. De verdade. Eu não queria, mas também não podia te contar. Fiz o que pensei que iria nos proteger e dar às suas pacientes a melhor oportunidade de sucesso.

Westin me dá alguns segundos para resolver isso na minha cabeça. Uma parte minha sabe que ele está certo, que fez a coisa certa, o que, provavelmente, deveríamos ter feito meses atrás, quando ainda fingíamos que não éramos um casal.

— Então, o que isso significa? — pergunto. — Você está supervisionando a pesquisa?

— Não, estou aqui apenas para aconselhar e certificar-me de que toda a papelada esteja em ordem.

Esfrego a testa e solto um suspiro longo.

— Certo.

— Serenity, se eu pensasse, por um segundo, que estar neste teste prejudicaria você ou suas pacientes, eu me afastaria.

— E se prejudicar a nós dois?

Seus ombros cedem e ele suspira.

— Se eu perder você agora, então não estávamos predestinados a ficar juntos. Estou atrás de você há dois anos, Ren. Dois anos em que esperei que você quisesse mais. Você me deu esses pequenos pedaços seus e então os puxa de volta toda vez que chega perto demais de sentir alguma coisa. Eu te quero. Quero nós dois juntos. Mas sei que nós dois colocamos nossos pacientes e este hospital em primeiro lugar, e é isso que estou fazendo. Sou bom no meu trabalho. Não estava tentando te prejudicar quando fui ao diretor. Fiz isso porque é uma opção que protege a nós dois. — Westin toca meu rosto, seus olhos verdes cheios de conflito. — Me desculpe se te aborrece, mas foi a coisa certa. Gosto de você mais do que imagina. — Sua mão cai. — Nunca vou te pedir para fazer algo que possa prejudicar sua carreira por manter segredos, Ren. Não me peça para fazer isso também.

Minha mão também cai, e Westin vai embora, me deixando completamente ferrada. Meu novo namorado e meu ex, juntos na mesma pesquisa clínica... O que poderia dar errado?

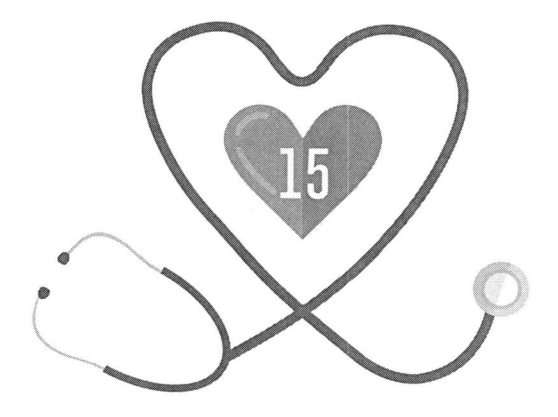

— Quer esperar pelo seu marido? — pergunto a Allison, enquanto estamos em seu quarto, prontas para administrar a medicação.

— Se puder — diz ela, nervosa. — Não quero ficar sozinha quando começar.

— Não tem problema. Podemos esperar alguns minutos. — Sorrio.

— Desculpa, ele teve que resolver um problema.

Ainda há quatro pacientes esperando para iniciar a quimioterapia, e uma delas será o placebo final. Tenho conseguido manter o rosto completamente impassível com cada paciente até agora. Com sorte, aqui será igual, mas parece diferente.

— Por favor, não se preocupe com isso, não vamos a lugar nenhum — eu a tranquilizo de novo.

— *Dr. Grant, por favor, venha a enfermaria* — o alto-falante anuncia.

Olho para Westin, que acena com a cabeça.

— Vá, ficaremos bem — digo a ele.

— Eu já volto. — Ele toca meu braço e depois sai.

Allison pigarreia, olhando para mim com um sorriso que indica que ela quer dizer algo.

— Namorado?

Santo Deus. Não posso ter uma conversa de mulheres com ela, mas também não posso ser rude. Por que minha vida, de repente, é tão difícil? Gostava tanto de como era simples. Não tenho certeza do que exatamente é o certo a se fazer, então dou a ela um pouco, esperando que ela esqueça o assunto:

— Pode-se dizer que sim.

— Desculpe se estou passando dos limites. — Ela morde o lábio.

— Não, está tudo bem.

Que mentira. Nada disso está bem. Faço uma oração para que meu nome seja chamado e eu possa sair daqui sem dizer nada estúpido.

— É o jeito que ele olhou para você, ficou claro que há algo entre vocês.

Nada de deixar o assunto de lado.

Olho para trás, para a porta, me perguntando o que ela viu. Estávamos discutindo há menos de duas horas.

— Não é bem assim…

Allison ri.

— Nada nunca começa assim, não é? Mas ele é muito bonito… e médico.

Eu vou para o lado de sua cama e verifico o equipo de sua intravenosa.

— É, ele é um cara legal.

Por favor, pare com isso ou que o chão me engula, qualquer um dos dois funcionaria.

— Há quanto tempo estão juntos? — pergunta ela.

Por mais que odeie, Allison é gentil e não tenho mesmo uma saída agora. Posso ser indiferente ou escolher ser a pessoa que sou. Amo minhas pacientes e acredito que a cura não envolve apenas remédios. As pessoas têm que querer lutar e estar dispostas a suportar uma batalha imensa para se sentirem melhor.

Passar pelo inferno é dizer pouco.

Eu me orgulhava de ser amiga delas durante esse processo todo, e Allison merece a mesma coisa.

— Já têm alguns anos, mas nada sério até recentemente — admito.

— Ahh… — Ela puxa o cabelo para trás… — Entendo.

— Entende?

— Estou supondo que ele, finalmente, decidiu cagar em vez de desocupar a moita. Os homens são tão babacas quando se trata de mulheres. Peyton era assim. — Allison revira os olhos. — Eu juro, foi como arrancar os dentes para que ele, finalmente, me fizesse a proposta.

Agora estou, de repente, interessada nesta conversa.

— Ah, é? Por quê? Vocês parecem tão felizes — comento, contra a minha vontade.

Nunca deveria ter perguntado, mas não sei quando terei essa oportunidade outra vez.

Ela se inclina, brincando com a ponta do cobertor.

— Não era para eu ter me casado com Peyton, na verdade. Éramos amigos de infância, e nossos pais basicamente combinaram o nosso casamento na infância. Ambos viemos de famílias tradicionais, mas nunca parecíamos estar no *timing* certo. Eu sempre o amei. Eu era aquela garota boba com olhos arregalados para cima do cara gostoso, mas Peyton nunca me viu assim. Eu era só uma amiga chata da família.

Minha pulsação lateja em meus ouvidos enquanto ela me conta a história da qual fiquei imaginando. Será que ele se apaixonou por ela logo depois de mim? Foram mantidos separados porque ele me conheceu? Então me pergunto, por que nunca tinha ouvido falar dela quando estávamos juntos? Sento-me na beira da cama, esperando por qualquer coisa que ela esteja disposta a compartilhar.

— Nós dois acabamos indo para a Penn State, onde o encontrei depois de anos.

Penn State.

Sinto as paredes se fechando, mas, mentalmente, estendo as mãos para impedir.

— Universidade?

Ela confirma com a cabeça.

— Sim, eu deveria ir para Yale, mas meu pai se formou na Penn, então foi para lá que eu fui. Enfim, eu vi Bryce e ele parecia tão… triste, tão… diferente do que eu me lembrava. Conversamos muito. Foi bom conhecer alguém ali e não me sentir tão sozinha. Ele estava em péssimo estado e, por acaso, estávamos ali um para o outro. Ele nunca contou o que havia de errado, mas presumi que fosse outra pessoa.

E havia. Eu.

A maneira como ela o descreveu não é nada como ele era antes disso. Estávamos felizes, prontos para enfrentar o mundo, mas quando cheguei aqui e vi o estado da minha família, Bryce e eu não conseguimos aguentar.

Nós flutuamos feito navios no mar, à deriva. Estávamos em correntes opostas, sem jeito de traçar o curso de volta um para o outro.

Nunca pensei nele tão triste no final. Ele estava tão bravo e desapontado. Meu coração dói pelo homem que ela descreve.

— Fico feliz que vocês se encontraram, então. — As palavras machucam, mas estou sendo honesta.

— Eu também. Ele me convidou para sair, embora claramente não quisesse, e depois nossa relação se tornou mais. Demorou muito tempo

para que ele, finalmente, dissesse que me amava, no entanto. Nós brigáva-
mos tanto e ameacei acabar tudo, e algo clicou.

Quer dizer que ele não correu para os braços dela, simplesmente. Ele
não a amou à primeira vista. Não deveria me fazer sentir melhor, mas me
sinto. Passei tanto tempo esquecendo dele, é bom saber que não foi fácil
para ele também.

— Acho que ele precisava de um empurrão — comento, incapaz de
olhar para ela.

— A maioria dos homens precisa. — Ela ri, descontraída. — Então,
como foi o empurrão do seu médico sexy?

Se ao menos fosse Westin quem precisasse de incentivo.

— Na verdade, fui eu — digo a ela a verdade. — Fui destruída por um
homem há muito tempo e nunca mais queria suportar algo parecido. Perdi
muito tempo tentando me fechar e Westin nunca desistiu de mim.

Ela toca minha mão.

— Lamento muito.

— Está tudo bem. Wes é um homem ótimo e tenho sorte de tê-lo.

— Não sei como você consegue trabalhar com ele, porém. Mataria
meu marido se eu ficasse perto dele o dia todo.

Balanço a cabeça. Às vezes, tenho vontade de matá-lo, como quando
soube que ele seria o meu conselheiro.

— Bem, ajuda o fato de que normalmente só nos vemos quando precisamos de uma pausa…

— Sim! — Ela ri. — Sempre imaginei que as coisas fossem assim
mesmo.

— O quê?

— Tipo, dar uma escapada para transar em lugares aleatórios, a falta de
regra em seus relacionamentos, como uma mistura de novela e seriado. Con-
te-me os detalhes, sabe que sou, basicamente, celibatária há um ano, graças
a essa porra de câncer. Por favor, deixe-me viver através de você por tabela.

Esse é um visual que eu poderia ter dispensado.

— Nós não devemos falar disso, *de verdade* — digo, porque é melhor não.

Não consigo fazer isso. Não posso falar da minha vida sexual, não
importa o quão gentil ela seja.

— Tudo bem — resmunga ela. — Você o ama?

— Quem ama quem? — A voz de Bryce preenche o quarto.

Eu me levanto, e gostaria de saber há quanto tempo ele está parado ali.

Ele ouviu a conversa e interrompeu porque não queria saber?

— Amor! — Allison acena para ele. — Você voltou. Dra. Adams teve que me fazer companhia enquanto esperávamos por você. Estamos começando a primeira dose e — dá um gritinho, feliz — está finalmente acontecendo.

— Vou buscar o Dr. Grant e já volto — aviso, saindo do quarto.

Saio, só que Westin não está por perto.

— Martina! — grito. Ela ergue a cabeça por cima da pilha de papéis. — Onde está o Dr. Grant?

— Ele teve que checar um paciente, disse que vai voltar logo, mas disse para continuar e começar sem ele.

Que maravilha! Meu conselheiro sumiu e tenho outras pacientes esperando, além de uma cirurgia esta tarde. Suspiro e reequilibro minhas emoções.

— Tudo bem — digo ao entrar no quarto. — Vou administrar o medicamento. Você ficará aqui por mais dois dias, depois poderá sair e voltar no próximo agendamento.

Repasso o discurso que fiz o dia todo, do que comer e quando me telefonar ou ir direto para o hospital. Há muitas possibilidades assustadoras e gosto que minhas pacientes estejam informadas. Allison e Bryce estão de mãos dadas quando abro o envelope.

Removo o frasco, anoto o código no fundo e meu coração se despedaça.

Ela vai receber o placebo.

Não há nada que eu possa fazer agora, exceto observar o câncer se espalhar e saber que ela vai morrer. A medicação por si só não será suficiente. No fundo do meu coração eu sei e, pela primeira vez em meus quinze anos de carreira, sinto as más notícias em um nível pessoal.

Fico de costas para eles, sem querer revelar nada, e coloco o frasco na máquina. A cada segundo, sinto o estômago começar a doer de tensão. Isto está errado. Muito errado.

Como faço para encará-la?

A decisão era dela, mas se permitiria mesmo morrer por não poder carregar um bebê? Ainda pode ter um filho – o filho dela e de Bryce.

Porém me lembro da carta. Ela não vai. Ela precisava saber e ser avisada na ocasião. Expliquei também, e ela fez sua escolha. Quando me entregou a carta no primeiro dia, enquanto eu discordava, meu código de ética exigia que eu aceitasse a decisão da paciente a respeito do seu tratamento. Mas foi por que ela tinha uma grande probabilidade dos testes da pesquisa funcionarem com ela. Mas agora que ela vai receber o placebo, isso é tudo muito sério.

E estou mentindo para todos e não tenho com quem conversar.

Fecho os olhos e me recomponho. Não posso revelar nada. As regras existem e havia uma chance de que seria assim. Allison conhecia os riscos e preciso manter isso em mente.

Depois de controlar bem as emoções, me viro para encará-la.

— Tudo pronto. — Sorrio e toco seu ombro. — Uma enfermeira virá ver você em breve. Se precisar de alguma coisa, pode me chamar.

Ela segura minha mão.

— Obrigada, Dra. Adams. Obrigada por fazer isto. N-não tenho co… — Allison começa, com a voz embargada. — Não posso te dizer o que significa para nós. É como se, desde que chegamos aqui, tudo estivesse dando certo. Tudo está acontecendo exatamente como deveria.

Engraçado, o fato de ela aparecer, para mim, foi o completo oposto.

— Fico contente. Agora descanse e eu voltarei logo. — Aperto sua mão, olho para Bryce e saio do quarto.

Não posso acreditar que ela ficou com o placebo. É exatamente o que me preocupava. Droga.

Uma mão envolve meu braço quando estou andando pelo corredor, me impedindo de continuar.

Eu me viro, mas ofego assim que vejo o rosto de Bryce.

— Ela não vai receber o remédio, né?

— Não sei do que está falando — respondo, baixinho, puxando o braço para trás. Sorrio para a enfermeira que passa por mim no corredor.

Assim que ela está fora de vista, Bryce recomeça:

— Vi no seu rosto.

Não sei se acreditaria nisso, vindo de outra pessoa, mas ele me conhece. E ele já viu todas as emoções oscilarem em meu rosto antes. No passado, Bryce me conhecia melhor do que eu mesma.

— Não posso falar com você sobre quaisquer detalhes da pesquisa, Sr. Peyton.

Ele dá uma risada irônica.

— Não me venha com essa merda, Garotinha. Eu te conheço. Sei quando está mentindo. Allison não vai receber o medicamento.

CORINNE MICHAELS

Tenho que esconder qualquer emoção e ser a médica responsável agora. Ele é exatamente igual ao marido de qualquer outra paciente que deseja respostas. Eu entendo, porém, não vou comprometer esta pesquisa clínica.

— Lamento muito que pense que viu algo, no entanto, não posso dizer nada além de que ela está recebendo uma dose de quimioterapia.

— Serenity — ele quase não consegue pronunciar o meu nome. — Por favor, não minta para mim. Apenas me diga a verdade. Ela ficou com o placebo e vai ficar arrasada pra caralho.

Somos duas, então.

— Lamento não poder falar mais do assunto, mas saiba que estou fazendo tudo que posso para tratar Allison dentro dos limites da pesquisa, ao mesmo tempo que respeito suas escolhas.

Bryce dá um passo mais perto, a derrota irradia dele. De alguma forma, ele descobriu, e não vou confirmar de qualquer maneira, só que está acabando comigo vê-lo assim. Não importa o que eu sinta por ele, ver alguém que você ama, sofrendo, dói mais do que se a dor fosse em você.

Lágrimas enchem seus olhos e ele balança a cabeça.

— Por favor, Ren.

— Bryce — suspiro. — Não sei o que acha que viu, mas tem que confiar em mim para fazer meu trabalho.

Ele enxuga os olhos antes que a lágrima caia.

— Eu te conheço. Sei o que vi e o fato de você não ter dito que ela ficou com o placebo confirma o que pensei.

— Não posso dizer nada da pesquisa, não entende isso? Pare de me pedir coisas que não posso fazer. Concordei em tratar Allison e agora você precisa voltar para sua esposa, segurar sua mão e apoiá-la. Não posso discutir isso com ninguém, ainda mais com você.

Não se trata apenas dele e de sua esposa. Tenho certeza de que não é fácil para ele, mas se eu disser algo, estou arriscando a todos.

— Não sou qualquer um.

Ele tem razão. Ele foi muito mais do que isso um dia, mas não é mais.

— Não, você é o marido de Allison e ela precisa de você.

Bryce dá dois passos largos e me puxa para seus braços. Ele me abraça, enfiando a cabeça no meu pescoço. Meus braços estão caídos ao lado do corpo e não consigo me mover. Por anos eu me perguntei como seria a sensação, e é exatamente como sonhei. Fecho os olhos, respirando o perfume almiscarado que é a cara dele, guardando-o na memória. Seu cabelo macio toca meu rosto e luto contra a vontade de esfregar o rosto contra ele. Meu coração dispara e o mundo ao meu redor desaparece quando o homem que eu amava, mais do que qualquer coisa, me toca.

É errado, mas não consigo fazê-lo parar.

Não sei quanto tempo ficamos assim, como duas pessoas perdidas procurando por algo em que se segurar, mas o som de seu soluço me dilacera. Envolvo os braços em torno dele, segurando-o apertado ao mesmo tempo em que ele chora.

Depois de mais alguns segundos, ele me solta.

— Desculpa.

— Está tudo bem.

— Não, não está. Porra. — Bryce esfrega as têmporas. — Odeio isso. Odeio estar desmoronando. Odeio vê-la sofrer. Odeio ter que mentir a respeito de tudo isso.

Dou um passo para trás, precisando de ar e de um pouco de espaço.

— Mentir a respeito do quê?

Sou eu quem está passando pelo inferno mentindo para Westin, Julie, ele, Allison, minhas pacientes e, acima de tudo, para mim.

— Isto. Sobre nós. Que a gente se conhece.

— Foi ideia sua não contar a ela. — Eu o lembro. — Você não queria que ela soubesse do nosso passado.

Ele se inclina contra a parede em frente a mim, nós dois mantendo distância.

— Não aquilo, não posso fazer isso. Não posso me sentir assim e não posso te pedir o que quero. Tenho que voltar para ela… — Ele olha para o corredor.

De volta para ela.

De volta à mulher a quem pertence.

— Sim, é melhor. — Olho para o chão.

Bryce não diz mais nada; ele se afasta da parede e sai, me deixando numa confusão danada. Exatamente como na noite em que o deixei.

— Então, vamos conversar todos os dias? — pergunto, parada na porta do lado do motorista.

— Todos os dias.

— E você não vai se esquecer de mim?

Bryce revira os olhos e pega minha mão.

— Está vendo isso? — Ele ergue a minha mão com o diamante colocado ali. — Isso não é algo que eu me esqueceria. É o anel da minha avó, é herança de família e só a família o usa. Você é minha. Você é minha família, Garotinha.

Faço de tudo para não desmaiar aqui, mas, às vezes, o homem diz exatamente o que preciso ouvir.

— Você é meu também, Bryce Peyton. — Minha mão repousa em seu peito e eu seguro o choro. — E você não se esqueça disso.

Ele sorri para mim como se eu fosse louca, e talvez eu seja. Tenho amado esse homem nos últimos dois anos, de uma forma que me deixou atordoada. Ainda não tenho certeza se estou fazendo a escolha certa ao ir para Chicago, mas tenho esperança de que continuaremos firme e fortes.

— Vejo você em algumas semanas.

Concordo com a cabeça.

— Daí nos veremos algumas semanas depois disso.

— Temos que continuar fazendo planos para que nenhum dos dois decepcione o outro.

— Não — eu digo, com um suspiro. — Não decepcionamos.

Ele se inclina, me beijando com carinho.

— Odeio que não venha comigo, mas entendo.

É a primeira vez que ele reconhece que entende. Meu coração está cheio de gratidão.

— Obrigada.

— Pelo quê?

— Por me deixar fazer o que sinto em meu coração.

Ele se move para o lado, pegando minhas mãos nas suas.

— Eu sei que ama sua família e eu seria o pior tipo de babaca se dissesse para você não ir. Só estava com medo. Porra, estou com medo agora. Não quero que nos afastemos, portanto, não pode deixar isso acontecer.

— Não deixarei.

E estou falando muito sério. Não vou permitir que a gente esmoreça.

— É melhor você ir, amor. Vai ficar tarde e terá uma longa viagem.

Toco seu rosto com as mãos e o beijo com força. As lágrimas que lutei para conter caem sem permissão. As gotas salgadas tocam nossos lábios, misturando-se ao nosso adeus.

— *Não chore* — *pede ele, seu polegar limpando a umidade.*

— *Vou sentir a sua falta.*

— *Não te culpo* — *brinca ele.*

Minha risada é curta e sai quase como um bufo.

— *Você é idiota.*

— *Nunca afirmei ser outra coisa.*

Eu só continuo tentando adiar isso. Não estou pronta para passar semanas sem vê-lo. Vai me matar para ir embora.

— *Devo ir...*

— *Sim, é melhor.*

Luto com a resistência para entrar no carro, com a sensação de que estou deixando metade do meu coração para trás, e talvez esteja, porque não pertencerá a mais ninguém.

— *Eu te amo.*

— *Eu te amo, Serenity. Até...*

— *Meu último suspiro* — *termino por ele.*

E ele fecha a porta do meu carro, e nossas mãos estão no vidro, sem conseguirmos nos tocar, mas precisando de uma conexão. Saio com o carro, as lágrimas caindo livres e então a palma da mão cai e eu vou embora, deixando o homem que amo para trás.

— John — digo com um sorriso, quando vejo o filho da Sra. Whitley.

— Dra. Adams.

— Como você está?

Ele olha para a porta onde está sua mãe.

— Estou bem. Consegui tirar algumas horas de folga e vim aqui.

— Ela sente sua falta.

Vejo a vergonha passar em seus olhos.

— Gostaria de poder fazer mais, mas com o trabalho e as crianças. É... muito difícil.

Tenho que deixar de lado meus próprios sentimentos em relação a essa mulher maravilhosa e lembrar que cada pessoa lida com as coisas de maneira diferente. Não é função minha julgar este homem, mas não consigo deixar de pensar em minha própria mãe e como eu teria voltado no tempo

CORINNE MICHAELS

só para ter mais um minuto com ela. Um segundo em que pudesse segurar sua mão, sentir seu amor ou ouvir sua voz.

— Entendo, porém, ela não tem muito tempo e te ama muito. Não quero ver você se arrepender de nada.

A mão de John vai para a nuca e ele aperta.

— Tenho arrependimentos que alguns dias não bastam para resolver.

A Reparadora em mim está gritando para dizer a ele que o que ele está fazendo agora não vai ajudar em nada, mas fico em silêncio.

— Bem, tenho certeza de que você fez o dia dela, só em estar aqui hoje.

— Espero poder voltar em alguns dias com as meninas.

Dou a ele um grande sorriso.

— Também estou torcendo por isso. Sei que ela adoraria vê-las.

Ele acena com a cabeça uma vez e começa a se afastar. Quando estou bem na porta, ele chama meu nome.

— Eu sei que me acha uma porcaria de filho por não estar aqui, e tenho certeza de que sou. Ela fala de você o tempo todo e quanto tempo passa no quarto dela. Estejamos ou não aqui, estou feliz que ela tenha você.

Penso em meu irmão e como ele lidou com a perda da minha mãe. Quero contar tudo a John, mas não tenho certeza se deveria. Quantas vezes dissemos a ele para aparecer mais e ele não veio? Incontáveis vezes. Foda-se o decoro. Se eu puder impedir alguém de cair em uma espiral igual ao Everton, vou fazer.

— Eu perdi minha mãe para o câncer — comento. — Conheço a dor de ver alguém que você ama morrer, e ela vai morrer, John, e sério, vai desejar o tempo que está desperdiçando agora. Vai querer pegar o telefone ou só sentar ao lado dela e não poderá. Volte com as meninas, porque juro que se não voltar, você se arrependerá e nunca será capaz de reparar isso.

Ele não diz nada enquanto se afasta.

Eu me viro, respiro fundo algumas vezes e coloco um sorriso no rosto.

— Como está minha paciente favorita? — pergunto assim que entro no quarto da Sra. Whitley.

— Cansada — resmunga ela. — Estou com muita dor hoje.

Olho para o prontuário, percebendo que seus sinais vitais também não estão muito bons. Uma enfermeira entra e escrevo algumas observações.

— Aumente o soro e vamos dar outra dose de morfina para a dor.

A Sra. Whitley está começando a definhar. Não estou preparada para dizer adeus a ela. Preciso dela em minha vida mais do que nunca. Parte de mim me odeia por ter me apegado dessa forma. Nunca foi uma surpresa que ela tivesse câncer, fui eu que a diagnosticou. Mas a cada dia me sinto mais atraída por ela.

— John veio hoje — ela me diz, quando eu me sento ao seu lado.

— Veio? — Sorrio, querendo que ela tenha esse momento, então finjo não saber.

— Ele... ele se sentou aqui e me contou das meninas. — Ela tosse.

— Quando a tosse começou?

Ela me ignora.

— Eu vi as fotos.

Que ótimo, mas estou preocupada com seus pulmões. Eu me levanto, coloco meu estetoscópio e faço a ausculta pulmonar. Sua respiração está fraca, mas parece límpida.

— Fale dessa tosse.

A Sra. Whitley segura minha mão.

— Deixe-me te contar do John.

Sento-me na beirada da cama e percebo que ela não quer a Dra. Adams agora, ela precisa de uma amiga. Seus dias são preenchidos com vários nada, a menos que a visitemos. Hoje, ela quer contar a história e eu quero ouvir.

— Tudo bem. — Sorrio e coloco minha mão sobre a dela. — John mostrou fotos para você?

Imediatamente, seu rosto se ilumina.

— Mostrou... Elas estão ficando tão grandes. Esperava que ele as trouxesse, mas estavam em um vídeo no telefone. Ele disse que voltariam em breve.

Ela fala e eu escuto, oferecendo minha alegria quando ela faz uma pausa. Dá para perceber o peso sendo retirado de seus ombros enquanto ela conta sobre as duas netas e o filho. John ficou pouco menos de uma hora, mas fez o dia dela.

Mesmo com sua saúde se deteriorando, seu espírito definitivamente mudou para melhor. Conversamos sobre a pesquisa, mas gosto muito mais de ouvi-la.

Imagino que se minha mãe ainda estivesse viva, ela seria assim. Sempre que a visitávamos, ela ficava feliz, sentindo que poderia vencer as adversidades. Ouço a esperança na voz da Sra. Whitley, e oro para que ela tenha mais dias como este; e espero que John volte amanhã.

CORINNE MICHAELS

— Está se aproximando, não é? — pergunta ela, depois de cerca de vinte minutos da minha visita.

— O quê?

Ela me encara com o olhar perspicaz.

— Sabe do que estou falando.

— Não, você está tendo um pequeno contratempo, mas todos nós vamos fazer o que pudermos.

Sua mão toca a minha.

— Agora, me fale do seu namorado médico.

— Acho que ele está chateado comigo.

— O que você fez?

Bufo uma risada.

— Eu? Por que não poderia ser ele?

— Porque conheço você e ele é um sonho.

— Você está apaixonada por ele — digo, afastando seu cabelo branco do rosto. — Não te culpo, ele é um bom partido.

Os olhos da Sra. Whitley se fecham, mas dá um sorriso tranquilo.

— Certifique-se de resolver as coisas, porque o tempo não é um luxo que podemos desperdiçar.

— Não, não é, mas ele está magoado e eu também.

Ela dá um tapinha na minha mão, e parece que está pegando no sono.

— O tempo cura todas as feridas.

O tempo cura todas as feridas, mas quando você está lutando contra um relógio quebrado, cada segundo conta.

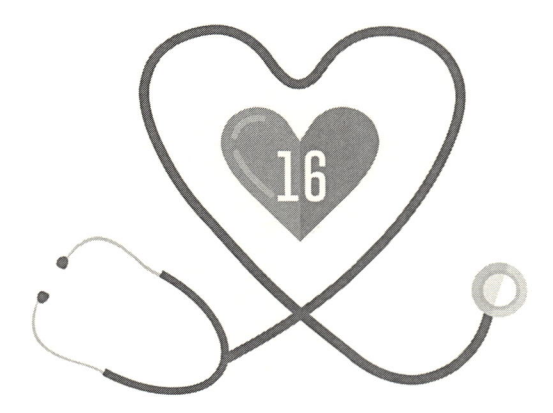

— Então, como foi hoje? — pergunta Rich ao colocar o prato de cheeseburger na minha frente.

— Ótimo — respondo, antes de enfiar uma batata frita na boca.

Se ótimo significar abraçar um homem casado no corredor do hospital, feito uma trouxa. Porque foi o que aconteceu. Fiquei onde qualquer um pudesse nos ver, o que não seria grande coisa se eu não tivesse me derretido contra ele. Abraço os membros da família o tempo todo para confortá-los, só que nunca parece assim, no entanto.

Passei uma hora no quarto da Sra. Whitley. Quando saí, ela estava descansando, mas seus sinais vitais melhoraram e me senti confortável com seu quadro. Mais soro pareceu dar uma ajuda no estado dela e fico feliz por termos visto a tempo. Westin teve que correr para uma cirurgia de emergência e ainda estava operando na última vez que verifiquei.

Aqui estou eu, pedindo a ele para ir comigo ver meu pai em alguns dias e estou retrocedendo no túnel do tempo com um homem que não me ama. A verdade é que não o amo assim, mas não consigo impedir meu coração de sentir essa dor e de deixar minhas lembranças tomarem conta da cabeça.

Digo a mim mesma para deixar isso para trás, e acredito que deixei, até que os veja ou ouça alguma coisa. Então sou jogada de volta no tempo, onde me sentia segura, onde minha mãe estava viva e eu tinha esperança de ter uma família e um casamento. Bryce fez com que fosse tão fácil confiar nele com meu coração e, assim que as coisas ficaram complicadas, foi como se não significássemos nada.

Só quero que pare de doer, mas minha mãe sempre disse que você tinha que passar pela dor para superá-la. Portanto talvez seja isso? Tenho que sentir a merda toda que reprimi durante anos, fingindo que não existia,

CORINNE MICHAELS

para que pudesse realmente seguir em frente.

— Sabia que você se sairia bem, mas também acho que é mentirosa. — As sobrancelhas de Rich se erguem. — Conheço você há tempo suficiente para ver quando está fazendo cara de forte.

De todos os dias que tenho que ser legível, por que hoje?

— Pode fingir que estou dizendo a verdade dessa vez?

— Tudo bem, mas você e eu sabemos o que acontece quando se reprime. A pressão aumenta até que tudo explode.

Oh, está explodindo e serei eu quem será atingida. Não vou sobreviver a esse golpe.

— Eu sei, mas hoje não aguento — admito.

Rich me dá um pequeno sorriso e toca minha mão.

— Talvez amanhã.

Espero que amanhã minha pele não formigue onde Bryce me tocou e eu não sinta o cheiro de seu perfume impregnado no meu jaleco. Gostaria muito de não reprisar o abraço superapertado que ele me deu, a cada dez segundos. Se tudo isso pudesse sumir, eu seria capaz de pensar com clareza e perceber como estou errada, e sairia dessa.

— Não sei mais o que estou fazendo… — digo a Rich, sem querer, em voz alta.

Rich para de limpar o balcão e olha para mim.

— Fazendo o quê?

Encaro seus olhos sábios, esperando por alguma orientação, porque estou à deriva.

— Amei alguém há muito tempo. Eu o amava de um jeito quase sobre- natural. Foi rápido, imprudente, mas foi como respirar pela primeira vez depois de ser mantido debaixo d'água. Foi lindo, doloroso, forte e ainda assim fraco demais porque se desfez como se fôssemos nada.

Rich acena com a cabeça.

— Conheço esse tipo de amor.

— É o que você teve com Ester?

— Mais ou menos. Éramos jovens malucos que estavam em um ca- minho de destruição. Foi esse bar que nos manteve com os pés no chão.

Ester era uma mulher incrível. Ela sempre foi gentil conosco, assegu- rava-se para que estivéssemos trabalhando bastante, estudando e comendo. Juro, era sua missão de vida nos alimentar. Tenho certeza de que tudo fazia parte do plano deles, manter as pessoas alimentadas, daí elas continuariam voltando.

— Você não sente falta dela?

Ele olha para a foto dela que está atrás do bar.

— Todos os dias. Muito parecido com o que seu pai sente, tenho certeza. A morte dela abalou meu mundo, mas tivemos uma vida boa.

— Sim, ele sente falta da minha mãe. Tanto que dispensou a equipe de limpeza, assustou a enfermeira domiciliar e deixou que Everton tomasse conta da casa. O que significa que o lugar está uma bagunça.

Rich ri e pega o pano.

— É bem por aí.

— Homens. — Reviro os olhos com um sorriso.

— Sabe, quando um homem realmente ama uma mulher, ele nunca vai embora. Todos nós temos essa pessoa. Às vezes, nos casamos com elas, passando uma eternidade tentando provar que somos bons o suficiente. Outras vezes, nós as perdemos e passamos nossas vidas nos perguntando como fomos tão burros em deixar aquela mulher partir. Parece-me que você é uma da turma do: "outras vezes".

Mergulho a batata frita no ketchup, girando, pensando no que ele disse.

— Estou no meio-termo. As minhas "algumas vezes" e as "outras vezes" se colidiram. Pela primeira vez, *quero que* as coisas deem certo comigo e com Westin. Ele é bom para mim e nós somos bons um para o outro.

Desde a noite em que saímos em nosso encontro, me pego pensando em como seria um futuro com ele.

Seu sorriso é cheio de orgulho.

— Torcia para que dissesse isso. Conheço esse homem há muito tempo, Serenity Adams, e ele é bom. Ele tem muito amor em seu coração.

— Mas meu coração está em guerra e não sei o que fazer.

Rich toca minha mão.

— Você sabe o que fazer, só não quer fazer. Guerra é somente uma palavra chique para conflito, tem o certo e o errado e você está lutando entre qual lado escolher. Este amor que teve no passado é certo para você?

— Não.

— E o Westin? — pergunta Rich.

— Sim. — Olho para cima, implorando com o olhar para me dizer o que fazer.

— Então não está em guerra. Só precisa escolher o seu lado e fazer o que é certo para evitar um massacre.

Meus olhos se fecham conforme a verdade de suas palavras me inunda.

Eu deveria ter mandado Allison e Bryce embora no dia em que apareceram. Sabia que essa era uma decisão ruim, mas não queria arruinar a pesquisa, ou pelo menos foi o que disse a mim mesma. A verdade é que tinha medo de nunca mais ver Bryce.

É exatamente por esse motivo que eu sabia que ele deveria ir embora.

— Por que você tem que ser tão inteligente? Essa conversa precisa parar aqui, pelo bem da minha própria sanidade.

Rich sorri.

— Sou velho. Com a idade, vem a sabedoria, e é por isso que você deve ouvir seu pai quando ele diz algo.

Meu pai adoraria Rich por dizer isso.

Alguém no bar chama o nome de Rich para pedir uma bebida, ele pisca para mim e se dirige para atender seus outros clientes.

Papai estava certo quando disse que era uma péssima ideia, mas achei que tinha tudo sob controle. Estava tão enganada.

— Ren.

Dou um pulo.

— Você deve estar de brincadeira comigo — gemo, quando Bryce se senta ao meu lado. Fale no diabo e ele aparece. — O que está fazendo aqui?

— Preciso conversar — responde ele.

— Não, eu não quero conversar. Preciso te esquecer. Preciso comer, dormir um pouco e acabar com o câncer amanhã. O que não preciso é ser seguida pelo marido da minha paciente.

Hoje não é dia de conversarmos. Estou muito abatida e não tenho mais forças para lutar.

— Você tem que me ajudar — ele começa.

— Por quê, Bryce? Por que tenho que te ajudar?

— Por favor, sei que você não quer ouvir, mas não vê que ambos podemos conseguir o que queremos?

De repente, não estou com tanta fome. Agora sinto vontade de vomitar. Afasto o prato e dou um suspiro resignado. Quero ficar com raiva, eu deveria estar furiosa, mas estou apenas triste. Sinto como se alguém tivesse me derrotado e não gosto disso.

— Não estou conseguindo nada que eu quero. Na verdade, sinto que é uma piada do universo.

— Eu sei — suspira Bryce e se senta no banco, com ar derrotado. — Acredite em mim, de todos os médicos do mundo, você foi a última pessoa que imaginei que entraria por aquela porta. Nunca pensei que estaríamos aqui hoje. Com certeza, parece que a piada é às nossas custas, né? — Sua mão repousa no balcão, perto da minha, mas não exatamente me tocando.

Ver um pouco de tristeza nele me amolece um pouco.

— Acho que sim.

Bryce solta uma risada forçada.

— Sabe, fiquei pensando em você por tanto tempo. — Ele para de falar, olhando para mim com vergonha. — Sonhei por anos em te ver de novo, e como eu estaria com tanta raiva, que não ligaria se estava bem ou não. Minhas visões de como seria não eram nada assim. Mas desisti de você quando comecei a me apaixonar por Ali.

— Por favor, não faça isso — imploro.

Estou tentando não me importar com ele. Quero seguir em frente, colocar Bryce no passado e olhar para o futuro, mas ele está tornando isso insuportável.

Sua mão toca a minha e meu estômago embrulha.

Bryce continua:

— Não quero mais me sentir assim. Não quero pensar em você. Não quero lembrar de como era quando era ao seu lado que eu acordava. — Meu coração dispara à medida que ele continua a falar, e eu puxo minha mão. — Quando te vi de novo, foi como se eu tivesse voltado no tempo.

É errado, mas aqui está ele, dizendo todas as coisas que eu queria ouvir anos atrás.

— Você precisa parar — peço, esfregando o centro do meu peito. A dor é tão grande que me preocupo em acabar desmoronando. — Bryce — suspiro. — Não posso te ajudar. Não posso mais fazer isso. Você precisa voltar para a Carolina do Norte e encontrar um novo médico. É muito difícil para mim. — Uma lágrima escorre pelo meu rosto quando admito a derrota pela primeira vez em voz alta. — Tenho alguém com quem estou tentando prosseguir com a minha vida, e você de volta… está destruindo essa chance.

Ele tem que ir. Vou perder os testes da pesquisa ou encontrar outra maneira de ajudar as outras pacientes. Mas se ele ficar, não sei quem serei no final.

Os olhos de Bryce flamejam de raiva conforme se afasta.

— Você acha que é fácil para mim? Minha cabeça está uma bagunça. Tenho *esposa*, Garotinha. Uma que está doente e precisa de toda a minha atenção e apoio.

CORINNE MICHAELS

— Então vá. — Aponto para a porta. — Volte para ela. Volte para o lugar ao qual pertence, Bryce. Viva a sua vida e me deixe seguir em frente com a minha. Apenas vá. — Minha voz falha.

Ele se inclina para frente no banco.

— Eu quero, mas não posso. Só quero resolver esse *problema* entre nós para que possamos deixar isso no passado.

— Bem, considere resolvido. Você é casado e sua esposa precisa do seu apoio. Não há nada mais que eu possa oferecer a você. — Coloco uma nota de vinte no balcão e saio.

— Eu deveria estar acostumado em ver apenas suas costas, à medida que vai embora, a esta altura do campeonato! — grita ele, conforme desço a rua movimentada. Paro, meu coração acelerado e as lágrimas borrando minha visão. — Vi você fazer isso anos atrás. Achei que você fosse voltar para mim, mas nunca voltou.

O mundo simplesmente parou e não conseguia pensar.

— Não foi assim que aconteceu — ofego, minha voz tremendo a cada palavra.

— Eu te amei, Serenity. Eu te amei desde o primeiro momento em que coloquei os olhos em você e nunca pensei que me recuperaria de perder você.

Eu me viro, sentindo-me sem fôlego e instável. Seus olhos estão cheios de anos de pesar e decepção.

— Eu te liguei…

Ele balança a cabeça.

— Você ligou depois de meses! Meses tentando encontrar maneiras de resolvermos isso entre a gente.

— Você também parou de me ligar. Estava com raiva porque eu tinha que estudar e minha família para ajudar.

Bryce dá um passo à frente.

— Eu também tinha compromissos, mas você era minha prioridade número um.

Todo esse tempo, nós dois nos agarramos a isso. Apesar de ele ser casado e eu estar com Westin, tem essa… coisa… apodrecendo dentro de nós.

— Aquele dia… — começo, mas gaguejo com as palavras.

— Você partiu a porra do meu coração.

— Daí você acabou com o meu para se vingar de mim? Você terminou as coisas no pior dia possível. — Ele terminou comigo no dia em que minha mãe morreu.

— Você foi embora. — A raiva em sua voz me tira da tristeza que ameaçava me dominar. — O que interessa em que dia foi? Cada dia era o pior dia. Toda vez que eu ligava ou implorava para você vir, estava muito ocupada.

Sim, fui embora, mas foi há catorze anos e precisei fazer isso.

— Nunca quis ir embora, Bryce. Não tive escolha! Fiz o que era certo para minha família, e foda-se você por não entender. Queria que o meu mundo girasse em torno de você, mas eu queria mais. Quando nos conhecemos, eu disse que seria médica e isso significava sacrifício.

Seu peito arfa enquanto ele me encara.

— E acho que sou eu quem tem que se sacrificar agora... outra vez, por você.

— Pode me explicar como é que está se sacrificando agora? Sou eu que estou na posição impossível de tratar sua esposa. Acha que não é difícil para mim? Você não entende que passei a maior parte dos últimos anos pensando em você, repassando o que vivemos? Eu te amei mais do que poderia imaginar. Quando eu te perdi... — Engasgo com o soluço. — Perdi uma parte de mim.

Ele inclina a cabeça para trás e o calor de sua respiração faz com que o vapor flua ao nosso redor.

— Meu amor por você ditou tudo em minha vida. Eu amo Allison, mais do que jamais pensei que seria capaz, mas não é nada igual ao que tínhamos. Imagine como é ver você agora. Imagine saber, enquanto segura a mão de sua esposa, que ainda há uma parte sua que está olhando para a garota que você jurou que estaria no lugar dela.

Eu me sinto leve e a minha cabeça está girando.

— Por favor, não diga essas coisas.

— Não quero senti-las, Garotinha. Você não tem ideia de como sinto nojo de mim por me sentir assim. Nunca, *nunca* magoaria Allison quando ela está doente; eu não a deixaria ou trairia ou faria qualquer coisa para tornar sua vida pior. Mas quero exorcizar esses demônios que você está ressuscitando para que todos possamos seguir em frente e eu possa protegê-la. Não quero que ela sofra outro golpe devastador e que eu poderia ter feito algo para impedi-lo.

Fecho os olhos e luto contra as lágrimas.

— Não posso fazer nada com relação ao que você sente.

— Não, mas pode dar a ela os remédios para ajudá-la.

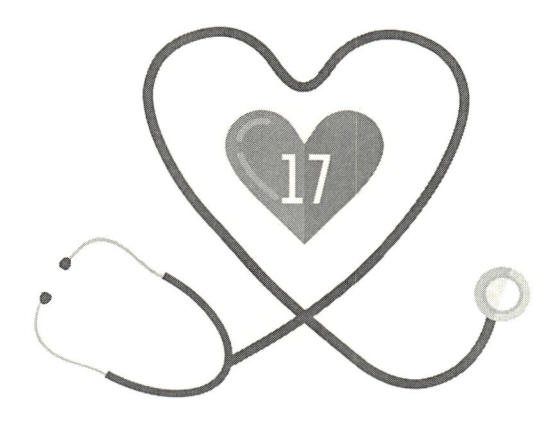

Catorze anos antes...

— Por favor, atenda, por favor, atenda — entoo, esperando Bryce atender. Já se passaram duas semanas desde que nos falamos e, mesmo assim, foi por menos de cinco minutos. Ultimamente tem sido a mesma rotina: ligo, sinto falta, ele liga e não me acha.

Damos voltas e mais voltas, nunca chegando perto o bastante. Tudo está tenso na minha vida agora. Minha mãe está enfraquecendo tão rápido e não há nada que eu possa fazer para impedir, meu pai está tão deprimido que não está comendo e minhas notas estão mais baixas do que nunca.

Mamãe me disse hoje que está insatisfeita com a quantidade de tempo que passava com ela, que quer que eu tenha uma vida, mas isso não vai mudar.

Estamos perdendo ela.

Ela está ficando mais doente e falaram em internação hoje.

Não estou preparada para ela ir para alguma clínica, e falar com Bryce agora me ajudaria muito.

— *Oi, aqui é Bryce, não posso atender. Deixe uma mensagem e ligo quando puder.* Beep.

— Bryce, oi, sou eu... Ando muito ocupada e tentei ligar, mas acho que você também está. Já tem muito tempo que ouvi sua voz e sinto sua falta. Mamãe não está bem — digo, conforme me sento, a cabeça caindo para trás contra o sofá. — Estou... triste. Também estou com medo. Tem sido tão difícil lidar com tudo sem você ao meu lado. Estou divagando, mas meu coração está se partindo, e só quero estar em seus braços. Por favor, me liga.

São seis da noite e não tenho ideia do que ele está fazendo. Talvez esteja estudando, talvez esteja bebendo ou dormindo, até onde sei. Não temos nada além de uma série de chamadas perdidas e um e-mail aleatório na semana passada, que tenho quase certeza de que esqueci de responder.

Fecho os olhos e meu lábio treme quando a tristeza toma conta. Como chegamos nesse ponto? Quando nos tornamos tão distantes? Bryce e eu estávamos em sincronia. Estávamos felizes e apaixonados. Tínhamos planos, droga, e agora não temos nada.

Não quero ser dramática, só que o sinto se afastando de mim.

Cada dia é um a menos para nós e se não fizermos o que prometemos, vamos nos destruir.

Eu me enrolo no sofá, agarrando o travesseiro que costumava ter o cheiro dele e choro até dormir, odiando quantas coisas estão me deixando ao mesmo tempo.

O telefone toca no meu ouvido, me acordando. Eu me levanto do sofá, procurando por ele, rezando para que seja Bryce.

— Alô?

— Ren. — A voz de Everton ressoa do outro lado da chamada.

Olho para o relógio e vejo que é uma da manhã. O pânico me invade porque ninguém liga a esta hora, a menos que tenha acontecido algo terrivelmente ruim.

— O que foi?

— Mamãe.

Eu me levanto depressa, vestindo a jaqueta e calçando o tênis. Nem sei se eles combinam.

— Onde ela está?

— Em casa. Ela não conseguia respirar… você precisa vir aqui.

— Estou indo.

Desligo o telefone, já na metade da escada, e quando entro no carro, afasto o cabelo do rosto e solto algumas respirações. *Eu consigo.*

Pela minha mãe, vou aguentar firme.

A viagem de Chicago para minha casa de infância parece durar uma eternidade. Todo o caminho até lá, digo a mim mesma que serei forte. Barganho com Deus, pedindo um pouco mais de tempo.

— Vou estudar mais — digo, agarrando o volante. — Serei uma filha melhor, uma boa irmã, e salvarei vidas. Por favor, só não a leve ainda. Não estou preparada.

Acredito que Ele vai me conceder isso. Tenho que ter fé.

Enquanto dirijo, meu telefone toca com uma mensagem de voz e aperto o *play.*

— *Garotinha, sou eu, olha… as coisas estão… tensas e cansativas, e acho que talvez devêssemos dar um tempo e pensar no porquê de estarmos assim. Eu ainda te amo, mas isso é muito mais difícil do que eu pensava. Não sei, só estou me sentindo sozinho e você está ocupada.* — A voz de Bryce está distante e eu fico tensa. — *Não estou dizendo para terminarmos, estou dizendo que devemos dar um tempo e ver como estaremos daqui um mês. Desculpa, amor, de verdade.*

Jogo o telefone no carro e bato com a cabeça no volante. É assim que ele termina comigo? Hoje à noite? Por mensagem de voz?

Não, não posso lidar com isso agora. Amanhã, assim que minha mãe estiver totalmente assistida, vou resolver tudo isso, mas agora, não dá.

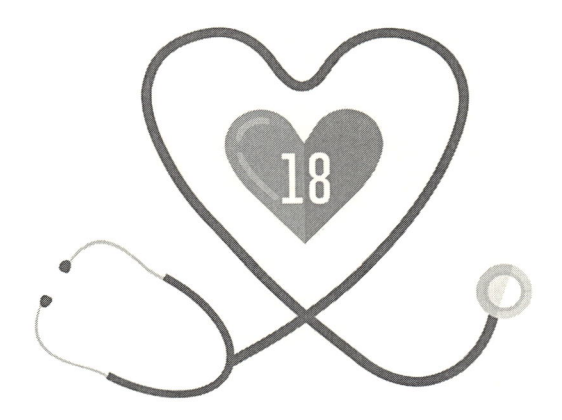

— Já disse que estou fazendo tudo o que posso por Allison.

— Você está me punindo? É por causa da maneira como as coisas acabaram, agora você quer fazê-la sofrer?

Outra lágrima cai. Você pensa tão pouco de mim?

Bryce respira pesadamente pelo nariz, nem mesmo é capaz de olhar para mim.

— Só sei que o que está acontecendo agora não é culpa dela. Sinto muito por como as coisas terminaram. Estava fodido e sozinho. Senti tanto a sua falta que não conseguia respirar. Minha vida estava desmoronando sem você nela. Fiz a única coisa que pensei ser possível fazer... deixá-la livre.

Meu coração está partido pelos jovens que éramos naquela época. Claro, estávamos na casa dos vinte anos, mas não estávamos prontos para tomar decisões que afetariam o resto de nossas vidas.

— Tentei tanto esquecer como você me fazia sentir. Estava finalmente chegando lá, e então você apareceu.

— Você não foi a única que se esforçou, Ren. Eu te amei tão profundamente, nunca pensei que pudesse voltar a amar — admite ele. — Quando deixei aquela mensagem, eu enlouqueci, porra. Eu me odiava e nenhuma mulher se comparava a você.

— Até Allison — eu termino a declaração. — Não posso mais voltar atrás, Bryce. Precisamos seguir com nossas vidas, deixar o passado para trás. Vai destruir a nós dois.

Ele dá um passo para trás, segurando a nuca.

— Desisti de você para salvá-la, não para destruí-la.

Mas a destruição foi tudo o que aconteceu naquela noite.

CORINNE MICHAELS

— Minha mãe morreu na noite em que você deixou aquela mensagem. — Ele ergue o olhar para encontrar o meu. — Escutei no caminho até ela, ouvindo você dizer que precisava de tempo ou seja lá o que fosse... mas perdi tudo. Tenho tentado encontrar um caminho de volta à terra firme desde então. A perda dela foi horrível, mas perder você... Nem sei como descrever o que senti.

— Achei que estava agindo certo com você — ele admite. — Sabia que estava arrasada por ter que dividir seu tempo, então pensei que se eu saísse de cena, encontraríamos nosso caminho de volta um para o outro. Mas não, duas semanas depois, recebi a porra de uma caixa com o anel da minha avó dentro. Sem nenhuma carta. Sem ligações. Nada. E eu te odiei por isso, Ren. Jurei que me esqueceria de você porque, lembrar, bem, doía demais.

— Você não tem ideia de como era sentir esse sofrimento.

Ele dá um passo à frente.

— Estou sofrendo agora. Estou vendo minha esposa perder tudo e você é a única que pode impedir. Será que entende como é difícil pedir para você fazer isso? Como te fazer sofrer, de novo, está me matando? Sou eu quem está vendo a mulher que amo se afogar no câncer e a mulher que é a metade da porcaria da minha alma está com outro homem e detém o poder em tudo isso. Sei que estou pedindo muito, mas, *por favor*, dê a ela o medicamento.

Eu me viro e olho para ele como se ele tivesse enlouquecido.

— Não pode me pedir para fazer isso, Bryce.

— Eu sei o que estou pedindo.

— Não — eu o interrompo. — Acho que não tenha ideia do que está me pedindo.

— É você quem decide nosso destino. Não posso... Não posso perder outra mulher, porque não fui capaz de dar a ela o que ela precisava. — Bryce me olha fixamente. Vejo o sofrimento e o medo lá. — Eu a amo.

Meu coração dispara porque uma parte de mim se pergunta se devo ajudá-lo, mas sei que é errado. É contra tudo o que jurei fazer.

— E eu amo você. — Lamento as palavras no minuto em que saem dos meus lábios, mas não posso pegá-las de volta. Certo ou errado, eu o amo há quase dezessete anos. Sei que ele é casado. Sei que tenho um futuro com Westin. Essas coisas não vão mudar, mas também não vai mudar o fato de que sempre vou amá-lo. — Você foi meu primeiro amor e isso nunca vai mudar. Eu te amo, porque não posso deixar de te amar. Você é parte de quem sou, e por isso, sempre estará no meu coração, mas o que está me pedindo...

VOCÊ ⁓ AMOU ⁓ DIA

A mandíbula de Bryce cerra e ele fecha os olhos.

— Você não tem ideia do quanto eu te amei, Serenity. Nenhuma ideia. Meu amor por você era perigoso. Aprendi com ele...

— Aprendeu? Porque o que está me pedindo não é certo. É egoísta e destrutivo.

— Não, é pedir que você encontre uma maneira de ajudar alguém que é inocente nesta história. Allison não me roubou de você. Ela curou minhas partes danificadas. Ela me permitiu voltar a respirar. — Ele olha para o céu e depois de volta para mim. — Se você já me amou. Se alguma vez signifiquei alguma coisa para você, estou aqui, implorando que encontre uma maneira de ajudar Allison com a promessa do medicamento que você a convenceu de usar. — Bryce dá um passo à frente.

— Isso não tem nada a ver com o fato de eu me importar com você. E também não quero que ela sofra. Acredite ou não, gosto dela e estou tentando ajudá-la sem destruir tudo que construí. Mas o que quer que eu faça... se alguém descobrisse, arruinaria minha vida e a minha carreira.

Sua respiração acelera e ele começa a falar mais rápido.

— Ninguém teria que saber. Você nem precisa dizer nada, apenas ouça. Não, não, não. É loucura até de se pensar em trocar os medicamentos.

— Pare — imploro. — Por favor, pare.

Ele me agarra com as duas mãos, me segurando para que eu não consiga me mover.

— Você não teria feito o que estou fazendo por sua mãe? Será que não pediria ao médico para dar a ela o remédio se soubesse que ele poderia curá-la? — Os dedos de Bryce me soltam, mas ele permanece próximo.

— Não! — Ergo a mão, pressionando-a contra seu peito. — Não compare isso com salvar minha mãe.

A parte triste é que ele está certo. Eu teria feito qualquer coisa para salvá-la. Pedir isso ao médico dela teria sido meu último apelo. O câncer de minha mãe nos separou. Será que estou mesmo disposta a ser a pessoa que vai fazê-lo passar por isso de novo?

A vida está fechando o círculo e, mais uma vez, estou na encruzilhada de uma situação impossível.

Bryce dá um passo para trás com lágrimas nos olhos.

— Só pense nisso, Ren. Você é a única que pode corrigir as coisas para todos nós. Se pudesse curá-la, então eu poderia...

— Você poderia o quê?

Ambas as mãos deslizam pelo cabelo e ele solta um gemido alto.

— Então talvez toda a dor pela qual passamos terá tido algum propósito. Você poderia ajudar Allison e, por sua vez, me salvar. Só sinto que existe uma razão para estarmos aqui; porque não era só para torturar um ao outro. Somos pessoas diferentes, mas já fomos algo incrível, e eu amei você com todo o meu ser. — Ele desvia o olhar com os punhos cerrados. — Não saiu do jeito que pensei que seria. Eu só queria conversar e estava desesperado. Não posso e não vou pedir que faça isso. Você está certa, é egoísta e errado. Esqueça o que eu disse.

Esquecer que ele me pediu para trocar a medicação para Allison? Esquecer que ele me disse que também está perturbado? Esquecer o quê? Porque tudo que tenho tentado fazer nos últimos dias é esquecer. Como vou lidar com semanas dessa situação está além da minha compreensão. Continuo esperando que fique mais fácil com o tempo, mas cada dia é uma nova versão do inferno.

Bryce olha por cima do meu ombro, fecha os olhos e suspira.

— Que maravilha. Isso vai acabar bem.

Eu me viro e vejo o que chamou sua atenção, Westin caminha em nossa direção, atravessando a rua enquanto Bryce e eu estamos parados na calçada. Tudo dentro de mim tensiona quando ele se aproxima.

Os dois homens se entreolham e quase posso sentir o cheiro da testosterona. Westin me alcança, me abraça de lado e beija meu rosto.

— Oi, amor!

— Oi — respondo, rangendo os dentes. Quem me dera fosse o ar frio a causa.

Westin, sendo o homem gentil que é, me puxa para mais perto, esfregando a mão para cima e para baixo no meu braço para me aquecer.

— Você é o marido da paciente dela, né? Nós nos conhecemos outro dia. — Wes estende a mão.

Bryce a aperta e acena com a cabeça.

— Sim, você é o médico.

— Sim. — Westin olha para mim e depois de volta para Bryce. — Vocês dois se conhecem? — pergunta ele.

— Não — respondo, depressa. — O Sr. Peyton acabou de encontrar nosso tesouro escondido aqui. A gente se encontrou por acaso e estávamos conversando sobre a condição de sua esposa.

Agora, mais do que nunca, Westin não pode suspeitar. Ele está supervisionando, monitorando minha pesquisa, e se for alertado, mesmo que um pouco, será tudo em vão.

Seus olhos encontram os meus e depois se movem para Bryce.

— Engraçado, já é a segunda com essa vez e, em ambas, vocês dois estavam com o tom da conversa bem tensa.

— Sabe como é — diz Bryce, sem rodeios. — Ela é minha esposa, e quando você ama alguém, faz coisas que nem sonharia em qualquer outra circunstância.

Suas palavras implicam Allison, mas ouço mais do que isso. Ele está me pedindo para fazer o que veio aqui me pedir. Salvar Allison. Dar a eles a vida pela qual ambos estão desesperados.

— Entendo, e está tudo certo. — Não estou enganando ninguém, mas sei que a segunda parte dessa discussão só vai piorar quanto mais ficarmos aqui.

O braço de Westin retesa ligeiramente.

— Não consigo imaginar o que está passando, mas tenho certeza de que a Dra. Adams está fazendo todo o possível.

Os olhos azuis de Bryce encontram os meus e vejo a dor cintilar.

— Tenho certeza de que está. Peço licença. — Ele abaixa a cabeça. — Vou ver como a Allison está.

Ele vai embora e agora rezo para encontrar um jeito de convencer Westin de que não é nada do que parece.

— Você já comeu? — pergunto, de pronto, ainda tremendo de frio e adrenalina.

— Ren, você não pode me dizer que isso não é estranho.

Contar a ele seria a coisa mais fácil. Basta admitir aqui, deixá-lo me ajudar a consertar as coisas, e não haveria mal nenhum, mas as palavras estão presas na garganta.

— É, sim, mas ele me viu e fez perguntas.

Os olhos de Westin se estreitam e ele suspira.

— Ouvi parte da discussão.

Meu corpo inteiro trava. Não há como escapar, e estou parcialmente aliviada. Estou perdendo a cabeça e Westin saberá o que fazer.

Abro a boca, mas ele ergue a mão.

— Agora não, Ren. Estamos os dois exaustos, brigamos hoje cedo e preciso de um banho. Aquela cirurgia foi intensa e não sei se quero saber do que se trata essa conversa.

O olhar em seu rosto me impede de argumentar. Eu o vi cansado, abatido, derrotado, e ele está tudo isso agora.

— A cirurgia correu bem? — pergunto.

— Não.

Envolvo seu corpo com meus braços e tento oferecer um pouco de conforto.

— O paciente está bem?

Ele se afasta um pouco, mas segura minhas mãos.

— Saberei mais se ele sobreviver esta noite.

Esses casos são os piores. Você precisa ter esperança de que tudo o que fez baste.

— Quer ficar sozinho? — pergunto, sem saber como estamos.

Não sei o quanto ele ouviu, mas está claro que está chateado com tudo o que sabe. Ele tem todo o direito de estar. Eu disse a ele que iríamos dar um passo adiante em nossa relação, e parece que estou sendo puxada para o passado em vez disso.

Seus olhos se fecham, mas ele nega com a cabeça.

— Não.

— Wes — digo. — O que você ouviu…

— Não quero saber. — Ele solta as minhas mãos. — Até agora, ouvi algo fora do contexto, mas se me disser do que se trata de verdade, vou ter que relatar, entende?

Concordo com a cabeça. Ele está me pedindo para esconder isso dele, para protegê-lo e, por sua vez, me proteger. Não o mereço ou sua proteção. Pode nos custar tudo.

O meu celular do hospital apita e a mensagem informa que preciso retornar devido a uma complicação de uma paciente.

— Merda — resmungo. — Tenho que ir, aconteceu alguma coisa com uma paciente. — Estamos bem?

— Estamos. Vá, estarei em casa se quiser passar por lá depois.

Duvido que estejamos bem, mas também não vou pressioná-lo.

— Tudo bem, eu… — 'Sinto muito', é o que quero dizer, mas ele segura meu rosto com as mãos.

— Apenas seja minha, Ren. É tudo o que estou pedindo. Desculpe por eu ter sido um babaca mais cedo. É que estou… é você, tá bom? É você que eu quero e… porra, eu preciso de você.

Meus pulmões doem e sinto vontade de chorar bem aqui. As mãos de Westin caem ao mesmo tempo em que luto internamente. Quero gritar que sou dele, mas não faço isso. Eu deveria dizer a ele que seja o que for que esteja duvidando, não deveria, porque sei que ele é quem quero. Eu deveria dizer muito, mas minha voz se foi.

Ele se inclina, pressiona os lábios aos meus e, então, abaixa as mãos.

Sou tão burra.

Burra e imbecil.

— Vou para lá assim que resolver tudo e podemos conversar depois.

O semblante de Westin, de repente, expressa decepção com as palavras que consigo dizer. Ele veste a sua máscara, a mesma que uso quando estou cansada de demonstrar emoções, e me dá um sorriso falso.

— Faça o que tem que fazer, Serenity, mas não faça nenhuma estupidez.

Não faço ideia do que significa isso. Será que ele ouviu a parte que falamos da medicação experimental? Ele sabe o que Bryce me pediu?

Por que não posso só voltar há algumas semanas e jamais aceitar Allison Brown na minha bendita pesquisa?

Nada disso estaria acontecendo.

Ele afasta o cabelo do meu rosto.

— Vá.

Estou a apenas dois quarteirões do hospital e chego lá em pouco tempo. Em minha caminhada, não me permiti pensar na bagunça colossal em que minha vida se encontra. As coisas que Bryce e eu dissemos não importam agora: uma paciente precisa de mim.

O corredor parece mais longo do que nunca conforme caminho para a enfermaria.

— Martina — chamo o nome dela.

— Ah, Ren, é a Sra. Whitley — ela explica, com tristeza em seus olhos. *Não. Não. Hoje não. Por favor, não sou forte suficiente para lidar com isso hoje.*

— É grave? — pergunto.

Seu rosto diz tudo. É ruim e não poderei fazer nada.

— Ela está chamando por você.

Troco o meu casaco pelo jaleco branco, entrando em modo médica. Não vou terminar isso de forma diferente. Ela é o ponto alto dos meus dias sombrios e vou perdê-la hoje.

O bipe do monitor é o único som no quarto. Vou até a cabeceira e seguro sua mão, dispensando a enfermeira que está aqui. A Sra. Whitley não se move e o som de sua respiração forçada faz minha garganta apertar. Apenas algumas horas atrás ela estava ficando mais forte, e agora... está morrendo.

— Estou aqui, Sra. Whitley. A senhora não está sozinha.

Afasto seu cabelo branco do rosto com um sorriso triste. Ela me disse uma vez que não queria morrer em um quarto sem ninguém que a amasse. Prometi que estaria ao lado dela. Eu só queria que não estivesse acontecendo, afinal. Se ela estivesse bem, eu contaria da minha situação e esperaria pela orientação que ela daria. Ela era como uma mãe para mim em alguns aspectos, sempre cuidando de mim.

— Queria vir com mais frequência. Você estava melhor e planejei vir amanhã para contar tudo. Meus Deus, meu coração está transbordando agora e tenho muito a dizer e talvez a senhora possa ajudar.

Ela abre os olhos, só um pouquinho.

— Serenity.

Meu nome. Vou sentir falta de ouvi-la pronunciá-lo.

— Estou aqui.

— Me diga o que está errado.

Fecho os olhos, minha cabeça caindo sobre as nossas mãos entrelaçadas, que descansam na cama.

VOCÊ ⁓ AMOU ⁓ DIA

— O homem de quem falei, aquele que amei quando era jovem... ele voltou. Ele está me pedindo para fazer algo que jamais deveria sequer considerar, mas minha cabeça não para de girar. Não sou essa garota. Esta mulher fraca que faria algo tão estúpido por um homem, mas por que quero fazer? — pergunto. Ela está deitada aqui, permitindo-me abrir o coração. — O amor te deixa boba, mas por que eu pensaria em me prejudicar para dar a ele o que quer? O que a senhora faria se fosse Leo? Sacrificaria os próprios sonhos se soubesse que isso o faria feliz? Não é isso que é amor? Arriscaria tudo por Leo, mesmo se soubesse que ele não é mais o homem certo para você? — Olho para ela e vejo o sorriso débil.

— Sim — murmura.

— Leo te amava de todo o coração — digo a ela. Seus lábios se curvam um pouco ao som de seu nome. — Leo está esperando por você, né? — Mais uma vez, sua boca se move.

É ele quem está dando paz a ela agora.

— Lembro-me da história que me contou a respeito dele. — Esfrego sua mão conforme meus olhos se enchem de lágrimas.

Quando minha mãe faleceu, foi a história do meu pai que ela ouviu quando deu seu último suspiro. Meu irmão e eu ficamos um de cada lado dela, relembrando sua história de amor. Espero que isso dê à minha amiga a mesma paz.

— Era uma vez, uma mulher bonita que andava pela rua a caminho do mercado. Ela estava cuidando da própria vida, focada apenas em sua tarefa, quando um belo soldado esbarrou nela, fazendo com que sua bolsa caísse no chão e espalhasse tudo que tinha dentro para fora. — A Sra. Whitley suspira e eu luto contra as lágrimas. — O sargento Whitley era o homem mais bonito que ela já tinha visto. Ele sorriu para ela e tinha olhos amáveis. Imediatamente, ele caiu de joelhos e a ajudou a recolher todos os seus pertences. Quando suas mãos se tocaram, foi como se ela tivesse se queimado.

— Leo... — ela geme.

Uma lágrima desce pelo meu rosto ao som de sua voz chamando por ele.

— Leo a acompanhou até a loja e, em seguida, levou suas compras para sua casa. Infelizmente, seu pai não gostou do soldado bonito.

Lembro-me de observá-la contando a história que me fez acreditar que o amor verdadeiro existe, mesmo que tenha me iludido. Seu pai não era um bom homem e os proibiu de ficarem juntos. Ele era um oficial militar de alta patente e não permitia que a filha ficasse com um soldado.

CORINNE MICHAELS

— Ele ameaçou Leo, mas Leo amou Dorothy à primeira vista. — Sua mão aperta ligeiramente. — Ela o amava também, então todas as noites, ela fugia de casa e o encontrava na margem do rio. Depois de semanas se esgueirando, seu pai ficou desconfiado. Dorothy e Leo fizeram planos para fugir antes que ele fosse mandado embora.

Seus olhos se abrem, fixando-se nos meus. Aperto sua mão com delicadeza e termino o resto da história.

— Eles se encontraram naquela noite, com planos de fugir, mas o pai dela a seguiu. Ele ameaçou os dois, mas o amor deles era tão forte que não podia ser rompido. Leo colocou Dorothy em sua caminhonete e a levou embora, casando-se com ela ao amanhecer. Eles foram casados por muito tempo e se amaram até que ele deu seu último suspiro.

A Sra. Whitley começa a ofegar e eu me sento na beira da cama, minhas lágrimas caindo livres. Um amor assim valia todo risco.

— Vá até o Leo. Ele está esperando pela senhora, seus braços estão abertos, ele te ama. Vá até ele.

O monitor mostra que ela está em seus últimos momentos, e desligo o som e repito o nome de Leo, seu amor, e digo que ela não está sozinha.

Aperto o botão de chamada, a enfermeira entra e eu balanço a cabeça. Ela está do outro lado da Sra. Whitley, monitorando seu pulso.

Os olhos da Sra. Whitley se abrem uma última vez e depois se fecham. E então ela se vai, pacificamente, e espero que esteja com seu Leo de novo.

— Hora da morte, vinte horas e quarenta e três minutos. — Minha voz falha no último número, assim como uma parte de mim. Queria conversar com ela de novo, contar que Westin e eu começamos a ter um relacionamento sério, de verdade. Ela teria sorrido quando eu contasse que íamos para a casa do meu pai.

— Meus pêsames, Dra. Adams — diz Martina. — Sei que a Sra. Whitley significava muito para você.

Fecho os olhos, tentando esconder as emoções.

— Ela era uma mulher fantástica de quem eu gostava muito.

— Era como uma mãe e avó para toda a equipe. — Ela funga. — Gostava muito de vir aqui visitá-la.

— Alguém ligou para o filho dela?

Os olhos da enfermeira encaram o chão.

— Sim, ele estava a caminho.

— Vou avisá-lo quando ele chegar — digo a ela.

VOCÊ ~ AMOU ~ DIA

Olho para a forma inerte da minha amiga e outra lágrima cai. Ela era parte do meu dia que nunca mais terei. Ela me fez sorrir quando senti que não seria capaz, porque era precisamente assim. Havia tanto amor em seu coração, era impossível não sentir quando estava perto dela. Sinto como se tivesse perdido minha mãe de novo.

Ela me amou à sua maneira, me tratou como sua filha. Eu vi como ficou orgulhosa de mim, e, às vezes, decepcionada comigo, mas sempre foi gentil. A Sra. Whitley era parte de mim e acabei de perdê-la.

CORINNE MICHAELS

Catorze anos antes...

Viro na estrada de terra. O gramado é de um belo verde com pequenas manchas de flores silvestres. Quando menina, sempre adorei ir até lá, pegá-las e trazê-las para a minha mãe. Ela falava sem parar de como eram lindas e as colocava em um vaso. À esquerda está o grande carvalho onde minhas iniciais estão gravadas e o balanço de pneu. Esta casa é meu porto seguro, o lugar que chamo de lar.

Meu irmão está sentado na varanda, a cabeça entre as mãos.

— Everton — digo, andando em direção a ele. Ele parece muito mais velho do que a criança despreocupada de apenas um ano atrás. Suas feições são mais nítidas, ele não é criança, mas, sim, um homem.

Seus olhos encontram os meus, cheios de lágrimas não derramadas, e ele não precisa dizer mais nada. Só há uma coisa que poderia colocar os dois homens nesta casa de joelhos, e só preciso de um tempo para endireitar as coisas.

Everton se levanta e me puxa para seus braços.

— Você pode salvá-la, Ren. Já é quase médica, pode fazer isso.

— É ruim?

Lágrimas enchem seus olhos e sinto seu peito subir e descer. Posso contar nos dedos de uma mão as vezes em que vi Everton chorar. Ele é mais parecido com meu pai do que eu gostaria de admitir. Tem mais de um metro e oitenta de altura, ombros largos que suportam o peso do mundo, olhos amáveis, a menos que você o irrite.

— Serenity. — A voz de papai é suave, mas posso ouvir uma ponta de alívio quando ele me vê.

— Papai, onde ela está?

— Ela está com o médico, mas, querida, não é nada bom.

— Não, só está dizendo isso porque não sabe. Vou entrar, dar uma olhada nela e falar com o médico.

Everton vem atrás de mim e coloca a mão no meu ombro.

— Ren… — suspira ele e eu olho para trás.

— O quê?

Uma lágrima desliza pelo rosto de meu pai e ele balança a cabeça.

— Não torne isso mais difícil para ela.

Não vou, digo a mim mesma ao entrar em casa. Só farei o que puder para fazê-la lutar. Precisamos de mais tempo para a quimio funcionar, droga. Ambos estão desistindo, e eu, não. Minha mãe nunca desistiu de mim, e terão que me levar com ela antes que eu desista.

Quando abro a porta do quarto, palavras me escapam. Percebi que Deus não estava disposto a atender ao meu pedido. Há olheiras roxo-escuras sob seus lindos olhos azuis, e a palavra frágil quase parece forte demais para explicar como ela se parece.

Toda a esperança que eu estava sentindo ao pisar aqui se foi. Minha mãe está morrendo.

— Serenity… — murmura ela e meu coração se parte. — Você veio!

— Mãe. — Minha voz vacila. — Por favor, não…

Meus pensamentos estão confusos.

— Venha. — Seu sorriso é sereno. Faço o que ela pede, e vou até ela. Sua mão repousa sobre a minha e a luz em seus olhos retorna um pouco. — Minha doce menina, está na hora.

— Eu deveria ter estado aqui antes. Tinha que ter deixado a faculdade e estado aqui.

Ela faz que não com a cabeça e suspira.

— Você veio. — Suas palavras vêm em respirações suaves. — Quando pôde.

— Tem que haver algo que possamos fazer! Conversar com outro oncologista? Talvez nós possamos…

— Shhh. — Ela aperta a minha mão. — Não há mais nada a fazer agora. Só quero a minha família aqui.

Perdê-la vai destruir a mim, meu pai e meu irmão.

— Você não pode parar de lutar, mãe.

— Não posso continuar, Serenity. Estou cansada.

Avisto meu pai e meu irmão na porta. Todos nós temos lágrimas escorrendo pelo rosto. Minha mãe sorri para meu pai e ele se aproxima. A gente se abraça, nós quatro, e de alguma forma, conectados em torno de minha mãe.

O tempo passa, mas ninguém se importa, apenas seguramos as mãos da minha mãe, mostrando a ela que estamos aqui.

A maior parte do tempo é passada em silêncio, mas de vez em quando alguém fala palavras de encorajamento. Meu pai sai do quarto, e Everton e eu ficamos um de cada lado dela. Sua respiração está mais leve e menos frequente. Eu me inclino, pressiono meus lábios em sua pele fria e sussurro:

— Havia uma linda mulher chamada Harmony e ela conheceu um homem chamado Mick. Mick não era o tipo de homem que ela imaginou, ele era rude e andava em uma Harley. Ele tinha tatuagens e uma barba comprida.

Enxugo as lágrimas enquanto conto a história de sua vida.

— Harmony era tranquila, meiga, e seu exterior era o oposto de Mick, mas a questão era essa, ela viu seu coração.

Mamãe agarra minhas mãos e as de Everton. E então meu irmão começou a falar com lágrimas silenciosas:

— Mick era todo barulhento e rude porque, por dentro, ele sabia que Harmony era a mulher da vida dele. — Meu irmão me olha, desesperado. Então eu continuo.

Conto do amor deles e a vida que construíram. Como a adversidade não era nada que eles não pudessem enfrentar se estivessem juntos. Meu coração dá um salto no peito quando penso em como me sentia da mesma forma antes de uma mensagem de voz. Como acreditei que meu amor por Bryce era tudo de que eu precisava, e agora acabou.

O peito da minha mãe sobe e desce, e vejo seu esforço. Inclino a cabeça perto dela, as lágrimas caindo e molhando o travesseiro, e sei do que ela precisa – permissão para parar de lutar.

— Está tudo bem, mãe. Pode ficar tranquila, cuidaremos do papai.

Ela dá mais duas respirações superficiais, e então nada mais.

Everton desaba na cadeira e eu choro baixinho, já sentindo a perda da mulher que me fez ser quem sou.

Juro, agora, que lutarei contra o câncer e garantirei que o mínimo possível de pessoas sofra perdas como acabei de sentir.

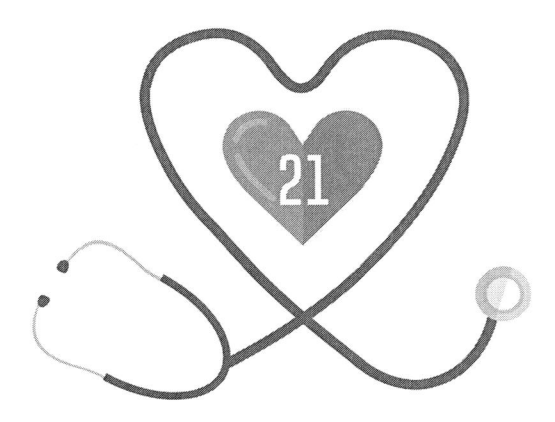

A Sra. Whitley morreu. Ela se foi e meu mundo parece estar desmoronando ao meu redor. Bryce, Westin, Allison, minha família, minhas crenças... todos parecem se dissolver ao meu redor conforme olho para a mulher a quem amo tão profundamente.

Se eu ficar aqui, vou desabar. Não digo uma palavra quando corro para fora do quarto, sentindo-me desorientada e confusa. Pacientes morrem. Essa é a minha realidade. Passei a maior parte da minha carreira mantendo-as à distância, mas nunca sendo cruel. Por que permiti que ela se aproximasse? Por que tive que perdê-la hoje? Ela deveria estar cercada por seu filho e netas. Era uma mulher linda que deveria ser amada por todos. O câncer mais uma vez reivindicou alguém e o roubou.

Devo ser eu quem o detém.

Sou a médica que deveria tê-la salvado. Fiz tudo e ainda falhei.

Meus pés se movem, mas não consigo ver nada em meio às lágrimas.

Eu fracassei.

Fracassei.

Falhei com minha mãe outra vez.

As pessoas se movimentam ao meu redor, mas não presto atenção, perdida demais em meu próprio mundo e à devira. Essa é a sensação das últimas semanas. Minha âncora quebrou e estou perdida no mar.

Ouço alguém rir e olho para cima, vendo Allison e Bryce aconchegados em seu quarto. Ele está deitado na cama, os braços em volta dela, e ela está olhando para ele como se ele fosse a razão de ela estar nesta terra. Não sei quanto tempo fico aqui, vendo-os, mas é como assistir um filme.

— Você me ama? — pergunta ela.

CORINNE MICHAELS

— Um pouco — provoca Bryce.

É nítido que ele a ama. Seu sorriso é natural, como seus olhos são ternos e a voz suave. Ela significa o mundo para ele, e vejo tudo agora. Bryce encara Allison igual ao meu pai olhava para a minha mãe, e percebo que não é nada parecido com o jeito como olhava para mim no passado. Estávamos apaixonados, sim, mas era novo e sonhador. Não conhecíamos as crueldades da vida fora da faculdade. Nenhum de nós conhecia as tensões do trabalho, do estresse, dinheiro e das verdadeiras provações do mundo. Falhamos em nosso primeiro teste, eles não.

É com ela que ele está destinado a estar.

— Sabe que me ama mais do que um pouco. — Allison toca seu rosto. — Além disso, ninguém mais iria tolerar suas chatices.

Ela o ama do jeito que nunca fui capaz – suficiente para lutar.

Ele ri.

— É mesmo? Bem, quanto você me ama?

Ele precisa dela como nunca precisou de mim.

Allison finge refletir.

— Não tenho certeza. Você é muito chato.

Eles foram feitos para ficar juntos.

— Faz parte do meu charme.

Éramos novos quando nos amávamos, mas o que eles compartilham é amor verdadeiro, honesto e lindo. Como adultos.

Ela balança a cabeça e, de repente, seu humor muda. Seus dedos se movem com suavidade por sua barba rala.

— Quem vai cuidar de você se eu morrer?

A voz de Bryce está cheia de determinação quando ele segura o rosto dela com as mãos.

— Não vai acontecer nada com você. Me ouviu? Diga. Não vou deixar nada acontecer porque não vou sobreviver, Ali.

— Tá, tá, continuarei bem aqui. Relaxa. — Sorri ela. — Eu te amo, e nosso amor vai nos manter fortes. Além disso, estou tomando a medicação para melhorar. Sinto que está funcionando.

Dou dois passos para trás, chocando-me à parede e sentindo a respiração deixar meu peito em um arquejo. As partes restantes do meu coração se partem e sei que não posso assistir isso. Ele pode perder a felicidade e o futuro que eles merecem e posso ser a única a impedir. Uma perda a menos no mundo.

Uma pessoa a menos com dores por causa do câncer.

Dar a uma paciente o que ela realmente precisa não deve ser uma escolha tão difícil.

Sou médica. Eu fiz um juramento de ajudar as pessoas. Sou uma mulher que viu as pessoas ao meu redor sofrerem quando eu não tinha como ajudar, mas agora tenho um jeito. Acredito profundamente nisso. É um risco, mas não me importo, porque serei a única arruinada. Allison ficará feliz. Bryce ficará feliz e, quando alguém descobrir, todas as minhas pacientes terão tomado os remédios.

Preciso fazer isso. É a coisa certa.

Sem pensar duas vezes, caminho para o laboratório, determinada a não permitir que mais uma pessoa que amo sofra. Catorze anos atrás, Bryce fez a escolha de me afastar para salvar minha mãe e meus estudos. Agora, vou ajudar alguém que ele ama.

Tem um médico saindo do laboratório quando chego lá, e seguro a porta antes que ela feche para não ter que inserir meu código.

— Olá? — chamo.

Ninguém responde.

Vou até o armário trancado onde as informações dos testes da pesquisa são mantidas, e procuro nas pastas. Sei o número da pasta com o medicamento destinado a Lindsay, a paciente que desistiu. Esta droga está inutilizada aqui, enquanto Allison toma o placebo. Parada aqui, segurando a única coisa em minhas mãos que pode me destruir para salvar outra.

Tudo que tenho a fazer é mudar o número desta pasta e o número da de Allison.

Basta deslizar a caneta e ninguém saberá, exceto eu.

Fecho os olhos e ouço a voz da minha mãe.

— *Você tem um dom, Serenity, um lindo presente e a habilidade de curar aqueles ao seu redor, nunca desperdice isso. Supere seus próprios medos, minha linda menina. Não tema o que você sabe que é certo.*

Mas consigo fazer isso? Será que posso mesmo continuar com isso? E se não for certo?

Não existe "*e se*".

Sei que o que estou fazendo é errado a nível profissional. Vou perder meu emprego, respeito, Westin, minha família e tudo pode virar cinzas, mas…

É errado não fazer.

Posso ajudar alguém. Posso dar a eles o que querem, eu sei. Sei que esta pesquisa clínica possui a combinação certa de medicamentos e, embora possa perder tudo, posso dar algo a outra pessoa. Posso salvá-la. Isso era o correto. Caso contrário, Allison morrerá e nunca vou me perdoar. Sim, eu consigo.

Pego a caneta e escrevo o número, agarro o frasco e coloco no bolso. Amanhã, Allison receberá a próxima dose do medicamento real, e rezo para que esta seja a cura de que ela precisa, evitando que Bryce sinta a dor de perder qualquer outra coisa. Olho de volta para o frasco, memorizando os números para poder ajustar no seu prontuário, tirar o rótulo do frasco que ela realmente recebeu e trocá-lo por este. Vai parecer que sempre foram assim.

Eu... fiz.

Meu coração bate forte conforme saio correndo do laboratório antes que alguém me veja, e sigo pelo corredor. Preciso alterar o código de leitura da bolsa no aparelho para corresponder ao frasco que estou segurando agora. Essa é a única ponta solta.

Agora que cheguei tão longe, não posso parar. Tenho que ter certeza de que faço o melhor possível para cobrir meus rastros.

Minha cabeça está a mil, sinto um frio na barriga quando bato na porta para terminar meu objetivo.

— Dra. Adams — diz Allison, quando entro no quarto.

— Só preciso verificar seu aparelho — digo, com um sorriso forçado. Eu me sinto zonza e descontrolada. O chão não é o mesmo de sempre. Agora ele tem rachaduras, falhas e bordas irregulares nas quais estou tropeçando.

— Está tudo bem? — pergunta, olhando para Bryce.

Não. Não estou bem. Nem tenho certeza do que estou fazendo, além de seguir meu coração. Eu vim até aqui, não posso voltar atrás agora.

— Estou bem. Só tenho que ter certeza de que não há erros na papelada — respondo, olhando para Bryce pela primeira vez. Vejo o pânico em seus olhos, mas aceno, esperando que ele compreenda e confie em mim.

Vou até o prontuário dela e olho o código: está dois números a menos. Se eu deixar muito óbvio, ficará suspeito. Um dos zeros pode ser transformado em seis. É o mais fácil de mudar e algo que pode ter sido um simples erro. Risco uma linha através dele, primeiro, e reescrevo com o seis, como se o novo frasco fosse o que ela recebeu hoje. Se alguém perguntar, posso dizer que escrevi o número errado na primeira vez e precisei consertar.

— Tudo parece ótimo — alego, quando fecho seu prontuário. —

Volto amanhã e, então, terá alguns dias de folga.

Allison sorri.

— Pelo menos terei esta semana antes que a diversão realmente comece.

— Sim. — Torço as mãos conforme a adrenalina começa a baixar. — Tenha uma boa-noite.

Bryce se levanta da cadeira e estende a mão.

— Obrigado, Dra. Adams.

Aperto sua mão e me afasto.

— Não me agradeça. Só estou fazendo o meu trabalho.

Minhas pernas estão moles feito gelatina quando saio pela porta e agarro a borda do balcão do lado de fora para não cair.

Puta merda, o que acabei de fazer?

Abro a porta do apartamento de Westin, sem saber como cheguei aqui. Estou confusa, as coisas estão acontecendo ao meu redor, mas não registro nada.

Fiz algo potencialmente estúpido e agora não posso desfazer. O relógio marca onze e quarenta e agarro as costas da cadeira para me apoiar. Onde estive nas últimas horas?

Tiro o casaco e as botas, e vou para o quarto. Westin está deitado, roncando baixinho. Tiro a roupa de baixo e subo na cama. Ele não se move, e as lágrimas que segurei a noite toda finalmente caem, encharcando o travesseiro.

Sinto falta da minha mãe.

Todos os anos de luto que sufoquei por dentro voltam à superfície, transbordando e me deixando anestesiada de dor. Ela deveria estar viva agora. Se nunca a tivesse perdido, nada disso teria acontecido. O rumo da minha vida teria sido muito diferente.

Como pode doer assim tantos anos depois?

Westin rola, seus olhos encontram os meus e se apoia sobre o cotovelo. — Você está chorando?

Só chorei uma vez na frente dele, e foi há dois anos, quando pensei que meu pai tinha câncer.

— Perdi a Sra. Whitley — respondo, e um soluço escapa da minha garganta. Dizer as palavras em voz alta traz tudo à tona. — Eu a perdi, Wes. Ela morreu e foi como voltar no tempo.

— O que você quer dizer?

Olho para ele, querendo dizer tudo e nada ao mesmo tempo.

— Minha mãe. Foi como… foi…S-sou médica. Deveria estar acostumada com isso. Não sei por que estou chorando.

Westin não diz nada, ele só me puxa contra o peito. Passo os braços ao redor dele, apertando, porque ele é a única coisa que sei que é segura agora.

— Você a amava — diz ele, acariciando meu cabelo com a mão. — É por isso que está chorando.

Os sons que preenchem o ar me aterrorizam. Choro pelos pacientes que perdi, por meu pai, minha mãe, a bagunça que está minha vida, por Bryce e sua esposa e por uma mulher de quem jamais deveria ter me permitido me aproximar tanto. Não há como impedir as lágrimas, não tenho controle sobre o meu corpo neste momento.

— Sou tão fraca — admito.

— Não, amor. Você não é fraca, é humana e tem um monte de coisas acontecendo. A Sra. Whitley era uma mulher maravilhosa.

Concordo com a cabeça.

— Ela era como minha mãe em muitos sentidos. — Viro a cabeça para olhar para ele através das lágrimas.

— Era?

— Ela conheceu o marido quando era jovem, como meus pais. Eles lutaram para ficar juntos, e isso nunca os derrubou.

Ele enxuga uma lágrima que desce pelo meu rosto.

— Você nunca me contou sobre sua família.

Como Westin pode ser tão importante na rotina da minha vida, mas não sabe nada a meu respeito? Ah, porque não deixei que ele se aproximasse. Lutei contra o sentimento que vai além de amizade por causa do medo.

— Eram *hippies* que fumavam muita maconha. — Suspiro. — Muita. Eles se amavam mais do que qualquer outra coisa no mundo. Crescemos pobres, mas Everton e eu não sentimos falta de nada. Mamãe tinha câncer de ovário e o teste clínico que ela fez ajudou, mas não o suficiente. Há tantas coisas que eu não sabia, mas que teria feito de forma diferente se fosse a médica dela.

Seus lábios se transformam em um sorriso triste.

— Você não podia salvá-la, Ren. Vejo a expressão em seus olhos, é a mesma que eu tinha quando meu irmão morreu. Não é culpa sua e você não pode salvar a todos.

Seis anos atrás, o irmão de Westin sofreu um acidente horrível. Westin observou a outro neurocirurgião operando-o, mas já era tarde demais. Éramos residentes na época e jamais esquecerei como ele ficou naquele dia.

— Mas esse não é o meu trabalho? — pergunto, com tanta angústia em minha voz, que até eu consigo ouvir. — Nosso trabalho é salvar todo mundo! Não salvei a Sra. Whitley!

Ele se senta, me puxando com ele.

— Você não é Deus. Não tem como salvar a todos e seria tolice se pensasse assim.

— Então sou a porra de uma tola! — grito. — Era pra gente fazer mais.

Ele segura meu rosto em suas mãos, puxando-me para mais perto até que nossos narizes se tocam.

— Você não acha que fez o bastante? Sério? Estava ao lado dela quando o filho não estava. Você a fez sorrir, rir e lhe deu esperança. Porra, Ren, você fez mais por ela do que a maioria dos médicos faria. Nunca desistiu dela. Você se preocupa mais com suas pacientes do que qualquer um que conheço. Não vê isso, né?

Balanço a cabeça.

— É uma médica espetacular porque suas pacientes se tornam parte de você. Observar você e a maneira como trata suas pacientes me tornou um médico melhor. Você dá tudo a elas.

Meu corpo está tremendo, mas Westin segura com força. Ele não tem ideia do que fiz, e que pode simplesmente acabar com tudo pelo qual trabalhei. Westin é um médico muito melhor do que eu.

— Você também é — digo, com as lágrimas caindo. Penso no homem que ele é, o homem que aprendeu a fazer *flash mob* só por causa de um paciente. O médico que fica tão cansado no final do dia, mas se levanta pronto para lutar no seguinte.

— O que me faz sentir atraído por você é isso. Vejo você, por inteiro, e sei da sua luta, mas estou aqui. Estou aqui há dois anos, quer você me queira ou não.

Estou um caos. Encaro seus lindos olhos verdes, querendo que ele pudesse reparar tudo o que fiz. Os erros que precisam ser corrigidos. Mas sei que ele não pode. Se eu apenas tivesse sido um pouco mais forte e confiado nele antes de ser burra e perder a cabeça... mas não foi assim.

Percebo quantos momentos perdemos porque estava com muito medo de que ele pudesse me deixar.

— Desculpa, Westin. — Meu lábio treme.

— Pelo quê? — pergunta ele, afastando meu cabelo para trás.

Quero me desculpar por mais do que posso admitir. Odeio buscar consolo no homem que acabei de trair. Ele vê o que há de bom em mim, mas ainda vai querer o que é feio?

— Eu… sou tão… burra — começo a confessar. Preciso ser sincera com ele… Falar a verdade para que ele possa me dizer o que fazer.

— Serenity, se é sobre antes, não preciso saber. Só não se envolva com o marido de uma paciente.

— Não — eu o interrompo. — Não é isso. Juro, não é nada disso, nada nem perto do que está insinuando. Você é o único homem de quem gosto dessa forma.

— Então, o que quer que esteja acontecendo, não quero saber, de verdade. Confio em você e tenho certeza de que vai ficar tudo bem.

A culpa me atinge feito um trem de carga, esmagando-me sob seu peso. Se ele descobrir o que fiz, vai sofrer as consequências, também. Por causa da cirurgia de Westin, fui capaz de trocar os medicamentos facilmente. Ninguém jamais viu os frascos originais ou assinou a papelada do teste da pesquisa. Se olharem para os registros, alguém poderia descobrir, mas como não assinaram o registro diário, suas carreiras também estão em jogo.

Ele confia em mim e sou uma fraude.

Não posso fazer isso com ele. Fui egoísta e não pensei direito.

— Westin — imploro para que ele me escute. — Preciso te contar.

— Não! — ele ergue a voz, baixando as mãos. — Agora, você está emotiva e qualquer coisa que disser não poderá voltar atrás. Você precisa dormir. Tem que superar esta noite, e amanhã entenderá o que estou te dizendo. Precisa *ficar* de boca fechada. Não sou só seu namorado, também sou conselheiro e membro do conselho do hospital, e não terei escolha a não ser relatar o que quer que você diga. Deixe-me protegê-la, por favor.

Sou eu quem tem que protegê-lo, percebo. Se acontecer o pior, vai arruinar suas chances de ser o cirurgião-chefe. Ele cometeu um erro e agora é minha vez de protegê-lo. Não posso prejudicá-lo. Já basta o que fiz.

— Tá bom — concordo. Dizer a ele o deixa de mãos atadas, e se eu puder mantê-lo fora disso, se alguém descobrir, serei eu quem levarei a culpa. Não Westin.

Ele se deita e me leva junto, me abraçando apertado, e não digo mais nada. Depois de alguns minutos, a respiração de Westin se estabiliza, e eu olho para a parede. Amanhã talvez tudo isso seja um sonho. Posso acordar, perceber que nada disso era real e relaxar, porque não acabei de ferrar com a minha vida inteira sozinha. Talvez.

Mas sei a verdade, tudo era real, e o pesadelo só começou.

CORINNE MICHAELS

Westin e eu caminhamos de mãos dadas para o trabalho. Acordei com a promessa de agir normalmente. Fiz minha escolha de esconder isso dele, e agora tenho que fazer tudo ao meu alcance para garantir que aqueles ao meu redor não paguem o preço.

— Você tem cirurgia planejada para hoje? — pergunta Westin.

— Sim, tenho uma esta manhã, mas depois, só visitas. Vou verificar minhas pacientes da pesquisa, passar para ver a… — Eu paro. Não posso visitar a Sra. Whitley, pois ela faleceu.

Wes aperta minha mão.

— Tenho um monte de pacientes para atender hoje.

— Tá, então talvez nos veremos mais tarde?

Ele pisca e me dá um sorriso.

— Espero que sim.

A noite passada foi um verdadeiro divisor de águas. Percebi o quanto Westin significa para mim. Quero que ele tenha sucesso e se torne o cirurgião-chefe, ou seja lá o que queira ser.

Agora que fiz algo para prejudicar isso, estou me despedaçando por dentro.

— Mando mensagem quando terminar, tá bom? — aviso.

— Claro, tenha um bom-dia. — Ele me dá um beijo casto e seguimos em direções opostas.

Meu dia é bem tranquilo. Passei pela primeira cirurgia sem problemas. Sou capaz de desligar tudo e apenas me concentrar no que sou boa. Martina me observa quando me encosto à pia com um suspiro. Estou exausta.

— Sinto muito pela Sra. Whitley — diz ela, jogando o avental cirúrgico no lixo.

— Estou feliz que ela não esteja mais sofrendo.

— Tenho certeza de que não foi fácil para você — salienta ela.

— Não, não foi — admito. Isso me fez estalar e ter um lapso completo de julgamento, mas não posso dizer a ela.

Ela se aproxima de mim, se inclina, mas se afasta e repete o movimento de novo.

— O que está fazendo? — pergunto.

— Decidindo se devo ou não abraçar você.

Dou risada e balanço a cabeça.

— Você está louca.

— Sei que ela se tornou uma família para você, Ren. Também sei como encara o fato de não ser capaz de salvar o mundo.

Não deveria ter permissão para salvar ninguém quando não posso sequer salvar a mim mesma.

— Prefiro não falar disso. — Honestamente, fico nervosa ao pensar em qualquer coisa que aconteceu ontem.

— Entendo — diz Martina. — Então, as coisas estão indo bem com você e o Dr. Grant?

Outro tópico que prefiro evitar. Sem dúvida, Julie e Martina andaram fofocando. Moram juntas e não acreditam em segredos.

— Estão, sim. — Eu a cutuco. — Ele é um cara legal.

— Até que enfim! — Ela ri.

— Dra. Adams — Dr. Pascoe diz meu nome quando entra na área de desinfecção. — Podemos conversar por um minuto?

— Vou conferir a sala de cirurgia e ver se está esterilizada — diz Martina, olhando entre nós; em seguida, ela sai correndo com um sorriso débil, como se pedisse desculpa.

O pânico me toma quando a porta se fecha. O lugar fica sem ar conforme ele fica ali em silêncio. Não pode ser. Ele sabe de algo ou talvez alguém me viu ontem à noite. Não estava pensando com clareza e, provavelmente, errei em algum momento quando encobri meus rastros.

— Como você está? — pergunta ele.

Prestes a me borrar nas calças.

— Estou bem. E você?

Mantenha a calma, Ren. Apenas respire e aja normalmente.

— Estou ótimo. Os testes estão indo bem?

— Até agora, sim — quase gaguejo com a mentira. Preciso fazer melhor do que isso. — Como está Monica?

— Bem, ela está boa. Queria falar com você porque sei de fonte segura que o atual chefe de cirurgias deixará o cargo no próximo mês. Acha que se canditará?

Se eu pudesse dar um grande suspiro, daria. A tensão em meu corpo diminui quando percebo que não tem nada a ver com ontem.

CORINNE MICHAELS

— Acho que não. Quer dizer, não pensei nisso. — O que é parcialmente verdade. Queria o cargo anos atrás. Era para isso que estava trabalhando, até que percebi que nunca trataria pacientes, exceto quando entrasse em uma sala de cirurgia. Há também uma quantidade absurda de papelada, política e ouvir os médicos reclamando, e prefiro evitar isso.

— É mesmo? Achei que seria uma das principais candidatas.

— Talvez alguns meses atrás eu seria — explico. Agora, porém, não mereço o cargo. — Acho que existem outros que teriam sucesso nessa posição. Eu gosto mesmo é de estar com as pacientes.

Ele sorri.

— Posso ver. Definitivamente, é uma grande mudança no que diz respeito à prática da medicina. Bem, queria ver seu nível de interesse antes de indicá-la.

Aquilo chama a minha atenção.

— Me indicar?

Dr. Pascoe acena com um sorriso.

— Acho que daria uma grande médica-chefe.

Outra onda de culpa me atinge. Se ele descobrir, ficará desapontado com a escolha que fiz. Embora eu saiba que foi um grave erro, foi o melhor para a minha paciente. Allison e Bryce não precisavam que a droga fosse negada por causa de um detalhe técnico.

Se não tivesse perdido Lindsay no teste, Allison teria recebido a droga, mas como ela foi cortada, a pasta com o placebo caiu para Allison no sorteio.

Pelo menos, esse é o monte de mentiras que estou dizendo a mim mesma.

— Tenho certeza de que há mais gente qualificada. Acho que o Dr. Grant seria uma escolha excelente, mas agradeço por você ter pensado em mim. — Sorrio. Significa muito que ele tenha pensado em mim a ponto de considerar meu nome.

Ele acena com a cabeça e bate palmas, fazendo um grande estrondo.

— Bem, é melhor eu voltar às minhas pilhas de papelada.

— Parece divertido! Por favor, diga a Monica que eu disse oi.

Agora, voltemos à minhas outras pacientes da pesquisa. Elas deveriam ter recebido a próxima dose, e Allison, o novo frasco com o coquetel que não recebeu ontem.

Decido ver como ela está primeiro. Talvez, se eu acabar com isso, não me sinta tão desequilibrada. Pego meus arquivos e entro.

— Bom dia — digo ao entrar.

— Bom dia, Dra. Adams — ela me cumprimenta com tanta felicidade, que chega a ser contagiante.

Essa mulher sempre tem um sorriso no rosto. Por mais que eu temesse isso, estar perto dela, instantaneamente, faz com que os traços de arrependimento desapareçam. Ela é uma luz calorosa que não se pode evitar, a não ser sentir-se bem só em estar próximo.

— Como está se sentindo?

— Bem, estou quase terminando e então podemos ir para o nosso apartamento. — Ela olha para Bryce. — Ainda não consegui ver, mas tenho certeza de que será perfeito.

Os olhos dele estão focados em mim, e eu me concentro apenas nela.

— Tenho certeza de que será ótimo.

Ela acena com a cabeça.

— Estou animada para sair do hospital.

Às vezes, sinto que moro no hospital, então conheço a sensação de ser sentenciada a cumprir pena aqui.

Bryce segura a mão dela.

— Quando podemos esperar para sermos liberados?

É a primeira vez que ele se dirige a mim desde tudo o que foi dito na rua, e não sei o que é, mas não sinto aquela vibração por dentro quando olho para ele. Mas, dessa vez, sinto uma sensação de encerramento. Depois de tudo o que aconteceu ontem à noite, eu me vi claramente pela primeira vez. Estava me agarrando a esse amor que não poderia durar. Meu coração se recusava a deixar qualquer outra pessoa se aproximar, e fui uma trouxa.

Tinha permitido que a mágoa por Bryce me apodrecesse por dentro, e agora chegou a hora de sarar.

— Amanhã cedo. Vamos terminar esta rodada de medicação e, contanto que seus sinais vitais estejam bons, vamos liberá-la; então, ela deve voltar em duas semanas para a próxima dose. — Eu me viro para Allison, que está radiante.

— Você ouviu? Temos duas semanas inteiras de folga!

Você pensaria que acabei de dizer que ela estava grávida, de tão feliz que está.

— Quando saberemos algum tipo de resultado? Preciso voltar para a Carolina do Norte por um tempo — Bryce nos informa, e seu rosto mostra a decepção.

Quero dar um soco nele por arruinar seu humor. As pacientes raramente mantêm essa atitude, e acredito mesmo que a vontade de uma pessoa, às vezes, é mais forte do que a medicina.

— Peyton — reclama ela.

— É a realidade que enfrentamos, amor. Tenho que trabalhar um pouco e preciso organizar seus tratamentos.

— Eu sei, mas não podemos só aproveitar o que temos agora? — pergunta ela.

Eu me remexo no lugar e os dois param.

— Está tudo bem — asseguro a ambos. — Allison será monitorada com tomografias mais frequentes, já que ela está na pesquisa. Ela tem seis doses pela frente, e faremos exames a cada semana, mas lembre-se, você recebeu uma forte dose de quimioterapia e, embora possa estar se sentindo bem hoje, não sabemos como vai responder nos próximos três dias. Ficaria de olho nela, se for possível.

— Sim, significa não voltar para a Carolina do Norte. Ordens médicas — aponta Allison para ele.

— Tudo bem, vou ligar para a empresa agora. — Suspira ele.

— Só não ceda — incentiva Allison.

— Não irei. — Bryce pega o telefone, beija sua testa e sai do quarto.

— Sei que ele pode ser rude — diz Allison.

— Quem? — pergunto, ciente de que ela se refere a Bryce.

Ela sorri, maliciosa.

— Meu marido. Ele passou por muita coisa, e, às vezes, sua necessidade de me salvar substitui seu senso de diplomacia e raciocínio. É como se ele não pudesse ver o que está à sua frente, porque já está a um quilômetro de distância.

— Às vezes, somos todos fracos quando se trata de certas coisas — respondo.

Allison dá de ombros.

— É só que… Eu gostaria que conhecesse o homem que conheço.

Meu peito aperta enquanto tento lutar para encontrar a coisa certa a dizer.

— Não se preocupe com nada disso; é meu trabalho garantir que todos estejam confortáveis. — É o mais próximo da verdade que posso chegar. — Quero que me prometa que vai continuar sorrindo, Allison. Quanto mais positiva for, melhor será quando as coisas ficarem complicadas, tá bom?

— Prometo. Não sei ser nada além de mim mesma. — Ela olha para a bolsa de quimio e de volta para mim. — Já basta o que essa doença me tomou, não vou deixar que destrua quem sou e o que quero.

Uma parte minha quer envolvê-la nos braços e tatuar as palavras em sua cabeça, porque sinto que foi exatamente o que fiz quando minha mãe adoeceu. Permiti que a dor e a raiva pelo câncer me dominassem. Deixei isso me destruir até não ter mais volta.

Mas agora, com certeza, sei de uma coisa. Não vou me desfazer de novo, mesmo se tudo desmoronar ao meu redor.

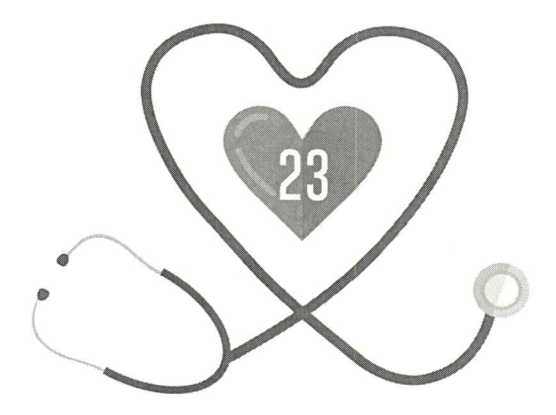

— Você precisa de tudo isso para ver seu pai? —Westin pergunta, quando estou entupindo o carro com produtos de limpeza.

Meu irmão ligou ontem à noite. Parece que meu pai trancou a faxineira do lado de fora de casa e basicamente fez uma barricada em seu quarto. Deus me livre de o Everton cuidar das coisas por conta própria. Seria um pecado. Não, ele me liga para resolver isso.

Tive sorte que a minha cirurgia foi adiada e as pacientes da pesquisa foram todas liberadas hoje. Agora posso dirigir até lá e tentar fazer meu pai deixar de ser um babaca teimoso.

— Você não tem ideia — resmungo. — Tem certeza de que quer conhecê-los?

— Está tentando desistir? — pergunta Westin.

—Não, apenas dando a você uma última chance de se salvar.

Ele se aproxima, afastando uma mecha de cabelo loiro do meu rosto, dando-me uma visão perfeita dele. Westin decidiu não fazer a barba de novo, e eu gosto disso. Ele é robusto, um pouco malicioso e irresistivelmente sexy quando não se força a parecer perfeito o tempo todo.

— Não estou desistindo.

Sorrio.

— Também não estou.

Ele tá um tapinha no meu nariz.

— Então vamos.

— Tudo bem. — Dou risada. — Prepare-se para ver minha loucura em todo o seu esplendor.

Entramos no carro e seguimos para o sul, para Normal, Illinois, onde nada na minha vida era normal. Westin faz perguntas a respeito da minha infância e faço o possível para alertá-lo com relação ao meu pai. Papai é um homem protetor por natureza, mas quando se trata de mim, ele extrapola o nível de loucura, beirando a insanidade.

— Já está com medo? — pergunto, assim que entramos nos limites do condado.

— Eu lidei com você por dois anos, Ren. Nada mais me assusta.

Bato em seu peito e dou risada.

— Babaca.

— Tudo bem, assim que eu conhecer seu pai e ele perceber o quanto sou bom para você, será só uma questão de tempo. — Westin se acomoda no banco com um sorriso confiante.

— De tempo até quando? — zombo.

— Até você perceber como sou bom para você.

— É mesmo?

Ele me olha, pega a minha mão e entrelaça nossos dedos.

— Dois anos de espera pelo momento perfeito para tomar a iniciativa me deu bastante certeza. Sou um cirurgião que nunca faria uma incisão da qual não tivesse certeza de que sararia direito.

Reviro os olhos e bufo.

— Conversa cirúrgica sobre relacionamentos?

— Achei que ia gostar dessa. — Ele ri.

— Você conhece mesmo o caminho para o meu coração. Nada explica melhor o romance como bisturis e pontos.

— Sejamos realistas, nós dois sabemos que pensar em cirurgia é excitante para pessoas como nós — desafia Westin.

Ele não está errado. É emocionante saber que você está no controle da vida e da morte naquele momento. O paciente não pode advogar, você tem que tomar decisões difíceis e, se as coisas correrem mal, você conserta. Amo o poder que sinto em mim mais do que qualquer coisa. Não posso ficar animada ou nervosa. Preciso estar composta e pronta para lidar com qualquer coisa que seja apresentado para mim. Fico muito bem sob pressão – bem, pelo menos na sala de cirurgia.

— Então, se eu falar do peso do bisturi e a luz brilhante que paira acima de você… — Deixo o tom da minha voz cair para soar sedutora. — Será que isso te excita?

Ele se mexe um pouco.

— Não.

Eu me inclino, passando a ponta do dedo ao redor de sua orelha.

— É mesmo? Não teria vontade de rasgar minhas roupas se eu disse-se algo como os olhos de todos estão em você quando arrasta a lâmina na pele de alguém pela primeira vez? Como cada respiração está sendo conti-da porque você está prestes a começar… a cirurgia? — Minha voz é quase um sussurro conforme meus lábios roçam sua pele.

As pupilas de Westin dilatam, mas ele mantém os olhos na estrada.

— Você realmente quer fazer isso enquanto estamos chegando perto da casa do seu pai?

Dou risada e volto para o meu lugar.

— Bem, esta é mais uma coisa para catalogar a seu respeito. A cirurgia te excita.

Entramos na cidade de Normal e volto a ficar tensa. Não tenho ideia de como estão ruins as coisas na casa do meu pai. Preocupo-me com o fato de que, assim que Wes vir a verdade sobre quem sou, e de onde venho, ele vai me desprezar, ou sua família vai me menosprezar. Não importa se sou médica agora e que não precise do dinheiro deles. Ainda serei a pobretona do bairro decadente de Illinois que tem mais empréstimos estudantis do que é capaz de pagar. Nunca serei boa o bastante porque sou pobre, e caras ricos não amam garotas pobres.

Westin cresceu em uma família rica. Eles vão à igreja no domingo, têm jantares enormes de Natal, e ele não sabe o que é passar aperto. Não quero que ninguém julgue minha família.

— Há uma entrada no milharal ali em cima, vire à direita — eu o instruo.

Queria vir dirigindo com o meu carro, mas Westin foi inflexível para virmos no dele. Aposto que está se arrependendo agora, com base no som dos pedregulhos atingindo a lataria de seu Tesla caríssimo.

A casa aparece depois da curva e tento vê-la pelos olhos de outra pessoa. É uma casa branca e pequena de fazenda, que precisa desesperada-mente de uma nova pintura. As venezianas estão faltando em uma janela, e a moto do meu irmão está parada na frente dos degraus da frente. E há a máquina de lavar que quebrou cinco anos atrás e que atualmente serve como enfeite de gramado. Do outro lado tem um espantalho que fiz no co-légio. E, aparentemente, Everton não corta a grama há cerca de três anos.

Parecemos caipiras.

Fecho os olhos, inspiro e olho para Wes, esperando pelo julgamento que tenho certeza de que virá.

Mas Westin apenas segura a minha mão.

— Vamos conhecer seu pai.

— Nem sempre foi assim — comento depressa.

Ele inclina a cabeça para trás.

— Como?

— A casa — explico. — Já foi linda. Minha mãe nunca teria deixado parecer tão descuidada. Teria dado uma surra neles até que limpassem tudo. E acaba que não tenho tempo para vir aqui tanto quanto deveria. É por isso que parece que somos pobres e bagunceiros.

Este é só mais um exemplo de como não sou capaz de sustentar tudo.

— Ren — diz Westin, e espera que meu olhar se concentre nele. Ergo a cabeça, devagar. — Não ligo para nada disso. Eu me importo com você, e meu primeiro pensamento quando chegamos foi: *aposto que eles se divertiram crescendo nesta fazenda*. Minha casa era um museu. Não tínhamos permissão para tocar em nada ou construir um homem de lata. Ele aponta para o meu espantalho. — Eu teria vendido meu braço esquerdo para ter um lugar onde pudéssemos só… existir de verdade.

Como ele consegue ver a casa do que jeito que já vi? Era meu lugar feliz. Podia ser quem eu quisesse quando estava nestas terras. Eu era um faz-tudo que adorava costurar roupas, tinha partes iguais de meu pai e minha mãe. Cada dia aqui era uma aventura com dois pais amorosos que nutriam tudo pelo que éramos apaixonados.

Meu olhar volta para a mesma casa e, em vez de focar na máquina de lavar, no lixo e no gramado, vejo o pneu balançando na árvore. Sou atingida por memórias minhas e de Everton tentando balançar um ao outro tão alto a ponto de fazer o outro vomitar. Um pouco mais adiante está a árvore que minha mãe e eu plantamos no meu quinto aniversário. A cada ano, ela me levava lá para tirar uma foto. A árvore está enorme agora, e crescemos juntas.

Esta terra representa mais do que um lugar onde vivíamos, é um lar.

— Obrigada. — Eu me aproximo dele e pressiono os lábios aos seus. — Obrigada por me lembrar de que eu estava olhando para este lugar que amo sem vê-lo do jeito que realmente é. Estava tão nervosa que iria me julgar, ou à minha família, porque não cresceu assim. Usava jeans de brechó e costurei meus próprios vestidos.

— Só porque crescemos de maneira diferente não significa que qualquer um de nós era melhor que o outro, querida. É, eu tive coisas boas e um carro novo aos dezesseis anos, mas tinha demandas e expectativas. Nada de balanço de pneu. Foram aulas de esgrima. Não tive que subir em árvores, precisei alcançar o topo da classe com notas. Odiava a merda da minha vida.

— Sinto muito por predeterminar como você me veria.

O sorriso de Westin é caloroso e reconfortante.

— Acho que todos nós já fomos suficientemente julgados. Comigo, você não precisa se preocupar. — Parece que tenho feito o mesmo em relação a ele.

Toco seu rosto.

— Sou uma mulher de sorte, não sou?

— Estou feliz que, finalmente, você está vendo isso. Venha, vamos entrar. — Ele me cutuca.

Saímos do carro e meu pai sai para a varanda.

— Oi, papai — cumprimento conforme ele nos avalia.

— Serenity. — Sua expressão se transforma em um sorriso. — Voltou tão rápido?!

Olho para Westin e ele se move em minha direção.

— Eu disse que viria, mas Everton ligou. Papai, este é o Westin, meu…

— Isso é tão estranho. — … Namorado.

Papai desce as escadas mancando um pouco.

— Bem, sou abençoado. — Ele ri. — A garota me ouviu pela primeira vez na vida.

— Pai!

Westin ri e começa a andar em sua direção.

— Oi, Sr. Adams, é um prazer conhecê-lo. Sou Westin Grant.

Eles apertam as mãos e papai dá um tapa no ombro dele.

— É ótimo conhecê-lo também, rapaz. Entre. Deve estar cansado de dirigir.

— É pouco mais de uma hora, papai — zombo.

— Nunca se saberia com base no quão difícil é para você vir aqui e ver seu velho — retruca meu pai.

Touché.

— Lá vamos nós — murmuro, entrando na casa.

— Gosto dele — sussurra Westin.

— Dê tempo ao tempo. Vai mudar de ideia.

Entramos e, com certeza, a casa está detonada. Como, em uma semana, conseguiram reverter tudo o que fiz me deixa perplexa. Respiro fundo, tentando me acalmar. Tenho vontade de gritar com ele, mas não vai adiantar. Então resolvo tirar as coisas da mesa e das cadeiras da cozinha e me sento. Westin e papai me seguem e agora está na hora de conversar.

— Pai, por que não deixou a faxineira entrar?

Ele se vira depressa, encarando-me.

— Eu já te disse. Esta é a casa da sua mãe e não vou permitir que estranhos entrem e mexam nas coisas dela.

Meus olhos se enchem de lágrimas, mas eu as reprimo.

— Eu entendo, mas a casa tem que ser limpa. O senhor comeu a comida?

Ele trabalha baixinho. Meu pai e eu tínhamos um relacionamento incrível que se reduziu a eu ter que repreendê-lo. Não é o que imaginei.

— Como todos os benditos dias, Serenity. Não preciso que me diga o que fazer.

A mão de Westin agarra minha coxa e ele pigarreia.

— Ren me disse que conserta carros?

Papai acena com a cabeça uma vez.

— Desde que me lembro, conserto motores.

— Meu pai adora carros. Na verdade, restaurei meu primeiro carro. — Wes parece orgulhoso.

Olho para ele, já que acabou de mencionar que ganhou um carro novo aos dezesseis anos.

— Sério? — O orgulho enche o tom de meu pai. — E qual foi?

Papai se levanta e vai até a geladeira. Ele pega um refrigerante para ele e oferece um para Westin.

Carros, motos e minha mãe são tudo que alguém precisa falar para conquistar o coração de papai. Até agora, Westin começou bem e eu nem o aconselhei sobre o que dizer.

Inclino-me, cochicho para que apenas ele ouça:

— Você disse que ganhou um carro novo.

Ele sussurra de volta:

— Ganhei dois. Um que eu podia dirigir e outro que precisei arrumar.

Dois carros no seu décimo sexto aniversário? Quem faz isso?

Westin e meu pai começam a falar do carro que ele restaurou. Esperava que Westin estivesse tentando voltar para Chicago a essa altura, mas em vez disso, está com um ar relaxado e despreocupado na cadeira da mesa da cozinha. Meu coração, que tem se esforçado tanto para não perder outro pedaço, está se soltando e procurando por ele.

Eu me levanto e começo a limpar mais algumas coisas. Este lugar está uma zona e eu realmente preciso começar a trabalhar para torná-lo habitável.

Os dois conversam e eu me encosto no balcão com um sorriso. Meu pai nunca fez isso. Eu me sinto péssima pelo cara que trouxe para casa, na época do colégio, quando papai disse a ele que tinha quarenta hectares e ninguém jamais encontraria seu corpo. Então, quando conheceu Bryce, ameaçou bater nele. Depois disso, não teve mais ninguém. Nunca imaginei que ele reagiria assim a Westin.

A porta de tela faz um grande estrondo e dou um pulo.

— Você o fez sair do quarto? Legal — diz Everton, largando um fardo de cerveja no balcão.

— É, pois é, ajuda quando você fala com ele.

Everton me mostra o dedo do meio e abre a tampa da garrafa, deixando-a cair no chão.

— Quem é esse? — pergunta, apontando a boca da garrafa para Westin.

— É o namorado da sua irmã — responde o papai.

— Incrível como você tem tempo para ser médica comum e namorar alguém, mas não tem tempo para ajudar aqui.

Minha família está se desintegrando e não há absolutamente nada que eu possa fazer. Everton está com tanta raiva do mundo que nem consegue ver o que está ao seu redor. Estou ciente de que cada um lida com o luto à sua maneira. Escolhi mergulhar no trabalho, mas se tornar o bêbado da cidade não é exatamente o melhor mecanismo de enfrentamento.

— Vá tomar banho. Você está fedendo a boteco. — Cruzo os braços, me recusando a entrar no seu jogo.

— Vá salvar nossa mãe, ah, espere… — Everton sai da sala com o resto de sua cerveja e eu sinto vontade de matá-lo.

É como se ele tivesse acabado de me dar um tapa no rosto.

O insulto de Everton dói mais do que eu gostaria. Já sinto muita culpa por perder minha mãe do jeito que perdemos. Ela confiou em mim para ajudá-la a tomar as decisões médicas corretas. Embora estivesse apenas na faculdade de medicina, ela tinha muita fé em minha capacidade de conduzi-la pelo caminho certo.

Fui eu quem a convenceu a fazer o teste de um estudo clínico. Mas a droga não ajudou do jeito que prometia, e ela passou meses sentindo dor. Nossa família observou sua batalha durante os tratamentos.

— Não se atreva a deixá-lo entrar em sua cabeça, Serenity Adams. —

VOCÊ ~ AMOU ~ DIA

A voz do meu pai é dura feito aço. — Você fez tudo que podia pela sua mãe. Ouviu? Ela estava orgulhosa de você. Confiava em você porque você a amava e nunca a colocaria em perigo.

Minha cabeça pode saber que Everton é um cretino bêbado, mas meu coração não está nem aí. Ela não ficaria orgulhosa da escolha de mudar a medicação de Allison quando estava me afogando em meu próprio mar de tristeza.

Westin se levanta quando meu lábio treme. Ele me envolve com um braço, puxando-me contra seu peito. Odeio meu irmão idiota, sério.

— Estou bem — digo, depois de alguns segundos.

— Sabia que estava — diz Westin, com um tom leve. — Só queria que me abraçasse mesmo. Estava me sentindo sozinho.

Caio na risada. Ele é tão metido, mas agradeço o gesto.

— Bem, pelo menos depois dessa cena, não pode dizer que não viu tudo. — Sorrio e olho para meu pai, que está sorrindo.

— Sabe, tenho um carro que está me dando problemas, gostaria de dar uma olhada? — Papai oferece à Wes e fico de queixo caído.

— Claro, já faz um tempo que não estou sob o capô, mas adoraria dar uma olhada.

— O quê? — pergunto. Ambas as cabeças se viram. — Você quer que Westin vá à oficina? Para trabalhar no carro? — Não podia ser verdade. Ninguém entra na garagem, exceto eu e Everton.

— Foi o que perguntei ao homem. — Ele olha para mim como se eu fosse louca.

Será que existe alguém que Westin não consiga conquistar em um minuto? Não é normal. O homem mais durão que conheço se tornou massinha de vidraceiro em suas mãos, convidando-o a trabalhar em um carro. Inacreditável.

— A gente volta logo. — Westin sorri para mim.

Depois outra possibilidade me ocorre. Talvez meu pai esteja tentando fazê-lo pensar que gosta dele para poder repreendê-lo quando eu não estiver por perto. Westin ficará sozinho – na mata – com meu pai, que pode ser velho, mas tem uma arma.

— Ele pode estar tentando atrair você para uma armadilha — advirto.

O cenho de Westin se franze.

— Você está bem?

— Estou falando sério, Wes. Papai não gosta de homens que namoram sua filha.

CORINNE MICHAELS

Ele bufa uma risada divertida.

— A gente volta logo. Você é livre para se certificar de que seu pai, que não foi nada além de legal, não me prendeu, se isso faz você se sentir melhor.

Coloco uma mecha de cabelo atrás da orelha.

— Não diga que não avisei. Vai ser difícil operar com uma mão só.

— Vou arriscar — diz Westin, antes de me dar um beijo.

E vou lidar com o meu irmão.

Quando os dois saem, piso duro até o quarto dele, abrindo a porta.

— Você não pode me culpar pela morte da mamãe. Quer me culpar por viver uma vida boa, faça isso, mas nunca insinue que não fiz tudo que pude por ela. Foi você quem fugiu quando as coisas ficaram muito difíceis. Era eu quem dava banho de asseio nela, troquei os lençóis e tentava confortar papai enquanto você estava ocupado demais fodendo alguém que abrisse as pernas — continuo, despejando tudo. — Desisti de tudo por ela. Não vivo com nenhum arrependimento de como cuidei dela, então não projete suas merdas em mim! Idiota egoísta! — Fecho a porta, sem dar a mínima para qualquer coisa que ele tenha a dizer.

Cheguei ao limite. Durante anos, suportei meu irmão insinuando que fui a responsável pela morte da mamãe, mas meu pai está certo, fiz o que pude. Afastei-me da vida que queria desesperadamente, porque esperava que isso a ajudasse. Meu irmão não é capaz de sair do bar para ajudar a fazer comida para meu pai.

Ele me deixa frustrada pra cacete. A vida não é fácil, mas fazemos sacrifícios pelas pessoas que amamos. Everton, aparentemente, está acima disso.

Mais uma vez, eu limpo, enquanto a música do meu irmão ecoa no outro cômodo. A cozinha é o lugar que está menos bagunçado desde que limpei na semana passada. Passo pela sala e vou para o quarto dos meus pais.

Todos os pertences de minha mãe ainda estão no mesmo lugar de quando ela morreu, quatorze anos atrás. Pego o porta-retrato de nós quatro que está em sua cômoda. A foto está desbotada, mas nossos rostos ainda estão nítidos. Meu pai está com o braço em volta dela, que olha para ele; meu irmão e eu estamos na frente deles mostrando a língua um para o outro. Estávamos em um churrasco de verão, eu tinha talvez dez anos e Everton uns oito.

Afundo na cama com uma mistura de tristeza e alegria. Esta foto deveria ter sido jogada fora, mas minha mãe disse que era a melhor foto que ela já tinha visto. Éramos assim, e ela não queria esquecer. Ela jogou fora a que tiramos nem um minuto depois, onde estávamos todos parados, sorrindo. Para ela, as mais bonitas eram quando éramos mais autênticos.

— Sinto muito, mãe — digo, tocando seu rosto. — Não sei o que estava pensando, mas vou consertar tudo de alguma forma. A senhora ficaria tão desapontada comigo por mentir. Eu só queria impedir que outra pessoa sofresse do jeito que foi sofrido perder você.

Não me arrependo de trocar os medicamentos, que é o que mais tenho que lidar internamente. Acredito que ajudará Allison, de verdade, e ela merece o melhor que posso oferecer. A minha dificuldade é que, se alguém descobrir o que fiz, nunca poderei ajudar outra mulher que está sofrendo igual minha mãe sofreu. Talvez eu tenha destruído muito mais pessoas ao fazer a escolha de salvar uma. Consegui arriscar a carreira de tantas pessoas, incluindo as mais importantes em minha vida, tudo porque fui fraca e não processei verdadeiramente as implicações disso.

Talvez, se puder acreditar que minha mãe me perdoaria pelo que fiz, eu possa começar a me perdoar um pouco.

Por enquanto, só preciso encontrar uma maneira de reparar o que fiz. Se eu contar às pessoas o que aconteceu, vou destruir Westin. Do contrário, viverei nesse estado de medo constante. Não existe escolha fácil, mas sei que vou passar o resto da vida tentando compensar o que fiz.

Minha visão fica embaçada e fecho os olhos, querendo senti-la comigo. Muitas vezes, sentei-me na beirada da cama, buscando seu conselho. Ela puxava meu cabelo para trás e passava os dedos por ele enquanto falava. Imagino que desta vez ela diria que eu deveria proteger a quem eu pudesse, e fazer o melhor possível para limpar a bagunça que criei, mas precisava ser honesta comigo mesmo do porquê fiz isso.

— Ren. — A voz de Everton rompe o silêncio.

— O quê? — digo, derrotada.

— Eu sei que está chateada, mas sinto falta dela. Não ajuda que papai fale dela sem parar e está sempre triste pra caralho. É como se eu não pudesse respirar aqui. — Uma lágrima escorre por sua bochecha. — Não é com você que estou bravo, é comigo. Não posso... Não posso fazer isso. Estou me afogando aqui.

Em vez de ver meu irmão mais novo, de um metro e noventa, vejo um homem aos pedaços. Ele amava minha mãe com todo o coração, e acho que talvez só não fosse capaz de lidar com o sofrimento dela. Everton começou a beber, a ir a festas e a fazer, sabe Deus o quê, com as mulheres,

CORINNE MICHAELS

quando mamãe morreu. Ele teve dificuldades com a morte dela tanto quanto eu, mas comecei a trabalhar para melhorar as coisas que sentia. Everton tentou abafar a dor como pôde.

— Por que não contou antes? — pergunto.

Ele se senta ao meu lado, tirando a foto da minha mão.

— Eu tentei uma vez, mas você é meio assustadora.

— Eu?

Ele me cutuca com seu ombro.

— Você é a cirurgiã que apareceu em uma droga de revista. Sou a porcaria de um mecânico que trabalha para o pai e ainda mora na cada dele. Odeio esta cidade e não estou progredindo em nada.

Suspiro.

— Eu também sou sua irmã, aquela que você costumava atormentar colocando cobras de jardim em minhas gavetas.

Everton ri.

— Já faz muito tempo. Mas agora estou dizendo que não posso mais fazer isso. Não consigo morar nesta casa. Eu juro, às vezes, ouço a voz dela e espero ela surgir no canto do corredor. Papai precisa da ajuda que não sou capaz de dar. Preciso ir embora.

Minha cabeça pende para a frente e me sinto mais oprimida do que nunca. Fazer meu pai sair desta casa será impossível. Se eu pedisse a Everton para ficar com ele, ele provavelmente ficaria, mas não é como se o que ele está fazendo esteja ajudando mesmo.

— Para onde você vai? — Encaro os olhos castanhos do meu irmão, olhos que estão cheios de tristeza em vez de raiva.

— Não sei, mas preciso sair daqui.

E agora a pergunta de um milhão de dólares.

— E quanto a papai, Ev? O que eu faço com ele? Porque ele não aceitará ir morar comigo e não poderá ficar aqui…

— Não tenho certeza, mas você é mais inteligente do que eu.

Útil como sempre.

— E acho que cabe a mim descobrir. — Suspiro e fico de pé.

Entendo a situação do meu irmão, mas meu pai é quem vai ter sua vida mudada. Não tenho certeza do que fazer, mas vou ter que descobrir – e rápido.

— Você é a boa entre nós dois, Ren. Tenho certeza de que vai pensar em alguma coisa. — Everton toca meu ombro e sai do quarto.

A pior parte disso é que não estou surpresa. Espero esse tipo de coisa do meu irmão. Ele fará o que for melhor para ele e eu sacrificarei o que for preciso para garantir que meu pai seja bem-cuidado.

Ouço a moto do meu irmão acelerar alto e não tenho ideia se ele está indo embora para sempre, mas não posso me preocupar com ele. Ele vai fazer suas escolhas e, no final, terá que conviver com elas.

— Não sei como conseguia fazer isso, mãe. — Toco seu rosto na foto.

Pego o pano de limpeza, não querendo pensar nas opções bem ruins à minha frente, e começo a retirar o pó. Limpar é algo sem sentido e já passei tempo demais pensando.

Assim que o quarto se mostra habitável, sigo para o pior cômodo da casa, o banheiro. Arfo e faço um buraco no meio em um saco de lixo plástico e o visto, fazendo para mim um traje "antirradiação". Juro, se tiver algo morto aqui, vou queimar a casa.

Por mais de uma hora, esfrego todas as superfícies e consigo segurar o vômito duas vezes. Abro a torneira, lavando a banheira que agora foi alvejada. Sinto que preciso fazer o mesmo com meu corpo, quando ouço a voz de Westin.

— Oi — digo, enxugando o suor da testa quando saio.

Ele ri, olhando para o meu traje caseiro de proteção.

— Roupa interessante.

— Não zombe. Estava limpando e precisava de proteção.

Westin balança a cabeça e olha em volta.

— Você limpou bem.

— Eu sei, e olhe, você está vivo.

— E por que ele não estaria? — pergunta papai.

— Porque você é louco quando se trata de mim e homens — eu o lembro.

Ele gesticula com a mão.

— Eu assustei os idiotas. Westin é bom.

— Você descobriu isso em duas horas?

Papai sorri.

— Arrisque dois segundos. Um homem sabe quando outro homem não é digno.

Esqueci, os homens têm um radar secreto à prova de falhas.

— Exatamente, Mick — concorda Westin. — Fico feliz em ver que passei no teste.

Mick? Ele o chamou de Mick? Que merda é essa? Acho que o cheiro de produtos de limpeza misturados me fez viajar em algum tipo de realidade alternativa.

— Com certeza. Wes e eu colocamos aquele carburador para funcionar. Ele é bom com as mãos — elogia papai.

Mick e Wes? Não tenho ideia do que pensar desta revelação, mas, ao mesmo tempo, meu coração se enche de alegria. Nunca vi meu pai assim, e significa muito para mim. Não há homem neste mundo que eu ame mais do que o papai, e não sei se poderia amar alguém a quem ele odiasse.

Os olhos de Westin estão fixos em mim e eu sorrio. Como fui tão cega? Por dois anos, este homem incrível esteve bem na minha frente, e não vou deixá-lo escapar agora.

— Bem, ele é cirurgião, papai. — Sorrio. — Você e Wes se divertiram?

— Estávamos consertando um carro, amorzinho, não trançando o cabelo um do outro — meu pai zomba e vai até a geladeira.

Ergo a mão em sinal de rendição e, tiro meu traje.

Westin ri.

— Seu pai já sabia como arrumar. Acho que estava sendo legal.

— Serenity pode te dizer, nunca sou legal quando se trata de carros ou minha filha — retruca papai, e eu aceno.

— Ele está certo — concordo. — Ele nem é legal com a própria filha sobre os carros.

— Bem, então fico feliz por ter ajudado — diz ele, ao meu pai.

Papai boceja e olha ao redor da casa.

— Você limpou tudo. Everton ficará feliz… antes de bagunçá-la de novo.

O nome do meu irmão me lembra que tenho um problema sério a resolver antes de partir. Quem vai ajudar a cuidar do homem que passou a vida inteira fazendo exatamente isso por mim?

— Vou mostrar a propriedade a Westin — informo a ambos.

Westin levanta uma sobrancelha e eu balanço a cabeça, esperando que ele entenda que não deve discutir comigo. Preciso falar com ele sobre o meu irmão e sua decisão de ir embora. Talvez alguém de fora possa ver isso pelo que realmente é e dar algum conselho.

— Claro, vou assistir ao jogo. — Papai geme ao caminhar para a sala. — Divirtam-se!

Saímos pela porta dos fundos, descendo o caminho de terra onde o balanço do pneu ainda está pendurado. Seus dedos estão entrelaçados aos meus e eu descanso a cabeça em seu braço. Esta visita não foi exatamente como eu imaginava; tem sido muito melhor.

Ver Westin se encaixar com minha família significou tudo para mim, agora preciso ver se ele pode me ajudar a lidar com ela. Mas agora, eu só preciso estar em casa naquele momento.

— Você acha que fiz a coisa certa? — pergunto a Westin, enquanto voltamos para Chicago.

— Seu pai está perfeitamente lúcido. Passamos duas horas juntos e eu te juro, seria honesto se achasse que ele não aguentaria.

Westin me contou a respeito da conversa deles e como papai mencionou seu estresse com Everton e sua falta de responsabilidade. Aparentemente, a bebedeira do meu irmão está ainda mais fora de controle do que eu imaginava. Westin parece acreditar que, na verdade, será um alívio para o pai que ele tenha ido embora.

— Mas a casa…

— Você não pode consertar isso, amor. Sei que é difícil, mas acredite em mim, ele vai ficar bem. Só que pode exigir que façamos a viagem pra cá uma vez por mês.

Não deixo de notar que disse "nós". Também não me assusta. Na verdade, isso me faz sorrir.

— Acho que sim. — Coro um pouco e agora quero me dar um tapa.

— Queria perguntar a você… — Westin limpa a garganta. — Como vão os testes da pesquisa?

Instantaneamente, os bons sentimentos que tive nesse dia evaporam. Agora, o medo de mentir para ele me consome. Mas que outra escolha eu tenho? Posso dizer a ele, mas o coloca em risco, e ele me pediu várias vezes para mantê-lo no escuro.

— Descobriremos mais com as tomografias daqui uma semana e meia. Ele acena com a cabeça.

— Por que não parece animada?

— É só muito estresse, sabe? E perder a Sra. Whitley realmente me deixou baqueada — explico.

Westin me oferece conforto com seu toque.

— Eu sei, acredite em mim, eu sei.

— Podemos conversar sobre outra coisa? — peço.

Hoje foi um dia tão bom, só quero aproveitar um pouco mais.

— Com certeza. — Wes sorri.

Ficamos em silêncio, mas não é estranho. Apenas somos nós. Pelos próximos vinte minutos, Westin e eu ficamos de mãos dadas e eu fecho os olhos, desfrutando da paz que nos envolve. Existe certa magia em estar confortável com alguém no silêncio.

O carro para na frente do meu prédio e eu suspiro.

— Obrigada por hoje.

Ele segura meu rosto e se inclina para frente.

— Não há muito que eu não faria por você, Serenity.

Descanso a testa contra a dele.

— Eu sei, e não mereço você.

Westin inclina a cabeça para trás para que possamos nos encarar.

— Você merece ser feliz. Só quero te fazer feliz.

Toco sua barba áspera no queixo. Westin não tem ideia, mas antes de partirmos nessa viagem, percebi que meus sentimentos por ele são muito mais profundos do que eu gostaria de admitir. Estava mentindo para mim mesma, protegendo meu coração dizendo que era só sexo.

Mas não é.

Quando penso no meu dia a dia, percebo que ele sempre fez parte dele. Quando coisas boas acontecem comigo, compartilho com ele.

Ele foi fiel a mim quando não precisava ser. Se pudesse voltar no tempo, me daria um tapa por não ver como ele é perfeito para mim.

— Wes, você me faz feliz. Vai entrar?

Ele sorri contra meus lábios e me beija.

— Estou mais do que disposto a te fazer feliz dessa maneira também.

— É bom saber. — Dou risada.

Chegamos à porta da frente e ele me segura por trás, esfregando a barba no meu pescoço, me fazendo rir. Depois de mais algumas tentativas, finalmente consigo abrir a porta.

— Está com fome? — pergunta ele, indo para a cozinha.

— Na verdade, não, mas não recusarei um vinho. — Sorrio. — Tem um hambúrguer do Rich's na geladeira — grito.

Fui ao mercado ontem porque tinha leite azedo e algum tipo de experimento científico que poderia ser queijo na geladeira. No caminho de volta do mercado, parei para ver Rich e pegar algo para comer em casa. Enquanto metade do que comprei no mercado precisa ser cozido e, provavelmente, vou acabar jogando fora, foi bom comprar comida que não era feita em lanchonete.

— O que é isso? — pergunta Westin, segurando o leite de amêndoa.

— É o leite que você gosta — respondo.

— Sei, mas por que está aqui?

Ele ficou louco? Ele traz essa porcaria de leite toda vez que fica aqui.

— Umm, você bebe ele, certo?

Seus olhos se estreitam e então ele volta para as compras.

— Ren? — Ele ergue um fardo de cerveja.

— Wes. — Balanço a cabeça. — Não é essa que você gosta? Você bebe aquela coisa esquisita de cerveja, acho.

Ele coloca a cerveja na mesa e se inclina no balcão.

— Sim, mas vou repetir, você comprou?

Não tenho certeza de qual é o grande problema.

— Fui ao mercado, então peguei. Por que está me olhando assim? — pergunto quando sua mandíbula trava por um instante, e depois se transforma em um sorriso.

E então a ficha cai.

Pensei nele quando estava comprando coisas para casa. Ele me observa enquanto começo a entender o que fez todo o seu humor mudar.

— Dois anos e você nunca comprou coisas para mim — diz Westin. — Fiquei imaginando quando você ia estragar tudo e me deixar me aproximar.

— Não exagere — advirto. — É leite e cerveja.

Ele sorri e se inclina para frente.

— Sabia que isso iria acontecer.

Meu Deus.

— Olha, antes que isso vá longe demais, também desocupei uma gaveta.

— Desculpa, o que disse?

É melhor falar tudo de uma vez. Westin fica aqui ou estou na casa dele praticamente todas as noites que temos de folga. Por causa de nossos horários, trocar a chave de casa não era nada demais mesmo. Foi mais por conveniência do que por algum momento importante em nosso relacionamento.

Ele me deu um espaço em seu banheiro para minhas coisas, mas não fui tão generosa. Não que ele tenha ficado surpreso, mas eu estava pensando em como mostrar a ele que estou… de cabeça… em tudo o que estamos fazendo.

Falar para ele sobre o que estamos fazendo, pode parecer bobagem agora, mas achei que ter *uma* gaveta era um gesto legal. Agora, estou um pouco assustada.

— Sabe, um lugar onde pode colocar suas coisas.

— Eu sei o que é uma gaveta, mas você me deu uma? Aqui?

— Sim, uma gaveta — esclareço. — Uma das menores.

— Na sua casa?

— Bem, essa era a questão.

Ele se move ao redor balcão, coloca a mão na minha testa e balança a cabeça.

— Sem febre. É, você não está doente.

— Babaca.

— Então, se eu for no quarto, terá uma gaveta vazia?

Por que ele está sendo tão ridículo? É apenas uma gaveta.

— Westin, você está aqui o tempo todo. Posso ocupá-la de volta, se quiser…

— Cale a boca — diz ele, as mãos segurando meus quadris. — Que tal um espaço no armário, já que está dando tanto?

— Não force a barra. — Minhas mãos repousam em seu peito e ele se abaixa, me levantando em seus braços.

Westin sorri e me carrega para o quarto. Ele me deixa cair na cama e vai até a cômoda.

— Esta?

Concordo com a cabeça.

Ele abre a gaveta, encontrando-a vazia como prometido, e então vem em minha direção. Eu o empurro de volta, me afastando dele, mas ele não cede. Westin paira sobre mim e meu coração dispara.

— Tenho tentado derrubar suas paredes.

— É leite e uma gaveta — esclareço.

— Não, amor. Nós dois sabemos que não é só isso. — Antes que eu possa dizer outra palavra, seus lábios estão nos meus, me beijando como se eu fosse o ar que ele precisa para respirar.

Minhas mãos frenéticas tentam remover o máximo possível de suas roupas. É como se uma luz fosse apagada e eu estivesse perfeitamente bem no escuro. Isso é o que Westin faz, ele me faz esquecer, me incentiva, me ama mesmo quando acho que não sou digna.

CORINNE MICHAELS

Nossas línguas deslizam juntas, deleitando-se com o calor úmido. Sua camisa cai no chão e ele rasga minha blusa de botões, enquanto nossos lábios permanecem fundidos.

Nossa, ele beija como ninguém.

Foi-se o homem carinhoso que segurava minha mão quando eu chorava, explicando a meu pai o que ele precisava fazer para garantir que não o forçasse a se mudar de sua casa. Que não se encolheu ao ver a casa que eu amava quando criança em desordem. O homem gentil que prometeu a meu pai que voltaríamos e trabalharíamos em seu carro, que funciona perfeitamente bem, apenas para que pudéssemos verificá-lo mais vezes.

Este é o Westin de que preciso agora. O homem dominante que vai me forçar a parar de pensar.

Seus dedos se enredam no meu cabelo e ele o puxa para o lado, empurrando mais fundo, fazendo-me senti-lo em cada parte do meu corpo.

— Não fuja mais, Ren. Fique aqui comigo. — Seus olhos verdes estão cheios de emoção.

— Não vou a lugar algum.

Seus lábios estão de volta onde quero, e então ele se move pelo meu corpo, beijando meu pescoço, ombros, antes de encontrar meu seio. Os olhos de Westin encontram os meus assim que toma meu mamilo em sua boca, então, eu desvio o olhar e ele para o que está fazendo.

— Observe-me — comanda. — Veja eu te amar.

— Wes… — sussurro, passando os dedos por seu cabelo.

Os olhos de Westin estão cheios de uma emoção que não consigo nomear.

— Você precisa ver. Precisa ver que estou bem aqui.

Meu peito aperta ao ver sua boca abaixar, mantendo nossos olhares fixos. Com uma ternura que jamais demonstrou, ele corre os lábios pela minha pele, deixando um rastro de arrepios pelo caminho.

A voz na minha cabeça que sempre desliga quando Wes chega muito perto está gritando para eu parar. Há outro lado meu, no entanto. Aquele que sabia amar alguém, e essa parte está eufórica agora. Por muito tempo, o que dividimos no quarto foi apenas sexo. Desta vez, sei que não é.

Não haverá "um rolar de lado e nós vemos no trabalho". Sei que quando eu me entregar a ele, possuirá mais do que o meu corpo.

Westin terá meu coração.

Ele coloca os lábios no meu peito, bem onde reside o órgão que não estava inteiro, e me beija.

VOCÊ ⁓ AMOU ⁓ DIA

— Vou fazer você esquecer toda a dor que sofreu. Não sei o que aconteceu para fazer você continuar se afastando — diz ele, movendo-se para ficarmos cara a cara. — Saiba que não vou a lugar algum.

Meus dedos roçam em seu rosto.

— Estou cansada de fugir, Westin. Cansei de lutar contra tudo dentro de mim que quer sentir algo mais. Então, se eu cair, você vai me pegar?

Seus olhos se fecham e, quando ele os abre de novo, não há nenhum vestígio de dúvida.

— Sempre.

Uma lágrima escorre pelo meu rosto com a promessa em sua voz. Espero mesmo que seja verdade, porque estou pendurada na beira de um penhasco pelas minhas unhas. Se eu escorregar, vou despencar.

— Faça amor comigo, Westin — peço.

Com nossas respirações misturadas, ele se move em direção aos meus lábios, encarando meus olhos o tempo todo. Nunca disse essas palavras para ele, sempre mantive uma barreira entre nós. Funcionou até meu passado voltar à minha vida, me lembrando por que eu era assim. Westin não é meu passado. Ele é o homem para quem quero abrir espaço na minha cômoda, e, talvez um dia, ele vai dividir a casa comigo.

Quando nossos lábios se tocam, minha cabeça gira pelo reconhecimento desta nova realidade. É a união de duas pessoas que estiveram nesta cama muitas vezes, mas nunca em sua plenitude. Meus dedos se enredam em seu cabelo e o puxo contra mim, obliterando o espaço restante entre nós.

As mãos de Westin percorrem meu corpo, enganchando sob minha perna, envolvendo-a em torno de seu quadril. Ambos estamos perdidos enquanto nos agarramos um ao outro.

Ele afasta os lábios dos meus e, desta vez, não desvio o olhar dele.

— Você é tão bonita. — Sua voz está rouca de desejo.

Abro a boca para dizer como ele é gostoso, mas seus lábios envolvem meu mamilo, e não consigo me lembrar de nada.

Ele mordisca, suga e lambe, me deixando louca.

— Westin — gemo, agarrando os lençóis quando sua outra mão desce pela minha calça. Com a quantidade certa de pressão, ele começa a me deixar mais excitada.

— Diga, amor. Diga que quer isso — pressiona ele.

— Sim! Eu quero… — respondo. — Quero nós dois juntos.

Quero tudo. Quero esquecer tudo ao meu redor e viver neste momento, porque não tenho ideia de quando meu castelo de cartas pode desmoronar. Ele é a única coisa que me traz algum tipo de consolo. Cansei de me conter, minhas paredes desabaram.

Engraçado que precisei ser confrontada com algo que pensei que queria para perceber que o que eu já tinha era tudo que precisava.

Agora, não sei se serei capaz de mantê-lo, mas rezo para conseguir.

Westin tira a minha calça e a dele. Seus lábios estão de volta aos meus e envolvo sua ereção com as mãos. Ele geme na minha boca à medida que bombeio para cima e para baixo, amando os grunhidos que faz para mim.

— Não posso esperar mais, Ren. Preciso estar dentro de você — diz, e então morde minha orelha.

Sei exatamente como ele se sente.

— Agora, por favor — ofego.

Westin coloca a camisinha e, quando está em posição, para.

— Qual é o problema? — pergunto, sem fôlego.

— Absolutamente nada.

Nossos olhos se encontram, e meu coração dispara porque posso sentir a mudança de energia. É como se duas peças de um quebra-cabeça finalmente se encaixassem depois de tentar uma centena de peças erradas. Nervosismo, excitação, alegria e medo, todos lutando por coisas diferentes. Preocupo-me que, depois disso, perdê-lo será minha morte.

Ele agarra meu rosto entre suas mãos, procurando através da miríade de emoções, que sem dúvida, brincam em meus olhos.

Com delicadeza, ele me penetra e uma lágrima escapa do canto do meu olho. Anos de prisão acabaram, as algemas foram quebradas e o passado que me oprimiu foi embora. Como fui burra em me agarrar a isto, pensando que me protegeria.

Westin se impulsiona e balança para frente e para trás, devagar, me amando de uma forma que nunca esquecerei. Ele não tem que dizer as palavras, porque eu as sinto. Sei disso há muito tempo. Westin está apaixonado por mim e acabei de me apaixonar por ele.

Só espero que continue assim se ele descobrir o que fiz.

Já se passaram duas semanas desde a última vez que vi Allison e Bryce. Minha vida, desde então, tem sido quase perfeita. Westin e eu tivemos um pouco mais de tempo, já que não estou atolada com a pesquisa, e seu número de atendimentos também reduziu. Gostamos do ritmo mais lento e não poderia ter vindo em melhor hora, porque hoje, meus pacientes da pesquisa voltam para fazer os exames e, amanhã, as doses recomeçam.

Gostaria de acreditar que isso não afetará o estado incrível em que minha vida está, mas sou realista e sei que vai colocar outro obstáculo na minha frente. Não porque me preocupe que, ver um homem que amei tanto possa me fazer sofrer, mas porque me lembro de que não sou a mulher que me orgulhava de ser quando ele estava por perto.

— Olá pra você! — diz Julie, assim que me sento no canto de uma das salas de consulta. Gosto de me esconder aqui quando preciso de tempo para verificar os prontuários.

— Oi. — Sorrio.

Ela entra na sala e se senta ao meu lado.

— Repassando os prontuários?

— A única coisa que falham em ensinar na faculdade de medicina. — Dou risada. — É mesmo uma chatice.

— Mais uma razão pela qual amo minha especialidade. — Sorri ela.

— Sim, sim, tanto faz. Como você está? Desculpe, te deixei na mão com as bebidas ontem — digo, enquanto coloco a caneta no colo.

— Está tudo bem. — Ela joga uma uva na boca. — A Martina foi, bebemos, comemos uma quantidade desumana de comida e ela foi para casa com um rapaz. Você trabalhou até tarde?

Bato a caneta contra a mesa.

— Não, eu estava com Westin.

Ela se inclina para frente.

— Você dispensou cerveja pelo seu namorado?

— Sim.

— Bem... — Ela se recosta na cadeira com os braços cruzados. — Olha quem finalmente entendeu as coisas direitinho. — Julie parece muito satisfeita. — Esperava que esse dia chegasse. Sinto que minha garotinha está crescendo.

— Pode ser.

— Então, as coisas estão bem? — pergunta ela.

— Estão, sim. Obrigada, Jules. Valeu, de verdade.

Ela inclina a cabeça e franze os lábios.

— Por quê?

Foi depois que ela se tornou uma boa amiga o bastante para ser honesta comigo que pude ver minha vida com clareza. Ela que me fez acordar e foi o que me ajudou a realmente enfrentar meus sentimentos por Westin e confiar nele de todo o coração.

— Por ser quem você é. Mesmo quando não quero ouvir coisas, você é sempre honesta. Se não tivesse me feito enfrentar os fatos, eu teria continuado o afastando porque é tudo o que sempre fazia. — Aperto a mão dela.

— Estou muito feliz por você. É óbvio que Westin te ama, e homens como ele não aparecem com frequência.

Concordo com a cabeça.

— Eu sei. Só estou tentando me segurar nele o máximo que puder.

A cabeça de Julie se vira e ela parece confusa.

— O que isso quer dizer?

Merda. Não posso dizer a verdade a ela, porque levaria a mais perguntas sobre o que fiz, e não sei se Julie poderia acabar na confusão, já que os remédios foram mantidos em seu laboratório. Ah, meu Deus. Acho que vou passar mal.

— Só que os homens logo se cansam quando a perseguição acaba. — Tento soar bem-humorada, mas sai forçado.

— Você é uma tonta, mas eu te amo de qualquer maneira. Preciso trabalhar! Não me deixe na mão semana que vem. — Ela se levanta, coloca outra uva na boca e sai.

Quando estou sozinha de novo, limpo as palmas das mãos suadas na calça e fecho os arquivos. Meu lapso momentâneo de julgamento pode afetar tantas pessoas. Não pensei, e é tarde demais para fazer qualquer coisa agora.

Pego os prontuários, não tendo mais capacidade mental para analisá-los, e os deixo na enfermaria. Tenho cerca de vinte minutos antes de pegar os resultados das tomografias das pacientes da pesquisa e, então, passarei em cada quarto para vê-las.

Respire profundo, Serenity.

Enquanto sigo para o refeitório, viro no corredor e esbarro em alguém.

— Merda!

— Desculpa! — diz a voz profunda. — Estava com pressa.

Olho para cima, sabendo quem é, e solto um suspiro profundo.

— Está tudo bem, Bryce.

— Garotinha, espere. — Ele agarra meu pulso quando estou começando a me afastar.

— Tenho mesmo que ir. — Puxo a mão de seu alcance.

Não sinto frio na barriga, nem nada ao sentir seu toque. Apenas percebo que não é caloroso igual a Westin. Bryce parece frio e áspero, e não gosto mais do frio.

— Eu sei, só vai demorar um minuto.

Há algumas pessoas circulando pelos corredores e sei que, se Westin nos visse conversando, passaria a imagem errada. Meus sentimentos por Bryce estão mortos, assim como o amor que uma vez compartilhamos.

— Irei ver Allison em breve.

Ele dá um passo mais perto, não ouvindo minha indireta nada sutil.

— Queria pedir desculpas por aquele dia no bar. Eu só queria dizer…

Seu pedido de desculpas não muda nada. A verdade é que tudo isso é culpa minha. Fui eu quem permitiu que sua esposa ficasse na pesquisa. Sabia que não seria bom para ninguém, e jamais deveria ter tocado naquelas drogas, não importa quais fosses as dificuldades que estava enfrentando. Se Bryce nunca tivesse colocado a ideia na minha cabeça, eu jamais teria feito isso, mas é como dizer que alguém comete assassinato porque você deu a ele uma arma.

Eu fiz isso.

Decidi arriscar minha carreira e o homem que está começando a significar mais para mim do que jamais sonhei, porque fiquei um pouco perdida. Senti como se meu mundo não fizesse sentido depois de perder minha mãe e, então, a Sra. Whitley. Ter Bryce por perto trouxe de volta todas as dúvidas, e acabei me questionando. *Não lutei com força suficiente por minha mãe? Será que não estava fazendo todo o possível pelas minhas pacientes? Estava disposta a deixar outra pessoa perder tudo por minha causa?* O peso que estava sobre meus ombros se tornou grande demais e eu explodi. Minha moral e ética estavam confusas, mas não estão agora.

Fiz a escolha de mudar as drogas e, embora ninguém realmente saiba disso além de mim, farei a coisa certa a partir de agora. Tratarei Allison com o melhor de minha capacidade, e seu marido será como qualquer outro cônjuge.

— Sr. Peyton, você não me deve desculpas. — Dou alguns passos enquanto ele fica parado, atordoado. — Ficarei feliz em responder a quaisquer perguntas quando passar no quarto.

— Não faça isso — diz ele.

— Sinto muito, mas é assim que deveria ter sido desde o início — digo, conforme o deixo para trás, onde ele pertence. — Tchau, Sr. Peyton.

CORINNE MICHAELS

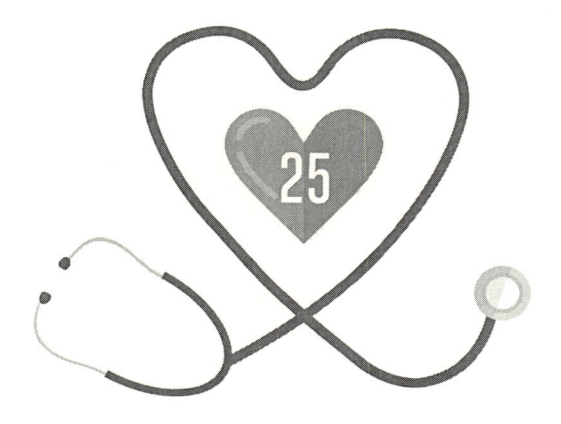

— As tomografias parecem boas, Ren — diz Westin, analisando-as ao meu lado.

— Sim, sem crescimento, isso é sempre bom. Este parece que encolheu um pouco. — Comparo os dois relatórios lado a lado.

É mínimo, mas vou ver isso como um bom sinal.

— Bom, tenho uma cirurgia mais tarde, então vou assinar agora. — Westin rabisca sua assinatura e beija o topo da minha cabeça. — Nos vemos depois.

— Salve uma vida — digo, enquanto ele se afasta.

— Esse é o plano. — Ele ri e sai.

Pego tudo e vou ver Allison. Seus resultados não mostraram crescimento, mas estou um pouco preocupada com alguns dos outros exames. Quando chego à porta, ela está gritando ao telefone.

Antes que eu possa sair de vista, ela grita:

— Espere! Dra. Adams! Mãe, te ligo depois.

— Posso passar mais tarde — digo.

— Não, está tudo bem. Só estava discutindo com minha mãe sobre o meu irmão rebelde.

Sorrio.

— Eu tenho um desses. Quando minha mãe morreu, ele ficou ainda pior.

Allison geme.

— Sinto muito. Não consigo imaginar que tenha sido fácil para vocês. Dou de ombros.

— É a vida, né? Nós temos apenas que lidar com as cartas que recebemos. Tenho sorte de ter meu pai…

— E o seu namorado médico sexy. — Ela agita as sobrancelhas.

— É — concordo.

Allison me conta um pouco mais de sua família, e fico espantada com quantas coisas temos em comum. Ela perdeu o pai há alguns anos, enquanto eu perdi minha mãe. Ela é advogada e filantropa, e agora dedica muito de seu tempo para ajudar sua empresa em casos que ajudarão a melhorar o mundo.

Gosto de pensar que, como médica, faço o mesmo.

— Foi por causa do meu irmão que escolhi ser advogada. Alguém tinha que ser contratado por todas as coisas ilegais que faz. — Ela ri, mas não tem graça. Consigo ver o problema em seus olhos. — Família, certo?

— Sim, são fora do comum.

— Então? Estávamos batendo um papo e tenho certeza de que veio aqui para mais do que conversar, correto? Está tudo bem? — pergunta ela.

Droga. Sim, esse é o objetivo, não ser amiga dela. Estou um pouco preocupada com alguns resultados em seu sangue. Pode não ser nada, mas não vou correr esse risco.

— As tomografias voltaram boas — digo, de pronto. Essa geralmente é a maior preocupação. — Mas o seu nível de ferro está um pouco baixo. Como está se sentindo? Tem sentido tontura ou fraqueza?

Allison esfrega a barriga.

— Estou muito bem, exceto pelas cólicas.

As cólicas não seriam causadas por anemia.

Eu me movo para o lado de sua cama.

— Posso examinar?

Ela faz que sim com a cabeça.

Pressiono ao redor. Seu abdômen está firme, mas não é necessariamente anormal.

— Vou fazer mais alguns exames, pedir um ultrassom e garantir que estamos vendo o quadro geral.

— Tudo bem. — Suspira ela. — Não vou a lugar algum.

Dou um tapinha em seu ombro.

— Vai ficar tudo bem, vamos descobrir o que está acontecendo.

— Obrigada — agradece, e então se encolhe, segurando a barriga.

— Allison?

Seus olhos estão arregalados e ela está prendendo a respiração.

— Droga — grita ela e então a vejo a empalidecer. — Nossa, como isso dói!

CORINNE MICHAELS

Aperto o botão para chamar a enfermeira. Alguma coisa está errada.

— Respire fundo, Allison. Estou bem aqui. É a sua barriga?

— Sim, parece uma facada — arfa.

Minha formação entra em ação e começo a avaliar tudo. Puxo o lençol e vejo sangue em todos os lugares. Merda. Ela está com hemorragia.

Uma enfermeira entra correndo e aponto para a porta.

— Arrume uma sala de cirurgia. Agora.

Algumas outras enfermeiras e Martina entram correndo. Os olhos de Allison estão arregalados e as lágrimas começam a se formar.

— Allison, você está com hemorragia. Pode ser apenas um cisto que a tomografia não detectou. Preciso explorar e conter o sangramento, tá bom?

— Foi só um pouco — diz ela, e sua voz falha.

— Você estava sangrando antes? — pergunto.

— Por favor… — Ela agarra minha mão. — Por favor, não diga a ele. Já têm dias e não queria preocupá-lo.

— Quem?

— Meu marido. Eu não… Não pude contar a ele… por favor — implora, e sua cabeça tomba para trás.

Agora, nada disso é da minha conta. Preciso entrar com ela no centro cirúrgico. Minha equipe se move ao redor, desplugando tudo para podermos movê-la.

— Não vamos nos preocupar com isso, tudo bem?

Ela ergue a mão e, então, a deixa cair, flácida. Grito ordens para todos. Se seus níveis de ferro não estivessem tão baixos, não seria tão preocupante, mas ela não pode perder muito sangue quando já está reduzido.

Começamos a empurrar Allison para fora e Bryce entra correndo no quarto.

— Allison!

— Está tudo bem — ela tenta tranquilizá-lo, mas não tem forças para isso.

— O que está acontecendo? — O medo está gravado em cada sílaba.

— Sua esposa está com um sangramento, e preciso abrir para contê-lo. Vamos prepará-la para a cirurgia imediatamente — explico.

Ele balança a cabeça como se fosse dissipar a informação que acabei de dar.

— Ela estava bem há cinco minutos.

— Peyton, eu vou ficar bem. — Ela segura a mão dele, e ele aperta a dela.

— Ali, eu te amo — diz Bryce.

— Eu também te amo.

Martina pigarreia.

— Preciso levá-la, senhor.

Ele sorri, se recompõe e solta as mãos dela.

— Tudo bem. — Seus olhos não deixam os dela. — Você vai ficar bem.

Allison toca seu rosto.

— Vá trabalhar. Volto em breve.

Eles se beijam e ela é levada. Começo a segui-los, mas Bryce se move, bloqueando minha saída.

Vejo o tomento em seus olhos, o medo e a dor, e então determinação.

— Sei que você está com raiva de mim — funga ele. — Eu tenho sido um babaca com você. Pedi que fizesse coisas que não deveria e peço desculpas. Preciso que saiba que sinto muito. Me desculpe por não ter te amado do jeito que deveria.

Meu coração dispara e ergo a mão.

— Allison é minha paciente. Se está preocupado que o que quer que seja, afete a forma como eu a trato, não precisa. Eu me importo com ela e farei tudo ao meu alcance. Esta é uma cirurgia de rotina, okay? Você me implorou para continuar como sua médica porque sou boa no que faço. Agora preciso ir fazer exatamente isso.

Ele me olha com um toque de esperança e seus lábios formam uma linha fina.

— Obrigado, Serenity. Estou falando sério.

Apesar de tudo, gosto dele. Posso imaginar que esse é todo o medo que ele pode imaginar ganhando vida. Sua ex-namorada operando sua esposa após uma discussão feia. No entanto, não sou sua ex-namorada agora, sou a médica de Allison.

— Vá tomar um café, volto em breve para atualizá-lo.

— Obrigado.

— Não me agradeça, estou fazendo meu trabalho.

Vou para a sala de cirurgia, onde Allison é preparada. Minha cabeça está se movendo na velocidade da luz, preparando-se para todas as possibilidades e criando um plano de ataque. Assim que estou limpa, entro para falar com ela mais uma vez.

— Você está bem? Alguma dúvida? — pergunto.

— P-posso…? — Ela para, de repente. — Posso falar com você um minuto? Sozinha?

— Agora?

Ela assente.

— Tudo bem.

Fico um pouco tensa, mas não posso me recusar a isso. Olho ao redor da sala e gesticulo com a cabeça para o lado. Todos saem e seus olhos verdes começam a lacrimejar. Ela está apavorada e preciso acalmá-la.

Puxo a máscara para baixo.

— Eu sei que está com medo, mas prometo que vou cuidar de você.

— Preciso dizer que sei quem você é, Serenity — confessa Allison. — Eu sei que você já foi noiva de Bryce.

Santo Deus. Não consigo esconder a surpresa, e exalo um suspiro. Se ela sabe, por que diabos está aqui? É só para me conhecer? Mas por que importa?

Tento explicar rapidamente:

— Não sei o que dizer. Juro que não há nada entre nós.

— Descobri a seu respeito há quatro anos, por coincidência. Ouvi a família dele dizendo algumas coisas sobre deixá-la no passado, e fiquei curiosa. Tinha essa parte sádica em mim que precisava ver quem era, então comecei a investigar. Não era por maldade, eu só precisava saber se ele realmente me amou.

— Ele ama — digo a ela.

— Agora sei disso. Nos primeiros dias em que vocês dois se viram, fiquei preocupada, mas quando a conheci, vi que estava sendo boba. Percebo que o que vocês dois compartilharam é diferente, não menos bonito, só diferente. Vocês abriram mão da relação para salvar um ao outro.

— Por que está me contando isso? — pergunto.

Ela sorri com delicadeza.

— Porque preciso que você me prometa que se algo acontecer... — começa ela, mas eu a interrompo.

— Não diga as próximas palavras, Allison. Por favor, não cogite isso.

Seus lábios se fecham, mas seus olhos me dizem o resto. Por um momento, a relação médico-paciente acabou. Allison é só uma mulher, e eu também. Ela está implorando para que eu cuide de algo que ela ama. Ela precisa dessa paz de espírito para passar pela cirurgia.

Não respondo verbalmente, pois ela não precisa ouvir.

— Obrigada — diz ela, virando a cabeça para o lado.

Chamo todos de volta e vou me desinfetar de novo, o tempo todo pensando na maneira como ela me implorou com os olhos.

Quando volto para a sala, todos estão prontos e fico em posição.

— Tudo bem, Allison, vamos colocá-la para dormir agora — informo.

— Tá bom… — responde ela, com uma lágrima escorrendo pelo rosto.

A anestesia é aplicada, mas seus olhos estão fixos nos meus.

— Até meu último suspiro… — diz ela, e então adormece.

Demoro alguns segundos, tentando esquecer as palavras que fazem meu peito apertar. Com os olhos fechados, respiro fundo, pensando nos movimentos estratégicos que preciso fazer cirurgicamente. Se conseguir me concentrar, não vou sentir que o bisturi me abriu ao meio.

Mais duas respirações profundas e deixo de ser Serenity e volto à minha personalidade de médica. Todas as minhas emoções estão trancadas e não me importo mais com nada além da cirurgia.

— Preparada, Dra. Adams? — pergunta Martina.

— Sim. Bisturi — peço, com a mão estendida.

Já se passou uma hora e, até agora, a cirurgia transcorreu perfeitamente. Encontrei o sangramento bem fácil e fui capaz de estancá-lo, além de dar uma boa olhada em seu tumor. Tomografias são uma coisa, mas quando você está ali, pode ser um mundo totalmente diferente. As coisas nunca são como parecem, mas, felizmente, não é nada que atrapalhe seu progresso. A música está tocando na sala de cirurgia e estou em meu elemento.

Tudo parece bem.

— Okay, vamos fechá-la — instruo minha equipe.

Mexo um de seus órgãos, para garantir que o sangramento tenha de fato cessado, o que aconteceu. Começamos a fechá-la, quando, de repente, os alarmes ressoam pela sala.

— A pressão está caindo. Ela está tendo uma parada.

O instinto natural de reagir ou fugir do meu corpo entra em ação, mas não posso permitir. Sua frequência cardíaca está despencando.

— Deem uma dose de epinefrina — instruo. — Comece as compressões.

O medo tenta assumir o controle. Meus músculos estão tensos conforme a linha de Allison continua plana. Preciso consertar isso. Preciso ficar calma, mas meu coração está acelerado, ciente de que o tempo não está do meu lado.

Volto todos a seus lugares, e a enfermeira inicia a RCP – Reanimação cardiorrespiratória – para eu poder fechá-la. Trabalho rápido, sabendo que cada segundo conta. Assim que termino, as pessoas na sala quase podem ler minha mente. Eles reúnem o equipamento de que precisamos para fazer seu coração voltar a bater. Eu a estou perdendo.

Pego o desfibrilador.

— Carregue em trezentos e sessenta. Afastem-se! — grito, e todos dão um passo para trás.

O choque a atinge e observo a tela.

Por favor, volte, por favor, volte. Vamos, Allison. Acorde.

Nada. Seu coração ainda não está respondendo.

Você não vai a lugar nenhum. Não sob os meus cuidados. Não vou contar a seu marido que você morreu.

— Carregue de novo — ordeno.

Pura determinação é tudo o que estou tentando fazer. Allison não morrerá hoje. Eu disse a Bryce que era rotina e não posso encará-lo. Ela estava saudável, este é só um caso mais difícil. Já lidei com dificuldades antes, caramba.

O aparelho me avisa que está pronto.

— Afastem-se! — grito, e a sala para. As pás tocam seu peito, a eletricidade fluindo para seu coração, e seu peito se eleva.

De novo, meus olhos se movem para o monitor.

— Vamos, Allison — murmuro.

— Dra. Adams — diz Martina. — Já se passaram três minutos.

Irrelevante para mim agora. Ela pode sobreviver a isso. Eu sei disso, ela só tem que querer.

— Allison, você precisa lutar — digo a ela. — Você tem que lutar por seu marido e por sua família. Lute, porra.

Meu próprio coração está batendo tão forte que me preocupo se vai escapar do peito. Observo o monitor, pensando em alguma ideia que não tenha tentado. Uma onda de nervosismo me inunda e vejo a dança da linha plana no monitor.

Se não quero que ela desista, também não posso.

— Ren, você precisa declarar. — Martina toca meu braço, mas eu o afasto de seu toque.

Não.

— Dê outra dose de adrenalina. Alguém chame o Dr. Grant e traga um cardiologista aqui — ordeno a uma das enfermeiras. Não sei por que ela não está respondendo, pode ser qualquer coisa. — Carregue de novo — digo, desesperada para trazê-la de volta.

Minha respiração está irregular enquanto pressiono o desfibrilador em seu peito novamente.

VOCÊ ~ AMOU ~ DIA

— Afastem--se!

O corpo de Allison estremece e fecho os olhos conforme o bipe continua a ecoar na sala. O último resquício de esperança que eu tinha se foi. Uma lágrima se forma ao mesmo tempo em que espero que Deus ou alguém intervenha. Preciso de um milagre.

— Dra. Adams? — A voz de Westin penetra através do silêncio assustador na sala.

Nossos olhares se encontram, e então volto a olhar para Allison.

— Dê outra dose! — mando.

— Demos a dose máxima a ela — diz o anestesista.

— Não me importa!

Como isso aconteceu? A cirurgia correu muito bem, ela estava perfeitamente bem e aí tudo piorou. Estou aqui, olhando para seu corpo sem vida, e sei que as pessoas estão conversando ao meu redor, mas não as ouço. Allison está morta. Ela está mesmo morta.

Como?

Não.

Não consigo pensar. Não é real. Não acabei de matá-la, certo?

Ela estava… ela estava bem.

Balanço a cabeça, tentando fazer essa cena desaparecer.

— Serenity. — A voz de Westin invade a minha névoa. — Ren, você precisa declarar a hora da morte. Ela não pode mais tomar drogas. Ela se foi há muito tempo.

— Não — digo. — Não, tente novamente!

Ele agarra meus ombros, me impedindo de chegar até ela.

Westin olha por cima do meu ombro e suspira.

— Hora da morte: Dezessete horas e vinte e dois minutos.

Tento respirar, arfando, mas meus pulmões estão ardendo. Lágrimas enchem meus olhos e não consigo ver. Ela morreu. Aquela gentil e carinhosa mulher que prometi que ficaria bem, não está. Ela morreu na minha mesa enquanto eu cantava alguma música *pop*. Meu coração está batendo e o dela não.

São fatos.

Meus olhos encontram os de Westin e começo a entrar em pânico. Não consigo respirar. Abro a boca, mas nenhum som sai.

Ele me puxa da sala quando começo a surtar.

— Calma, calma — ele tenta me acalmar.

— Não sei o que aconteceu. — Agito contra seu corpo e um soluço irrompe. — Não entendo.

As mãos de Westin seguram meu rosto e ele me observa.

— Você precisa se acalmar. Me explica.

Repasso a cirurgia para ele, esclarecendo os detalhes e revelando a rapidez com que tudo aconteceu. Ele escuta sem me interromper e acena com a cabeça. Não aconteceu nada fora do comum. Cada passo foi dado, até que seu coração simplesmente... parou. Depois disso, não importa o que tenha tentado, nada a trouxe de volta.

— Pelo que me explicou, não era nada que pudesse ter feito — ele tenta me confortar, mas recuo.

— Eu era a médica dela! Ela estava bem!

— Serenity. — Ele toca minha bochecha, mas recuo. — Ela estava sangrando, você estancou o sangramento, mas havia outra coisa que fez seu coração falhar. Você não fez nada de errado.

— Você não sabe disso! — grito com ele. — Poderia ter sido qualquer coisa. E se o medicamento reagiu com o coração dela?

Westin se move em minha direção, mas ergo a mão para detê-lo.

— Então tudo virá à tona, mas não poderia controlar isso. Você sabe tão bem quanto eu que o corpo dela já estava sob uma quantidade extrema de estresse.

Balanço a cabeça enquanto ele fala. Ele não entende, há muito mais nisso.

— Nada disso importa, Westin. Eu fiz isso com ela. *Eu!*

— Pare! — Westin se aproxima. — Pare com isso, você fez o melhor que pôde para salvá-la.

Não importa. Ela está morta e eu tenho que contar a ele.

— Bem, acho que o meu melhor simplesmente não era bom o bastante. Se foi o meu melhor, então preciso repensar minha vida, porque sou péssima.

Olho pela janela, para seu corpo inerte, lembrando-me das palavras que ela proferiu enquanto adormecia.

Uma única lágrima rola pelo meu rosto ao mesmo tempo em que meu coração se estilhaça em um milhão de pedaços.

Ela o amava, e agora tenho que destruí-lo – de novo.

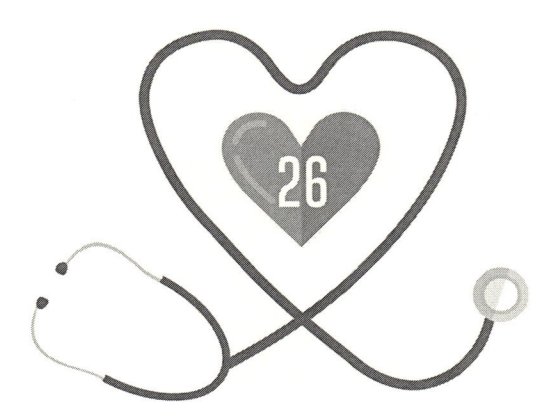

A caminhada até a sala de espera parece uma tentativa de escapar da areia movediça. A cada passo, afundo mais no abismo. Westin caminha ao meu lado e não tento impedi-lo, mesmo sabendo que o que quer que Bryce diga pode ser o fim.

Nem me importo mais comigo. Que todos descubram, e vou virar pó porque estraguei tudo. Destruí tudo e matei minha paciente. Uma mulher saudável e maravilhosa que não fez nada de errado.

Westin toca meu ombro, me parando.

Eu olho para ele, desprovida de qualquer emoção. Estou à flor da pele e não sou capaz de me preparar para o que vai acontecer a seguir.

— Consegue fazer isso? — pergunta ele.

— Ela era minha paciente — respondo. — Tenho que dizer ao marido dela.

— Posso dizer a ele — oferece Westin.

— Não, eu era a cirurgiã dela, sua médica, e ele merece ouvir isso de mim. Westin balança a cabeça.

— Você mal consegue falar. Não está em condições de fazer isso.

Nunca estou em condições de repassar notícias como esta. Ninguém quer ser portador de más notícias, mas penso em como Allison foi corajosa. Ela confiou em mim sem hesitar. Já sabia quem fui para o marido dela, e ainda permitiu que eu participasse de seus cuidados médicos. Não sei se já conheci alguém mais forte do que ela. Agora também preciso ser forte. Tenho que atravessar aquelas portas e dizer a verdade a ele.

— Então talvez eu não devesse ter matado a minha paciente — zombo.

—Puta que pariu, Ren. Não diga essas merdas. —Ele agarra meus braços.

— Você não a matou. Ela pode ter tido um ataque cardíaco ou um derrame.

Você estancou o sangramento, tentou tudo que podia para salvá-la. Não há evidências de que nada disso seja culpa sua. Não entre naquela sala e diga algo assim, você sabe muito bem disso.

Não existem garantias quando operamos, eu sei disso, mas não torna a realidade mais fácil de lidar. Eu sei que ele está preocupado com um processo, mas eu, não. Estou preocupada em destruir a vida de Bryce.

— Podemos parar, por favor? — pergunto.

Westin passa as mãos pelo rosto e acena com a cabeça.

— Tudo bem, estarei aqui com você o tempo todo.

Agradeço por ele estar. Westin está me segurando porque estou desmoronando, mas não é nada comparado à ruptura que estou prestes a causar.

Quando chegamos à porta, respiro fundo e empurro. Se eu fizer uma pausa, nunca vou seguir em frente, porque nunca há um momento certo para contar a uma família que você perdeu um ente querido.

Bryce se levanta assim que me vê. Tiro meu gorro e vou em sua direção. Seu olhar se move para Westin, de volta para mim, e vejo a esperança e a felicidade sumirem de seu rosto.

Estou na frente dele e não consigo falar. As palavras me faltam quando o vejo começar a desmoronar. Meu peito aperta e meu corpo congela. Tenho que dizer algo, sei que devo, mas não há nada a dizer para ajudá-lo. Bryce balança a cabeça, as lágrimas começam a se formar, e ele olha para mim para impedi-las, mas não consigo. Ele sabe, e em vez de dizer as palavras, simplesmente paraliso.

— Sr. Peyton — Westin começa. — Houve uma complicação durante a cirurgia…

— Não, não, não — repete Bryce, e depois afunda no chão. — Por favor, não.

O olhar em seus olhos me rasga ao meio. Ele está desesperado para que refute as palavras que Westin disse.

— Foi feito todo o possível — explica Westin, mas o choro de Bryce o impede.

— Não! Ela, não! Meu Deus, não.

A agonia em sua voz me destrói.

— O coração dela — murmuro. — Consegui estancar o sangramento, mas quando estávamos terminando… — Minha voz está cheia de remorso, e oro para que ele perceba. — Foi feito tudo que se podia… Ela sofreu o que acreditamos ter sido um ataque cardíaco. Sinto muito.

— Não — repete ele. — Ren, me diga que não é verdade. Por favor. Por favor, me diga que ela está bem.

Eu me agacho, desejando mais do que qualquer coisa que fosse mentira. Meu lábio treme e me seguro no último resquício de força que tenho, sabendo que se eu desmoronar, não voltarei a levantar.

— Gostaria de poder dizer isso. Sinto muito. Eu tentei de tudo. Não desisti até o final, mas não pude trazê-la de volta. Sinto muito, muito mesmo.

— Sr. Peyton. — Westin se agacha e o ajuda a sentar-se na cadeira. — Sentimos muito por sua perda.

Nós dois nos sentamos nas cadeiras ao seu lado, enquanto ele chora.

— Tem alguém para quem possamos ligar? — pergunta Westin.

Ele nega com a cabeça, limpa o nariz e se levanta.

— Não, acho que já basta o que fizeram.

Tanto Wes quanto eu nos levantamos e Bryce sai pela porta sem outra palavra.

Eu o destruí.

Westin coloca a mão nas minhas costas e me guia de volta para o vestiário. Sento-me no banco, olhando para o chão, pensando em como meu dia perdeu tanto o controle assim. Outra parte minha se preocupa com o que vai acontecer agora.

A ideia de a minha carreira ter acabado era meio que uma possibilidade, mas agora não é tão abstrata. Haverá uma autópsia, irei ao conselho, e há possibilidade de processo.

Merda.

Estou completamente ferrada. Se investigarem, encontrarão a pista. Como pude ser tão burra?

Outra lágrima cai e viro a cabeça para escondê-la.

— Você deveria se limpar e ir para casa — diz Westin, depois de alguns segundos.

— Não — retruco.

— Não é um pedido. Estou dizendo para ir para casa, não fale com ninguém, e estarei lá assim que puder.

Olho para Westin e seu tom parece estar no limite, o que faz um arrepio correr pelas minhas costas.

— Wes...?

— Ouça-me bem — diz ele, sentando-se ao meu lado. — Você está péssima e não vai conseguir ver as pacientes, mas também precisa refrescar a cabeça antes de falar com alguém, entendeu?

Sempre me protegendo.

— Preciso seguir o protocolo. — Suspiro.

— Não, você precisa fazer o que eu digo. — Westin toca meu joelho. Olho para ele através dos cílios molhados.

— Como faço para superar isso?

Ele me puxa para seus braços, beija o topo da minha cabeça e me segura apertado.

— Com o tempo, verá que não fez nada de errado. Às vezes, as pessoas morrem e, às vezes, conseguimos evitar, mas você tentou. Vou na sua casa mais tarde, tá? Preciso verificar outro paciente antes de sair.

Parece que estou chorando, mas não há lágrimas, apenas vergonha. Posso sentar aqui e deixar que as pessoas me vejam desmoronar ou posso ir para casa e me odiar lá. Preciso ouvir Westin. Quando sua pesquisa deu errado, os sussurros da equipe que foram os piores. Pessoas fofocando a respeito do médico que perdeu a cabeça. Eu não preciso disso. Ele está certo em me forçar a sair.

— Tudo bem — concordo, enfim.

Westin me ajuda a me preparar como um pai vestindo uma criança. Ele segura meu casaco, empurrando meus braços pelos buracos, e então fecha o zíper.

Seus lábios se abrem como se fosse dizer algo, mas tudo o que ele vê em meus olhos o impede.

Ele segura minha mão enquanto caminhamos pelos corredores em direção à entrada do hospital. Apenas algumas horas atrás, eu estava neste mesmo lugar, pronta para ser épica. Não fui, no entanto. A menos que conte o fracasso épico.

— Vou te ver logo? — pergunto.

— Sim. — Ele beija meus lábios e depois se afasta.

O calor que eu estava sentindo se foi e o pavor me enche. Ele também acha que sou um fracasso? Ou pior?

Ando os poucos quarteirões até minha casa, abro a porta e afundo no chão. Minha cabeça repousa no chão frio de madeira e eu choro. Choro por todo o inferno que suportei e causei nas últimas semanas. Deixo meus soluços saírem e desmorono, o que mais posso fazer?

Uma batida forte na porta me desperta. Desorientada, eu me levanto. Olho em volta, tentando ver que horas são.

A batida ressoa de novo e fico de pé, esperando que seja Westin.

Quando abro, tropeço para trás.

— Bryce?

Ele parece tão mal quanto eu, provavelmente. Seus olhos estão vermelhos, o cabelo despenteado e posso sentir o cheiro de álcool em seu hálito.

— Não sabia mais para onde ir — confessa.

— Como me encontrou?

Seus olhos estão assombrados.

— Eu te segui um dia, queria conversar, mas pensei melhor. Não queria cruzar essa linha e fazer Allison pensar... mas... Acho que isso não importa agora, não é? Estou sozinho. Para onde eu vou, Garotinha? O que faço agora?

Meu estômago embrulha e não sei a coisa certa a fazer. Devo oferecer conforto ou mandá-lo embora? Então me lembro que matei sua esposa, e o mínimo que posso fazer é ouvi-lo.

— Quer entrar?

Ele concorda com um aceno.

Entramos na sala e ele se senta no sofá, a cabeça entre as mãos.

— Não sei o que fazer agora. Não entendo.

Fico na frente dele e me sento na mesa de centro.

— Não sei o que te dizer. Não há nada que possa falar para melhorar isso.

Sua cabeça se ergue.

— Eu a perdi. Ela foi tirada de mim.

A acusação em sua voz é mais alta do que as palavras proferidas. Ele quer dizer: *você a tirou de mim.*

— Foi — concordo.

— Você não sabe como éramos. Não sabe o quão perfeita ela é... era. Porra, ela era. Ela não é mais nada. Preciso saber o que aconteceu lá.

Fecho os olhos com tristeza.

— Isso não importa.

Ele se levanta.

— Preciso de respostas, Ren. Você é a única que as tem.

Pedir desculpas não vai trazê-la de volta, e eu me lembro quando minha mãe morreu, queria dar um soco em todos que diziam isso. Coisas como "estão em um lugar melhor" ou "pelo menos ela não está sofrendo mais" não fazem a pessoa enlutada sentir qualquer consolo em sua perda. Essas palavras apenas confortam o orador, e não vou fazer isso com ele.

A melhor coisa que posso fazer é contar algo real sobre seus momentos finais.

— Você deveria se sentar — digo a ele.

Sentamo-nos aqui e relato a cirurgia de forma clínica. A cada momento, a decisão e o ajuste que faço voltam à minha cabeça. Eu os repasso, esperando que ele veja o quanto tentei. Ele escuta tudo, com lágrimas escorrendo pelo rosto quando chego à parte em que a frequência cardíaca dela caiu. Eu me esforço muito para me manter firme e apenas dar a ele os fatos.

Quando termino, nós dois ficamos em silêncio, deixando-o nos cobrir à medida que as lágrimas silenciosas caem dos meus olhos. A mão de Bryce toca a minha e eu descanso a cabeça em seu ombro. Estou de luto pela perda de Allison Brown, não apenas de minha paciente, mas de uma linda mulher que, embora as circunstâncias tenham nos unidos da maneira mais bizarra, estou triste por ter perdido. Ela era graciosa, gentil e, no pouco tempo que a conheci, aprendeu mais a meu respeito do que muitos pacientes em anos.

Ergo a cabeça e dou a ele algo que não tinha planejado, mas acho que ele deveria saber.

— Ela sabia — digo a ele.

— Sabia o quê?

Puxo a mão de volta.

— Sobre nós. Quem sou e o que vivemos uma vez.

Ele se endireita, tenso.

— Não, não sabia.

— Sabia, Bryce. Soube desde o dia em que entrou naquele hospital.

— Ela nunca disse nada.

— Não significa que não seja verdade. Um pouco antes de sedá-la, ela me revelou. Disse que estava curiosa sobre mim, encontrou a pesquisa e veio. Ela me contou de seu amor por você, em oposição ao que compartilhamos e... — Volto a chorar. — Ela disse "até meu último suspiro".

Ele se move em minha direção, segurando meus braços, me sacudindo.

— Não minta para mim.

As lágrimas caem e eu me afasto.

— Não estou mentindo. Ela disse que se algo acontecesse com ela... Não sei como terminar. Não tenho ideia do que realmente queria que eu fizesse.

Ela queria que eu cuidasse dele? O amasse? Casasse com ele? Nenhuma dessas perguntas deveria precisar de respostas.

— Pediu o quê? — pergunta ele, ao se levantar.

— Não sei, eu realmente não sei.

O peito de Bryce arfa enquanto se esforça para respirar.

— Me sinto tão perdido, Garotinha.

— Não consigo imaginar — digo, parando na frente dele.

— Achei que perder você tivesse sido a pior dor que já senti. — Ele ri.

— Não tinha ideia.

Fui eu quem infligi isso a ele – duas vezes.

— Nunca quis te fazer sofrer.

Ele olha para mim com lágrimas em seus olhos azuis.

— Eu sei disso.

— Sabe mesmo?

Ele faz que sim com a cabeça.

— Sinto muito, muito mesmo — digo a ele.

Bryce começa a desmoronar e o puxo em meus braços. Ele é alguém com quem uma vez me importei profundamente e me dói vê-lo assim. Penso em como me senti quando minha mãe faleceu e eu tinha uma família em quem me apoiar, mas não há ninguém aqui além de mim.

Ele se afasta, seus olhos brilhando, e então se inclina, pressionando os lábios nos meus. Ele agarra meu rosto, me segurando contra ele, me beijando com força, e eu congelo por completo.

O que ele está fazendo? Sei que está de luto, mas não pode me beijar.

Empurro seu peito, toco meus lábios com os dedos e dou um passo para trás.

Nós dois olhamos um para o outro.

— Porra! — Ele agarra o cabelo, puxando, e começa a se descontrolar. — É só que... Não estava pensando. Não foi como... É só...

Ele não sabe o que pensar. Ele não tem que explicar, eu entendo. Está desesperado por algo que faça doer menos, mas isso não existe. Tentei por anos encontrar algo para substituí-lo, pensando que se pudesse apenas encontrar um substituto, a dor acabaria. Assim que percebi que não existia tal coisa, decidi nunca mais sentir. Ambas as escolhas foram

CORINNE MICHAELS

idiotas, mas quando seu coração e sua alma estão sendo dilacerados, você não dá a mínima.

— Você está sofrendo, Bryce. Está ferido e se sentindo perdido — digo a ele. Dou um passo mais perto, mas ele recua. — Você deveria ir para casa, descansar um pouco e passar pelo luto.

Ele olha para mim, outra lágrima cai.

— Nunca mais serei o mesmo — comenta ele.

Balanço a cabeça.

— Não, não será. E nem eu.

Volto para o banheiro e abro o chuveiro. Talvez eu possa me esfregar até não me sentir assim. Entro debaixo da água escaldante e espero que ela lave minha dor. Observo a água escorrer pelo ralo, pensando que é exatamente isso que está acontecendo na minha vida, descendo ralo abaixo.

Tudo que eu queria era melhorar as coisas, mas acabei estragando tudo.

Sento-me no chão, enrolada igual a uma bola, e deixo a água me lavar, abafando as lágrimas. Depois que a água começa a esfriar, saio e visto o robe.

Como vim parar aqui?

Em que ponto minha vida saiu dos trilhos tanto que me tornei isso agora? Por tanto tempo, culpei a perda de minha mãe, mas agora fico pensando.

A mulher no espelho nem se parece comigo. Meus olhos estão vermelhos, inchados e opacos. Já fui vibrante, feliz e pronta para enfrentar o mundo.

Talvez amanhã eu me sinta humana de novo, porque agora, estou morta por dentro.

Entro no quarto e Westin está sentado na cama.

O alívio me inunda ao vê-lo aqui. Ele sempre me conforta e me dá esperança, e se há alguém que pode me reencontrar, é ele.

— Wes — sussurro. Vou em direção a ele, mas ele se levanta e se afasta de mim. — Qual é o problema?

— Acha que sou idiota? — pergunta, baixo.

— O quê?

— Talvez ache que estou disposto a ignorar — murmura ele. — Quem sabe acha que estou tão apaixonado por você que não sei o que está fazendo.

Ah, Meu Deus. Ele descobriu que conheço Bryce. Não sei como vai ser, mas se eu puder explicar, ele vai entender. Nós dois somos médicos que querem ajudar outras pessoas. Além disso, estamos muito bem, então talvez possamos resistir a essa tempestade.

— Não estou fazendo nada — digo.

— Não? Vamos parar de fingir agora. Não queria saber, mas agora, não há como negar.

— Não é o que você pensa — respondo, depressa. — A gente só…

Ele segura um arquivo na mão e o joga sobre a cama, fazendo-me sobressaltar.

— Por que estava no chuveiro então, hein? Estava se limpando depois de transar com ele, pensando que eu não saberia?

Eu recuo, confusa. Ele acha que acabei de fazer sexo com alguém?

— Como é que é? Tomei banho para tentar sentir qualquer coisa que não fosse entorpecimento. Não estava com ninguém.

— Eu vi ele! — grita. — Eu o vi saindo daqui, quinze minutos atrás! Não se faça de besta. Eu vi outro homem sair pela sua porta. O mesmo homem a quem acabamos de dizer que sua esposa morreu. O mesmo homem que estava no bar. Que merda você pensa que sou?

— Não estou fazendo nada. Não é nada sexual. Ele estava aqui porque estava se sentindo perdido. Não sabia com quem mais conversar, Westin, por favor! — Tento explicar. — Não aconteceu nada!

— O marido de uma paciente sabia onde você mora? — Ele balança a cabeça.

— Nós nos conhecemos anos atrás, mas me escute. — Agarro sua mão. — Não aconteceu nada.

Não vou contar a ele do beijo porque é irrelevante. Não era Bryce me beijando por me amar, era ele em busca de conforto. Não foi sexual e, a essa altura, só vai piorar as coisas.

Os olhos de Westin se estreitam e ele se afasta do meu toque.

— Achei que estávamos na mesma página. Achei que estávamos construindo uma vida juntos. Eu te amo pra caralho e você faz isso!

— E estamos! Estamos construindo uma vida juntos. É você que eu quero. É você que escolho, Westin! É você que amo!

Ele zomba e anda ao redor do quarto.

— Você não sabe o que é amor!

— Não — imploro. — Por favor, não faça isso…

Não vá.

Não diga isso.

VOCÊ ~ AMOU ~ DIA

Não desista de mim.

— Que se foda. Quer estragar a sua vida, tudo bem. — Westin abre a gaveta e pega as suas coisas. Meu peito está doendo com cada item que ele remove. — Não vou permitir que me arraste para o fundo do poço com você. Tentei por anos e pensei que estava mudando.

— O que você está fazendo? Está indo embora? — Começo a entrar em pânico. — Por favor, acredite em mim, não fiz nada disso. Ele acabou de perder a esposa e está sozinho.

— Você está trepando com o marido de sua paciente morta! — esbraveja. Ele entendeu tudo errado.

— Nunca dormi com ninguém! Pare! — Pego a camisa de sua mão para impedi-lo, mas ele a arranca das minhas mãos. — Westin!

— Não, não acredito. Eu vim aqui pensando que tinha que haver um engano, porque a Serenity pela qual estou apaixonado não faria algo tão estúpido, ela não faria, mas então estava aí, bem na minha cara, mas não quis acreditar.

Minha cabeça está girando, tentando descobrir o que o levou a supor que dormi com alguém.

— Você não está fazendo sentido!

— Olhe na porra do arquivo. — Ele revira os olhos.

Eu me movo até lá, e então, percebo. O arquivo de Allison Brown está na minha cama. Ele juntou as peças, mas estão erradas se concluiu que o traí. Fiz algo pior.

— Não dormi com ninguém. — Posto-me à sua frente. — Pare, droga! — Ele tenta se mover ao meu redor, mas não posso perdê-lo também. Não posso. Preciso dele. — Por favor, fale comigo, por favor, deixe-me explicar!

— Explicar? — Ele se enfurece. — Explicar o quê? Que tem algum tipo de relacionamento com o marido da sua paciente?! A mesma paciente que morreu na sua mesa de cirurgia? Sem mencionar os medicamentos, que merda que você fez. Não descobri essa parte, mas *irei*. Sabe… — Sua mandíbula fica tensa e as mãos tremem. — Pensei que algo estava acontecendo, mas confiei em você. Então, quando ele te chamou de Ren, eu soube. A forma como ele olhou para você, o jeito que você ficou devastada. Fui apenas um passatempo para você?

Paro na frente dele, seu hálito quente sopra no meu rosto e começo a chorar de novo. Quantas lágrimas mais ainda me restam?

CORINNE MICHAELS

— Não! Meu Deus, não.

— Você me usou para encobrir o que quer que estivesse acontecendo, não foi?

— Westin, por favor — soluço. — Pare. Não é nada disso. Namorei Bryce quando estava na faculdade, mas não fiz nada impróprio com ele. Nem o tinha visto até que ele apareceu no hospital com sua esposa.

— Você sabe o quanto eu gostaria que isso fosse verdade? — Há derrota em cada palavra. — Mas, junto com as evidências contundentes que estão neste arquivo, não acredito em uma palavra do que você está dizendo.

Mesmo se for esse o caso, não vou parar agora. Se ele quiser me crucificar, será pelo verdadeiro crime. Eu nunca o traí. Vou perdê-lo esta noite, mas pelo menos ele saberá de tudo, e se for embora, não o culpo.

— Não havia nada entre mim e ele. Sim, estive apaixonada por ele por muito tempo. Sua esposa foi escolhida para minha pesquisa e tentei dispensá-la. Sabia que era um erro tratá-la, mas ele me implorou para ajudá-la. Então, contra o meu bom senso, decidi mantê-la. — Fungo e enxugo as lágrimas. — Se não tivesse feito isso, a pesquisa teria sido interrompida, porque perdi aquela primeira paciente.

Ele balança a cabeça.

— Não quero ouvir mais nada disso.

Empurro seu peito, meu coração disparado, desesperada para revelar o resto.

— Bryce descobriu que Allison recebeu o placebo. Ele viu nos meus olhos ou algo assim. No dia em que você nos viu do lado de fora do bar, ele me confrontou, me implorou para trocar o remédio, mas eu me recusei. Não faria isso por causa de toda a importância que tinha. — Westin me encara, desapontado, mas continuo: — Você viu a carta no arquivo dela? — pergunto.

— Aquela que declara seus desejos sobre o tratamento?

Concordo com a cabeça. Bom, talvez agora ele compreenda a gravidade do que eu estava enfrentando.

— Sim. Naquela noite, recebi um telefonema de que a Sra. Whitley estava morrendo e eu a perdi. Perdi a cabeça, eu sei disso, Wes. Sei que estava errada e que foi burrice da minha parte e tudo mais, mas depois disso, eu vi Allison. Ela estava feliz, apaixonada, sorrindo, e eu sabia que tinha que dar a ela o melhor atendimento médico possível. Sabia que o fato de ela tomar o placebo não estava dando a ela esse cuidado. Ela morreria se eu não o fizesse... ela se permitiria morrer só por uma chance na vida pela qual estava desesperada. Quando olhei para eles, para Allison e seu marido, vi meu pai e minha mãe aninhados naquela cama, e reagi.

Ele fica boquiaberto e esfrega a têmpora.

— Serenity, por favor, me diga que não fez isso!

— Entrei no laboratório e troquei as pastas. Alterei a papelada e dei a ela o medicamento experimental naquele dia.

— Você está maluca, porra? — berra ele. — Você adulterou a pesquisa? Está de brincadeira comigo?

Balanço a cabeça rapidamente, sabendo como isso é grave.

— Não estava pensando!

— Dá para notar! Jesus Cristo! Você colocou todos nós em risco! Percebe isso?

— Eu sei e me odeio! — grito com ele. — Eu me odeio e não sei mais o que fazer, Westin!

Ele continua.

— Quando fez isso tudo?

— Naquele dia — admito.

— Semanas atrás?

— Sim.

O corpo de Westin trava e as veias do pescoço dilatam.

— Sou um dos médicos orientadores dessa pesquisa. Minha assinatura está em toda a documentação. — Ele move as mãos como se quisesse me agarrar, mas as deixa cair. — Você não só ferrou a si mesma, Serenity, ferrou com todos os médicos que tocaram nisso!

Nunca o vi assim. Já o vi com raiva antes, mas nunca à beira do descontrole.

— Me desculpe! Sei que estava errada. Acredite em mim, eu sei. Vim até você naquela noite. Implorei que me deixasse te contar!

Ele respira pelo nariz e posso sentir a raiva irradiando dele.

— Não se atreva a jogar isso em cima de mim! Você mudou a medicação em uma pesquisa clínica. Sabe o que significa? Entende que vai perder sua licença médica? Hein?

— Sim. — Baixo a cabeça. — Eu sei, e mereço.

— Sim — concorda ele. — Merece. Como pôde fazer isso?

— Eu estava me sentindo destruída, tá bom? Arrasada, triste e sentindo que não conseguia fazer nada certo. Havia tanta vida nos olhos daquela mulher e não pude ver isso acabar por causa da má sorte do sorteio. Ela ia *morrer*! Eu precisava ajudá-la e tudo aconteceu muito rápido.

Minha respiração se torna frenética quando a verdade é, finalmente, revelada. É muita coisa para a minha cabeça. Passei anos guardando as coisas – e agora comecei a explodir.

— E aí você o que fez? Entrou no laboratório e decidiu que sabia mais? O que estava pensando? E a pessoa que ficou sem a medicação? — grita. — Tudo bem em ajudar Allison, porque está apaixonada pelo marido dela, mas não em ajudar outra paciente? — Westin fica na minha cara, sua raiva é palpável e vejo o ódio em seus olhos.

Ele acha mesmo que eu tiraria o remédio de outra pessoa para dar a outra?

— Peguei os remédios da Lindsay, ela foi a paciente dispensada da pesquisa antes de começar, mas seu arquivo ainda não havia sido retirado. Troquei os números — explico. — Não tirei a medicação de outra paciente para dar a ela. Como pôde pensar que eu faria isso? E não estou apaixonada por ele — digo, enquanto uma lágrima cai. — Eu amo você.

Não houve dano a ninguém para beneficiar Allison. Para dar a ela a chance que eu achava que merecia enquanto guardávamos o coquetel do teste que ninguém iria receber.

— Ah, por favor, se não o amasse, não teria feito isso.

— Você não precisa acreditar em mim, mas é a verdade!

Estou observando-o se afastar a cada segundo, levando uma parte minha com ele. Está me matando vê-lo me olhando desse jeito. Ele, ao menos, sempre me respeitou, e está claro que isso acabou.

A cabeça de Westin balança e então passa as mãos pelo rosto.

— Eu nem sei mais quem você é.

— Somos dois, então. Perdi a Sra. Whitley. Perdi Allison. E me perdi.

Ele se aproxima de mim enquanto minhas lágrimas caem.

— E você me perdeu.

Tento me controlar, mas não consigo. Um soluço alto e agonizante escapa do meu peito. Eu sabia que isso iria acontecer, mas ouvi-lo arrebenta com o último fragmento de controle que tenho. Ele toca meu rosto, observando as lágrimas caírem e então sua mão cai.

Westin pega sua bolsa, o arquivo, e começa a sair.

— É por isso que eu não queria te amar. É por isso que te mantive à distância. Sabia que se me apaixonasse por você, eu te perderia.

VOCÊ ~ AMOU ~ DIA

Ele para e seus ombros cedem.

— Acho que nós dois aprendemos nossa lição. Devia ter deixado você continuar me afastando. Westin se vira para mim. — Assim não sentiria como se tivesse sido apunhalado no coração. Não importa o que aconteceu, você me traiu, Serenity. E por essa razão, para mim já chega.

Sem outra palavra, Westin sai pela porta com meu coração, me deixando sem nada.

Voltei a me apaixonar.

E o perdi.

E, desta vez, posso nunca mais tê-lo de volta.

Pego meu telefone e digito o número da única pessoa que nunca vai me abandonar. Toca duas vezes e resmungo ao telefone:

— Papai, preciso de você.

— Há quanto tempo ela está assim? — Ouço uma voz suave, talvez a de Julie, perguntando a alguém.

— Já faz um dia, e ela não come, fala ou fica acordada por mais de alguns minutos. — A voz grave de meu pai soa preocupada.

— Ren? — Julie se senta ao meu lado, afastando meu cabelo para trás. — Ren, o que aconteceu?

Viro a cabeça para olhar para ela, sem ter certeza se minha cabeça está pregando peças em mim, já que só alguns minutos atrás, juro que Allison esteve aqui.

Com certeza, é Julie.

Não respondo. Não há nada a dizer, então rolo para trás e fecho os olhos. Eu só quero dormir. O sono é paz, onde não há sonhos. Não sinto o enorme buraco no peito ou a dor de saber que perdi tudo de novo.

— Serenity... — Julie tenta novamente.

Continuo a ignorá-la. Westin, provavelmente, já foi ao conselho. Minha vida, carreira e o homem que amo se foram. Não sinto necessidade de relembrar isso. A notícia estará por todo o hospital até o final do dia.

— Tudo bem, voltarei quando você acordar. — Ouço seu suspiro de resignação.

Ela pode voltar, mas ainda vou estar assim. Quando conheci Westin, ele percebeu que eu não estava inteira. E, peça por peça, ele encontrou uma maneira de me recompor. Ele me mostrou que eu nunca tinha sumido, me apoiando em momentos em que eu nem sabia que ele estava fazendo isso. O tempo todo ele esteve comigo, mas fui burra demais para ver.

Por anos eu o negligenciei, e agora estraguei tudo de verdade. O fato de eu ter trocado o medicamento experimental teria mudado tudo se eu tivesse sido capaz de dizer a ele naquela noite, mas ainda teria sido melhor do que isso.

Agora, não tem mais volta.

Julie e meu pai conversam um pouco no outro cômodo, longe a ponto de eu não conseguir entender o que estão dizendo, mas ouço suas vozes.

É muita energia para me concentrar, então pego a camisa que Westin deixou para trás, aperto-a contra o peito e volto a dormir.

— Você tem que comer. — Meu pai está parado na minha frente quando tento voltar para o meu quarto.

— Não estou com fome.

— Isso não é normal, Serenity. Você precisa me dizer o que realmente aconteceu. — Ele segura meu rosto. — Por favor.

Meu pai parece estar prestes a desmoronar e a culpa me ataca de novo. Será que algum dia vou parar de machucar as pessoas que amo? Ele veio, embora não pudesse dizer por que precisava dele. Entrou em um carro, dirigiu até a cidade que odeia e está aqui há três dias. Papai não me pressionou muito, mas basicamente me tornei a casca de uma pessoa.

Não consigo comer nada. O cheiro de comida me dá náuseas. Só deito na cama, olhando para a parede e chafurdando na minha autopiedade.

É ridículo, eu sei, mas não tenho nada.

— Estraguei tudo, papai. Perdi tudo! — Gritar com ele consome energia do meu corpo já esgotado e começo a oscilar. — Só... preciso dormir.

— Não, você precisa começar a falar e voltar ao trabalho. — Ele está na minha frente com os braços cruzados. — Onde está Westin?

Olho para longe, não querendo ver qualquer emoção que ele demonstre.

— Foi embora.

— Um homem como ele não vai embora por vontade própria — pondera. — O que houve?

Não, homens como ele não vão, mas uma mulher como eu o obrigou. Não tenho condições de fazer isso agora. Sei que estou sendo irracional, mas por toda a minha vida, eu me segurei e não consigo mais.

CORINNE MICHAELS

Meu pai está parado, esperando uma resposta.

— Parti o coração dele.

Ele franze os lábios e acena com a cabeça.

— E você simplesmente desistiu?

Soltei uma risada forçada.

— Não. Não há como mudar o que fiz.

— Você o traiu?

— Não. — Nego com a cabeça. — Não desse jeito.

— Vou me arriscar e presumir que tem algo a ver com Bryce Peyton estar de volta à sua vida — sugere ele.

Adoraria culpá-lo, mas não é culpa de Bryce eu ter mentido para Westin. Não é culpa de Bryce eu ter mudado a medicação. Foram minhas escolhas.

— Não, pai. Desta vez, não foi por causa de Bryce. Foram as minhas escolhas que fizeram Westin partir. Sou responsável por isso. — Empurro--o, passando por ele, e me enrolo na cama.

Uma hora depois, ouço pessoas conversando de novo. Por que diabos está todo mundo vindo aqui? Quem se importa se estou triste e destruída? Por que as pessoas não podem me permitir alguns dias amuada?

Saio da cama para fechar a porta, mas a voz me impede.

— Entendo, Mick, mas o telefone dela está desligado e ela precisa vir ao hospital esta semana. — A voz de Westin preenche a sala. — Apenas avise a ela, por favor.

Pela primeira vez em dias, meu coração começa a bater outra vez. Agarro a maçaneta da porta, não querendo que ninguém me ouça e que ele saia. Ele veio, talvez… talvez nada, a esperança que começou a me preencher se esvai.

— Filho, só quero saber o que está acontecendo.

Westin pausa.

— Cabe a ela falar com você sobre isso.

— Ela não sai da cama — diz papai a ele. — Não fala com ninguém, nem come. Nunca a vi assim. — Ouço a preocupação na voz do meu pai. — Mesmo quando sua mãe morreu, ela era a mais forte. Estou pedindo para apenas conversar com ela.

Ouço um suspiro e espreito pela porta para vê-lo de cabeça baixa.

— Gostaria de poder, mas não posso agora.

E a esperança se foi, como deveria ser.

— Você a ama? — pergunta meu pai.

— Não se trata de amor, Mick.

Meu pai balança a cabeça.

— O amor é tudo o que importa. Vale a pena se ela for a mulher certa para você.

Westin fecha os olhos e dá um passo para trás. Quando ele desaparece de vista, sei que não me ama mais. Eu o magoei e não tem volta.

— Apenas diga a ela que precisa vir ao hospital. É importante.

— Tudo bem. — Papai desiste. — Vou informá-la.

— Obrigado, falarei com você em breve — diz Westin.

A porta se fecha e volto para a cama, sentindo a perda de Westin outra vez.

— Já chega — grita Julie. — Levante-se!

— Vá para o inferno — resmungo, e puxo as cobertas.

Ela os arranca de mim e joga água fria no meu rosto.

— Que porra é essa? — grito, minha cama agora toda molhada.

— Você é Serenity Adams, oncologista ginecológica de renome mundial. Teve seus três dias de autocomiseração, agora está na hora de sair da cama e crescer.

Na minha mente, estou atirando punhais nela.

— Crescer?

— Sim, cresça!

Julie ergue uma sobrancelha, me desafiando. Não preciso disso. Tenho idade suficiente para viver como quiser. Não sou criança.

— Você está me dizendo para crescer e acabou de jogar água na minha cara — digo, ríspida.

Ela dá de ombros.

— Você está deitada na sua cama, negligenciando as outras pacientes que precisam de você, porque perdeu uma? Essa não é você. Elas *precisam* de você, droga. Você precisa ajudá-las! O que quer que tenha acontecido com você e Westin, sinto muito, mas ele não está faltando ao trabalho, abraçado a uma camisa sua na cama. Agora, vá tomar um banho. — Ela aponta para o banheiro.

Ouvi-la falar das minhas pacientes precisando de mim me obriga a me mover. Quando me levanto, o alívio de Julie está estampado em seu rosto.

— Estarei na cozinha com comida, quando deixar de ser trouxa.

Mostro o dedo do meio para ela.

— Se demorar mais de vinte minutos, vou entrar aí, então não faça nenhuma idiotice! — avisa, quando bato a porta do banheiro.

Não há como negar que ela está certa. Estou agindo feito criança, e pensar que as outras estão sofrendo porque estou chateada comigo mesma me deixa ainda mais desapontada com a forma como estou me comportando.

Enquanto tomo banho, começo a pensar nos eventos e como se desenrolaram. Somos todos vítimas de alguma forma. Bryce só queria salvar sua esposa. Westin me amava e queria me proteger. Allison pagou o preço final. E eu estava no meio de tudo, pensando que tinha tudo sob controle.

Bem, não mais.

Não lidei com isso direito, e isso muda agora.

Está na hora de me recompor e fazer a coisa certa.

Eu me visto com um novo senso de propósito e sigo em frente para limpar a bagunça e enfrentar as consequências das minhas escolhas. Não posso continuar do jeito que estou e nunca estarei em paz com nada disso se não parar de agir como a mártir.

Quando chego na cozinha, Julie e papai estão sentados lá.

— Quero falar com vocês dois — digo, enquanto me sento.

Eles olham um para o outro e depois para mim.

— Está tudo bem?

Por mais que eu queira me desligar de tudo, a maneira como os olhos do meu pai são ternos me desestabiliza. Ele deve saber as coisas que fiz para chegar a este ponto. Como fui burra e coloquei a carreira de Westin, nosso relacionamento e minha integridade de lado precisa ser explicada.

Passo pela parte feia com lágrimas escorrendo no rosto. Não deixo nada de fora do início ao fim e ignoro as reações de choque, decepção e até um pouco de tristeza no rosto da minha pequena plateia.

— Ren. — Julie pigarreia. — Por que não falou comigo?

Balanço a cabeça.

— Estava protegendo você. Se você soubesse, teria que me entregar. Nós duas sabemos disso e não queria colocá-la nessa posição.

— Mas, está me dizendo agora?

Concordo com a cabeça.

— Sim, porque amanhã, vou falar com o Dr. Pascoe. Estraguei tudo, Jules. Sei disso e preciso assumir a responsabilidade. Essa é a única maneira de fazer as pazes comigo mesma e com as pessoas que confiaram em mim.

Julie apenas me encara.

— Tem certeza disso? Quero dizer, não tem volta.

Concordo com a cabeça.

— Tenho certeza. Não importa o que aconteça, tenho que reconhecer meus erros.

Ela se levanta e toca meu ombro.

— Jamais teria entregado você, Ren. Não concordo, caramba, nem consigo fingir que entendo por que fez isso, mas conheço você... Eu te conheço há muito tempo — diz ela, me, me dando um leve aperto. — Você é uma médica incrível, não se esqueça das vidas que salvou.

Fico de pé e a puxo para um abraço.

— Obrigada.

— Estou aqui para te ajudar. — Ela se inclina para trás. — Haja o que houver. Sou a garota para quem você liga para te ajudar a enterrar o corpo, lembre-se disso.

Julie sempre me protegeu e eu a ela. Deveria ter ido até ela, mas achei que esconder meu erro era a coisa certa.

Ela sai e papai fica parado, olhando para mim.

— Você está fazendo a coisa certa.

Começo a chorar de novo, odiando ter falhado com as pessoas, e meu pai me envolve em seus braços. Não importa quantos anos tenho, ele é o homem com quem sempre posso contar. Molho sua camisa, chorando pelos erros que cometi.

— Sinto muito se te decepcionei, papai.

Ele esfrega minhas costas enquanto desmorono.

— Nunca. Nunca poderia me decepcionar.

Choro ainda mais, agradecendo a Deus por tê-lo em minha vida. Quando as lágrimas diminuem, ele afasta meu cabelo do rosto e encara meus olhos.

— Eu a criei para ser uma mulher forte e independente que se preocupa com os outros. Você dedicou toda a sua vida para tornar as coisas melhores e cuida de todo mundo. Não posso fingir que entendo o que é ver pessoas morrendo ao seu redor o tempo todo. Você está fazendo a coisa certa. Não será fácil, mas vai superar.

CORINNE MICHAELS

Aceno com a cabeça.

— Vou p-perder meu e-emprego — gaguejo as palavras. — Não terei dinheiro, um lugar para morar, e não sei se vou perder a licença. Provavelmente terei de voltar para casa, mas não poderei ajudar financeiramente.

— É com isso que está preocupada? — pergunta ele.

— Pai, tenho enviado muito dinheiro a Everton todos os meses — confesso.

Ele acena.

— Eu sei, mas também ganhei um pouco. Você não precisa se preocupar em cuidar de mim.

— O que quer dizer com isso?

Ele dá um sorriso travesso, e nos sentamos à mesa, onde meu pai me conta algo que me deixa completamente atordoada.

Sento-me no chão frio e sujo do lado de fora do apartamento de Westin. Passei vinte minutos debatendo se deveria ou não entrar. Tenho a chave, mas pensei melhor. Westin e eu terminamos, e prometi a mim mesma que daqui para frente, vou me lembrar de quem eu era antes de perder a cabeça. Respeito e honestidade estão em minha essência, e não vou quebrar essa confiança.

Já faz mais de uma hora, mas não podia exatamente ligar para ele. Portanto, eu espero.

E espero.

Penso em todas as coisas que compartilhamos. A primeira vez que ele me trouxe para seu apartamento, e como rimos apesar dos dias que tivemos. Westin foi capaz de me transportar para um lugar fora do meu passado, mesmo sem eu saber.

— O que está fazendo aqui? — Sua voz profunda preenche o corredor quando ele para na minha frente.

Eu fico de pé e meu nervosismo vai à loucura. Não tenho certeza se é um erro ter vindo aqui, mas queria conversar com ele do meu plano e também saber o que diabos está acontecendo com meu pai.

— Vim pra falar com você.

Ele suspira.

— Não tenho nada pra falar.

— Eu sei — digo, depressa. — Não te culpo, mas gostaria que pudesse ouvir só. Agradeceria. Apenas alguns minutos, Wes, é tudo o que estou pedindo.

Meu coração dispara conforme ele me encara. Imploro com o olhar, e então vejo a resposta que esperava nos olhos dele. Ele vai me dar uma chance – relutantemente, mas é alguma coisa.

CORINNE MICHAELS

Westin destranca a porta e a deixa aberta para mim. Faz apenas alguns dias desde que o vi, mas ele está diferente. Seus olhos estão cansados e os pelos faciais cresceram mais. Tento não me concentrar em como é bom vê-lo e o quanto está me matando ficar longe, mas preciso me concentrar.

— E? — pressiona Westin.

— Certo. Desculpa. — Solto uma respiração profunda. — Meu pai disse que você apareceu, e…

— Não te entreguei — diz, depressa. — Se está aqui para implorar, se poupe, não disse nada e não tenho certeza se posso. Acho que a graça de amar alguém é essa. Não se deixa de amar tão fácil.

Bem, isso é inesperado. Não tinha certeza se ele faria. Honestamente, não sei por que não fez, mas não vem ao caso.

— Estou planejando confessar tudo — digo a ele.

— Você o quê?

— Vou confessar o que fiz e enfrentar o que vier. — Ele abre a boca, mas continuo antes que uma palavra possa ser dita. Se não falar agora, não tenho ideia se poderei fazer depois. — Agi por conta própria e não vou permitir que você ou qualquer outra pessoa sofra qualquer ação disciplinar. Mais do que isso, é a coisa certa a fazer, e é o que deveria ter feito desde o início. — Suspiro. — É o que eu teria feito um mês atrás. Não, não é verdade, eu não teria feito isso.

— Ren… — começa ele.

Westin estava absolutamente certo quando disse que não sabia quem eu era, porque não sou essa pessoa.

— Não, por favor, não diga nada, apenas escute — digo, e continuo antes que ele possa responder: — Eu me perdi quando a Sra. Whitley morreu. Não sei o que foi, mas me senti como se tivesse perdido minha mãe de novo. Isso me destruiu de verdade. Minha vida ficou tão fora de controle, e não conseguia consertar minha cabeça, não importa o quanto tentasse. Tentei te dizer, tantas vezes, mas você me pediu para parar e, então, pensei que talvez devesse te proteger.

— Não tinha ideia do que era. Pensei que… — Ele passa a mão pelo rosto. — Não sei, porra, mas não que você alterou a pesquisa.

— Eu sei. Mas foi o que fiz, e terei que pagar o preço.

— Tem certeza? — pergunta Westin.

— Sim. Tenho certeza. Não posso viver com isso e também não posso pedir que minta. Não por mim, não quando não é quem você é. Você é um bom médico que se preocupa e se orgulha de sua integridade, Westin, e não vou transformá-lo em outra pessoa. Não é justo. Não é isso que significa o amor.

Paro de falar, tentando fazer meu coração se acalmar, mas está batendo tão alto que me preocupo se vou desmaiar. Ser aberta e honesta não é minha praia. Passei tantos anos dominando o isolamento que ser vulnerável é assustador. No entanto, esta pode ser a última vez que converso com Westin desse jeito, e não vou desperdiçar. Ele precisa saber como me sinto e o quanto lamento por tê-lo magoado.

— A questão é, Wes... — Dou um passo mais perto dele. — Eu me apaixonei por você ao mesmo tempo em que toda a minha vida implodiu. Não tem que acreditar em mim e não te culpo, mas eu te amo. — Minha voz falha.

Eu me viro rapidamente para que ele não veja as lágrimas que se formam em meus olhos. Prometi a mim mesma que não choraria. Já chorei demais e está na hora de juntar as peças de novo.

— Sei que você acha que o que fiz foi por causa do Bryce — continuo. — Há muito tempo, eu teria feito qualquer coisa por ele, mas mudar os medicamentos foi coisa minha. Durante anos fiquei fechada para os sentimentos, achei que isso me tornava uma médica melhor. Se eu não amasse, a perda não acabaria comigo, e isso afetou nosso relacionamento. — Olho para ele. — Se não sentisse nada além de amizade, quando partisse, eu não iria desmoronar. Estava começando a derrubar minhas barreiras com você, e então Bryce voltou, derrubando-as de vez.

— Ren. — Ele tenta me impedir de continuar.

— Não era por ele, foi por catorze anos de tristeza, raiva, ressentimento e perda, tudo vindo à tona ao mesmo tempo. Nunca lidei com a morte da minha mãe, apenas cuidei das pessoas, consertando, porque era a única coisa que eu podia fazer. Não tem desculpa. Foi muito errado, estúpido, e o que mais me arrependo — eu me aproximo dele, precisando que ele me ouça —, é que perdi você durante isso. Minha vida inteira fugi quando as coisas doíam demais. Não queria sentir amor porque perdê-lo era pior, mas você me pegou. Percebi que tínhamos esse relacionamento lindo que significava mais para mim do que eu jamais poderia imaginar. Você encontrou um caminho tão profundo no meu coração, e mesmo que doa demais agora que você se foi, não me arrependo de amá-lo.

Westin balança a cabeça e esfrega os olhos.

CORINNE MICHAELS

— Não sei o que você quer de mim.

— Nada — digo, sem hesitação. — Não quero ou espero nada. Eu vim aqui para que amanhã, quando eu for lá, saiba o que está acontecendo. Não quero que fique perdido sem saber das coisas… de novo. Você me amou um dia, e espero que no futuro, encontre alguém digno de tudo o que tem para dar.

Tudo o que quero é que ele me ame, mas tive esse amor e o joguei fora.

— Então, vai passar por aquela porta amanhã e arruinar sua carreira? — pergunta ele.

— Não — eu o corrijo. — Vou consertar as coisas.

Ele se aproxima de mim, quase como se não pudesse se conter, e meu coração dispara. Ele fez uma cirurgia hoje, posso sentir o cheiro de seu perfume misturado com suor e sabonete. Tantas noites que ficamos assim e a atração que senti na época ainda está aqui agora.

Seus olhos estão fixos em mim e não consigo respirar. Posso ver o conflito girando, mas conheço Westin há muito tempo para saber que isso é imperdoável para ele, e seja o que for que está debatendo, não vai acabar a meu favor.

Dou alguns passos para trás, interrompendo a conexão antes que qualquer um de nós se machuque. O aperto no meu peito começa a diminuir à medida que me afasto dele.

— Tenho uma pergunta. — Forço as palavras.

— Que seria? — Sua voz tornou-se cheia de emoção.

— Você comprou minha casa da fazenda?

Westin olha para o chão e depois para mim.

— Foi um negócio entre mim e seu pai.

Que ótimo, mas agora eu sei.

— Tudo bem, mas… por quê? Por que compraria aquela casa? Por que você e meu pai fariam algum tipo de negócio sem eu saber?

— Quer uma bebida? — pergunta ele.

Farei qualquer coisa se isso significar que ele falará comigo.

— Claro.

Ele vai para a cozinha e pega uma cerveja. A mesma cerveja que está na minha geladeira e que ficará intacta. Westin me serve uma taça de vinho que ele guarda – guardava – aqui para quando eu passasse a noite, e me entrega.

Nós dois ficamos parados na frente do balcão em silêncio, tomando pequenos goles de nossas bebidas.

Eu me pergunto se ele percebe o inchaço em meus olhos ou as manchas vermelhas que permanecem no meu rosto por dias depois de um choro incontido. Será que ele vê a dor que estou sentindo, do jeito que vejo como isso o está afetando? Westin pode não ter passado dias na cama, mas as olheiras me dizem que não está dormindo e que os pratos na pia estão completamente fora do normal.

Depois de mais um minuto, ele finalmente começa a falar:

— No dia em que fomos visitar seu pai, saímos para a garagem. Ele me contou sobre muitas coisas, a dívida de jogo do seu irmão, como sua mãe tinha algumas contas médicas pendentes e que estava com problemas de dinheiro.

Fico desolada. Everton estava apostando o dinheiro? Vou matá-lo se o encontrar. Meus Deus, não tenho cuidado de nada esse tempo todo.

— Não sabia.

— Ele perderia a fazenda se não conseguisse colocar seus impostos em dia. Ele não sabia quanto dinheiro tenho, então era apenas um homem perguntando como proteger a filha que ama da dor de perder o lar de sua infância. Não posso imaginar que tenha sido fácil para ele, mas ele sabia que eu te amava e estaria ao seu lado.

Fecho os olhos com um suspiro baixo. Eu não fazia ideia. Meu irmão estava recebendo mais de dois mil dólares por mês de mim, o que era mais do que suficiente para pagar os impostos.

— Por que não me contou? — pergunto.

— Porque você já se preocupa tanto, com todo mundo, queria aliviar um pouco o seu fardo. É o que você faz quando ama alguém, alivia seus fardos, ou pelo menos tenta — explica Westin, e eu desmorono.

Ele me observa enquanto toma sua cerveja de uma vez. Pensei que estava com raiva de mim mesma antes, mas não é nada comparado a agora. Perdi o melhor homem que já conheci.

— Westin — digo seu nome, como um apelo. Eu quero dizer muito mais.

— De qualquer forma — murmura ele, colocando a cerveja no balcão. — Conversei com ele sobre suas opções e depois disse que o ajudaria. Ele discutiu comigo, é um homem muito orgulhoso, mas comprei a fazenda, pedi para ele ficar e cuidar dela.

— Cuidar dela?

Westin concorda.

— Não quero a fazenda da sua família. Queria ajudar o Mick. Então, fizemos um contrato bastante claro afirmando que ele moraria na fazenda de graça até que opte por não morar, e então você assume o acordo. A qualquer momento, pode me comprar o lugar, mas a fazenda permanece em sua família até que o contrato de arrendamento de sessenta anos termine.

— Eu… Como? — digo, as palavras me faltando.

— Não importa, mas não vou voltar atrás, não importa o que somos ou não somos mais. Você não precisa se preocupar com seu pai ou com a terra.

Essa é a parte mais louca, não estava preocupada que ele fizesse isso com minha família. Westin não é vingativo ou cruel. Ele não iria expulsar meu pai porque poderia. Não, esse é o homem que aprende a fazer *flash mob* por uma criança, compra fazendas familiares e enlouquece quando perde um paciente.

Só que, quando Westin perdeu o controle, ele não cometeu violações éticas, médicas e legais. Isso é coisa minha.

— Nunca pensei que faria isso, Wes.

Ele gira a garrafa no balcão.

— Não consigo magoar você, embora queira. Não consigo.

Há uma mistura de raiva e ressentimento, mas subjacente a tudo isso, ainda há amor.

— Você tem todo o direito de me odiar.

— Se eu pudesse, as coisas seriam mais fáceis.

— É melhor eu ir — digo.

Uma tristeza toma conta de tudo ao nosso redor e reúno o autocontrole que tenho para me manter calma. Quero me jogar em seus braços, implorar que me ame e me perdoe, mas não vou. Ele merece uma chance de ser feliz e já causei estragos suficientes.

— Amanhã é o comitê de revisão, eu disse a seu pai. Você tem que revisar o arquivo do caso de Allison, portanto, estarei lá.

Aceno com a cabeça.

— Bem, você verá em primeira mão então. — Empurro a taça de vinho para o centro do balcão.

Não posso evitar, preciso me despedir dele. Eu me movo ao redor do balcão para que não haja nada entre nós, esperando para ver se ele vai me afastar, mas não o faz.

Quando estou perto o suficiente, fico na ponta dos pés, seguro seu rosto entre minhas mãos e pressiono os lábios aos dele. É um beijo doce, repleto de tudo o que tenho. Quero que ele saiba que o amo, que estou arrependida, estou sofrendo e faria qualquer coisa por ele, mas acima de tudo, é um adeus.

Eu o solto, me endireito, e as lágrimas que reprimi caem pelo meu rosto.

— Eu vou te amar, até meu último suspiro — digo, e então corro para fora do apartamento.

Fico do lado de fora do hospital, olhando para cima exatamente como fiz no dia anterior ao início da minha pesquisa, só que desta vez, estou apavorada. Esta será a última vez que entro por essas portas como médica. Sem qualquer chance de eu não ser despedida.

— Oi — cumprimenta Julie, conforme se aproxima de mim. — Tudo bem?

— Não — respondo, honestamente. — Mas vou ficar bem.

Ela segura a minha mão.

— Sim, você vai. Tem muitas pessoas que amam você.

— Você é uma delas?

Julie me abraça

— Claro que sou. Sei que está sofrendo e também não consigo imaginar como era ter Bryce por perto. Foi ele quem fugiu, e todos nós temos um assim. Eles têm essa habilidade inata de bagunçar nossas cabeças e nos obrigar a fazer coisas incrivelmente burras. Bem-vinda ao clube.

Sorrio e descanso a cabeça em seu ombro.

— Eu disse a Westin ontem à noite.

— Ah, é? E como foi?

— Eu o beijei, comecei a chorar e saí correndo. — Dou de ombros.

— Então, foi ótimo? — Ela ri.

— Gostaria que você tivesse me dado uma surra mais cedo em relação a ele — resmungo. — Podia ter descoberto que o amava há muito mais tempo e poderia ter valorizado isso.

Julie envolve meus ombros com seu braço.

— Não é assim que a vida é? Não sabemos o que temos até que desapareça.

CORINNE MICHAELS

É verdade. Tantas coisas que eu considerava por certas, esperando que sempre estivessem lá, mas nada é garantido, e sabia que era melhor não pensar que Westin era permanente de alguma forma. Julie caminha comigo pelos corredores e em direção à sala de reuniões. Conversamos um pouco sobre Westin comprar minha fazenda, o que ainda me impressiona.

— Bem, eu fico por aqui — diz ela, quando chegamos ao acesso da sala. Tenho que ir para a direita e enfrentar as consequências. — Vou passar por aqui depois do trabalho, tá?

— Tá... — minha voz treme.

Meu Deus, vou fazer isso. Todos os anos que construí minha carreira – todos vão chegar a este momento em que ela desaparece. Não serei a médica que salvou inúmeras vidas, mas a mulher desonrada que falsificou uma pesquisa clínica.

Não importa, na verdade. Esta é a coisa certa e é a única maneira de garantir que ninguém que amo se prejudique.

Respiro fundo algumas vezes, parando do lado de fora da sala de reuniões, onde sentei do outro lado, ouvindo os médicos repassarem cada etapa, revirando os olhos para as escolhas que fizeram na época.

Agora é minha vez.

Ignoro meu nervosismo, endireito os ombros e entro.

— Dra. Adams, por favor, sente-se — instrui o Dr. Pascoe.

— Prefiro ficar de pé, se estiver tudo bem.

Não há razão para postergar. Confiro a sala, onde alguns dos colegas que respeito estão olhando para mim. Retribuo com pequenos sorrisos, acenos e outras formas de reconhecimento, procurando aquele que mais importa.

Westin não está aqui.

Continuo olhando e suspiro quando vejo Bryce sentado lá. Ele olha para mim com olhos tristes e, então, volta a encarar o chão.

— Sr. Peyton pediu para estar aqui para a leitura da autópsia. Ele foi irredutível para ter a oportunidade de falar, então vamos mudar as coisas — começa o Dr. Pascoe.

Meus olhos se voltam para Bryce, porque essa nunca foi a ordem em que fizemos isso, mas gostaria de ouvir o que ele tem a dizer, para minha própria sanidade.

Dr. Pascoe limpa a garganta.

— Assim que terminar de ler, o Sr. Peyton concordou em permitir que o comitê de revisão se reunisse sem ele, então, vamos começar com a autópsia.

O slide aparece na tela e está tudo lá.

— A causa oficial da morte é embolia pulmonar. O êmbolo foi visto no tronco da artéria pulmonar esquerda com extensão para o lobo inferior — explica. — A autópsia relata que o ferro dela estava baixo, mas a cirurgia não foi a causa da morte.

Há uma onda de alívio dentro de mim, mas mesmo enquanto me inunda, ela diminui porque Allison ainda está morta.

Bryce pigarreia e se levanta.

— Gostaria de falar em nome…

A porta se abre e Westin entra com a mão erguida.

— Desculpe, tive um caso complicado.

Luto contra a vontade de me desfazer ali mesmo. Eles estão aqui e ambos podem me destruir de muitas maneiras.

— Por favor, continue, Sr. Peyton. — Dr. Pascoe não parece estar surpreso.

— Gostaria de falar em nome da Dra. Adams. Ela tratou minha esposa com humildade, respeito e tornou-se sua amiga. Após a morte de Allison, encontrei uma carta que foi endereçada a mim, bem como uma para Ser… Dra. Adams. Gostaria de ler, se for possível?

Não vou aguentar. Minha garganta está seca e agora gostaria de ter me sentado.

— *Dra. Adams, se estiver lendo isso, bem, quer dizer que morri. Espero que saiba que sua amizade, por mais curta que seja, significou tudo para mim. Você foi calorosa, gentil e atenciosa durante um período difícil da minha vida. É a razão pela qual estava disposta a lutar. Quero que saiba que são médicos como você que dão esperança a pessoas como eu e, quer consigamos ou não, é o que nos ajuda em nossos dias mais sombrios.*

Sei que coloquei um grande fardo sobre você ao pedir que guardasse meu segredo, mas foi o que realmente senti ser o certo. Se não pudesse ter um filho, não queria que o câncer me roubasse mais nada, mesmo que significasse a minha morte. Estava desesperada, triste e à beira de desistir, até que sua pesquisa foi oferecida. Então, de repente, houve um vislumbre de possibilidade outra vez. Fui confrontada com a esperança renovada de que isso pudesse me dar a chance de ter a vida que desejava.

Sei que minha família não vai entender o risco que corri. A única coisa que me dá paz é que tive chance de que logo, com sorte, todas as mulheres serão beneficiadas. Esses fragmentos de esperança me lembraram que, às vezes, as menores coisas podem fazer a maior diferença para outra pessoa. Por sua causa, encontrei um homem que fez meus dias cheios de risos e sorrisos. Obrigada.

Mesmo em sua morte, ela é um raio de sol brilhante em um lugar sombrio.

Bryce abaixa a carta e olha para mim.

— Vou voltar para a Carolina do Norte daqui a pouco, mas queria ler isso para todos vocês, especialmente para você, Dra. Adams. Obrigado por dar paz a ela quando estava lutando contra algo que era muito mais profundo do que o câncer.

Sorrio gentilmente para ele, sabendo que este é o fim do caminho para nós. Não há mais nada a dizer e nós dois sabemos que não somos mais as pessoas de antes. Nosso amor pode ter sido voraz no passado, mas tivemos nossa chance e a perdemos.

— Obrigada. Agradeço por ter lido essa carta.

— Adeus, Dra. Adams.

— Adeus, Sr. Peyton.

Ele olha para o grupo, seu olhar fixo em Westin por mais um segundo, e, então, dobra a carta e sai da sala.

O desfecho de que, provavelmente, ambos precisávamos chegou, e agora é hora de acertar as coisas.

— Vamos repassar a cirurgia — diz Dr. Pascoe, assim que a porta se fecha.

— Primeiro — eu o interrompo. — Gostaria de falar.

— Dra. Adams…

— Por favor — peço.

Se eu fosse qualquer outra médica, ele, provavelmente, argumentaria, mas, como Bryce, Dr. Pascoe sabe o que é ver um cônjuge sofrer. Tenho certeza de que ouvir isso o afetou um pouco, já que poderia ser ele sentado naquela cadeira.

Olho ao redor da sala, meus olhos pousando em Westin, e começo como se estivéssemos apenas nós dois na sala.

— Há um problema com a medicação que Allison Brown recebeu — admito a verdade, e agora não tenho como voltar atrás.

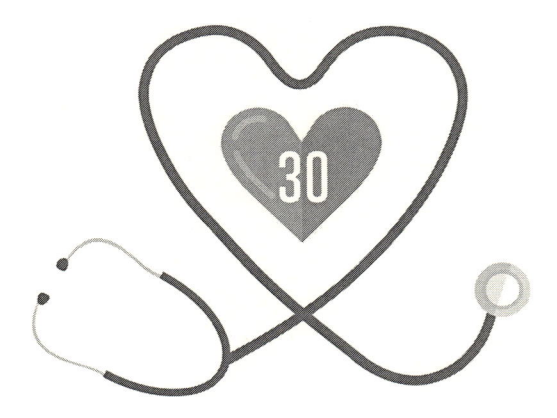

— O que você quer dizer com problema? — pergunta Dr. Pascoe.

Eu me preparo para a decepção que brilhará em seus olhos. O Dr. Pascoe me apoiou, acreditou em mim e foi um mentor. Vou provar que ele estava errado em tudo isso. Passei as últimas doze horas repassando tudo. Todos os finais são iguais e nenhum deles é bom.

— Se olhar o arquivo dela… — começo, mas Westin se levanta, me impedindo de continuar.

— Dra. Adams — Ele limpa a garganta. — Desculpe interromper, e não gosto de fazer isso com uma colega médica, mas sinto que tenho que falar. Na verdade, há um problema com o arquivo de Allison Brown. Estava revisando-o ontem à noite, para me preparar para a linha de questionamento de hoje, e percebi que havia um pedaço de papel muito importante faltando.

Olho para ele, me perguntando que merda ele está fazendo. Não está faltando nenhum papel.

— Como? Não entendo…

Ele olha ao redor da sala, bate os dedos na mesa e começa a falar novamente:

— Queria ver onde estavam as aprovações em relação aos medicamentos em teste e depois compará-los com o relatório de toxicologia — diz Westin.

Ele mesmo vai me derrubar. O último resquício de esperança que eu tinha em relação a nós se foi. Acho que ele precisa ser aquele a trazer isso à tona, para provar que não teve nada a ver com isso. Eu o vejo caminhar em direção à bancada onde estou, e começo a tremer.

— Esta é a sua assinatura? — pergunta ele.

CORINNE MICHAELS

Pego o papel dele, reprimindo qualquer demonstração externa de emoção. Depois de passar anos fingindo não sentir, você pensaria que seria mais fácil, mas não é. Ter alguém que amo enfiando a faca em meu coração dói mais do que eu poderia ter imaginado.

Examino a papelada que forjei, mudando o número na pasta.

— Sim — concordo. — É minha.

Ele pega o papel de volta e acena com a cabeça.

— Certo. Fiquei curioso quanto à linha que foi riscada. E então notei que a próxima coisa assinada pela Dra. Adams foi a folha diária que verificava cada número de coordenação com o frasco fornecido. — Westin segura o papel para que todos vejam.

— Correto, e isso é... — começo a dizer.

Ele continua falando, me cortando de novo.

— Foi quando percebi que faltava o formulário de correção.

— Sim. — Suspiro.

Não adianta, ele quer sangue e estou com hemorragia agora. Poderia muito bem deixá-lo se salvar. Tudo vai se revelar eventualmente.

— Agora, conversei com a Dra. Ney e ela disse que não assinou nada. O mesmo com o Dr. Wells e os outros conselheiros.

Claro, ninguém assinou porque eu mesma fiz isso, porra. Ele sabe disso. Ele está apenas cavando o maldito buraco mais fundo para depois me cobrir com a terra. Westin para, olha para mim com um olhar desapontado, e quero esfaqueá-lo com um lápis.

— Estou ciente disso. — Minha voz está tão desconexa que não soa como eu.

— Não tinha certeza de por que isso não estaria presente em um teste conduzido por uma médica com habilidades organizacionais impecáveis. Então, comecei a investigar mais — continua Westin. — Examinei as outras pacientes da pesquisa também, me perguntando quantos erros mais eu poderia encontrar. Estava procurando por arquivos que não tinham a assinatura do outro conselheiro ou a minha. Não foi até que abri o arquivo de Lindsay Dunphy, a paciente que foi dispensada no dia em que os testes começaram, que encontrei o documento sem assinatura. — Ele me lança um olhar penetrante.

O que ele está fazendo? Ele está mentindo, porque não tem documento nenhum no arquivo. Olho para ele, implorando para ele parar com isso antes que não haja saída, não querendo deixá-lo ficar ainda mais emaranhado nessa bagunça.

Westin continua:

— Veja, a Dra. Adams cometeu um erro burocrático. O documento teria sido assinado se não tivesse sido colocado no arquivo da paciente errada. É por isso que não tem assinatura — explica, olhando ao redor da sala. — Embora eu saiba que o procedimento a seguir é uma prioridade aqui, tenho certeza de que não queremos crucificar uma médica que sempre deu a suas pacientes o melhor atendimento médico possível em vez de documento perdido. Mais do que isso, punir a Dra. Adams seria um grande desserviço às mulheres que ela salvou e poderia salvar.

— Dr. Grant... — interrompo.

Seus olhos encontram os meus e não consigo respirar.

— Há coisas que fazemos que são perdoáveis quando é no melhor interesse do paciente, Dra. Adams. Coisas que são tolas, mas vêm de uma preocupação. Naquele dia, você sofreu a perda de uma paciente, junto com muitas outras coisas que, claramente, a levaram a ficar desorientada.

Cada músculo trava, e não quero pensar que ele encontrou uma maneira de me perdoar, porque se estiver apenas se protegendo, vai me dizimar. Mas Westin está parado na frente da sala, comandando e eliminando qualquer chance de eu dizer a verdade agora. Se eu fizer isso, ele vai parecer um bobo e mentiroso.

Eu tinha um plano. Ia fazer da maneira certa, e talvez uma pequena parte minha esperava que Westin visse isso e encontrasse uma maneira de, pelo menos, não me odiar. Agora não sei o que fazer, mas meu bom senso não foi o melhor nas últimas semanas, então fico quieta.

Vou seguir seu exemplo e espero que ele não esteja me levando para a fogueira.

Dr. Pascoe limpa a garganta.

— Então o documento foi preenchido, mas colocado no arquivo errado, o que resultou em não ser assinado pelos médicos auditores e conselheiros?

— Parece que sim — digo, corroborando a história de Westin.

— Bem. — Suspira ele.

— Como o medicamento não foi a causa da morte de Allison Brown, a Dra. Adams claramente não teve culpa. Lemos e revisamos os relatórios junto com as anotações cirúrgicas. A Dra. Adams lidou com as coisas exatamente como deveria, então não acredito que o comitê de revisão deva tomar medidas drásticas.

CORINNE MICHAELS

Dra. Ney fala agora:

— Concordo, foi claramente um descuido de uma médica de muito prestígio. — Ela me dá um sorriso triste.

Eu me sinto pior do que pensei que me sentiria, caso perdesse o meu emprego. Westin colocou toda a sua carreira em risco e mentiu em meu nome. Ele me protegeu quando jamais deveria ter feito isso.

Dr. Pascoe olha em volta.

— Mas, ainda assim, não podemos permitir que os médicos não tenham os formulários principais assinados. Se o Ministério da Saúde ou o Instituto Nacional de Pesquisas examinassem isso, o hospital enfrentaria sérias repercussões. Podemos perder nosso status de hospital de pesquisa, dificultando a realização de novos testes.

Westin ainda não olha para mim, mas acena a cabeça devagar, parecendo processar o que diz.

— Eu sugeriria um período probatório de três meses, uma suspensão de duas semanas e uma reprimenda formal — sugere Westin. — É uma mensagem de que essas coisas não podem acontecer, mas também entendemos que não foi malicioso.

Basicamente, uma punição leve, mas vai ficar na minha ficha. Eu vim aqui, pronta para perder meu emprego e não praticar mais medicina, e em vez disso, ele está falando de uma punição muito mais branda.

A questão permanece: por que ele me defenderia? Depois que conversamos, ficou claro que ele não poderia me perdoar, então por que agora?

— Concordo — diz o Dr. Pascoe. — O conselho tem mais perguntas?

A cabeça de todos balança e começam a se levantar.

Em todas as minhas versões imaginadas de como seria, nunca, em um milhão de anos, foi isso. Jamais esperaria que ainda fosse médica aqui ou que Westin me defendesse. Não tenho certeza de como processar tudo.

Uma parte minha queria ser punida. Com muito mais severidade do que as consequências que estou vendo agora.

A culpa consumia tudo, e agora há uma nova onda me engolfando.

Permaneço aqui, enquanto eles saem. Dr. Pascoe se aproxima. Ele sorri, toca meu ombro e aperta.

— Este hospital precisa de você. Acho que talvez você deva tirar algumas semanas e permitir que a Dra. Ney trabalhe na pesquisa na sua ausência, está bem?

Ele nunca foi de aconselhar médicos a tirarem folga.

— Está bem?

Sua mão cai e ele suspira.

— Quando minha médica de referência precisa tirar dias de folga após a perda de uma paciente, é algo mais profundo. Não tenha pressa, Serenity. Recarregue suas energias e volte ao trabalho. As duas semanas não foram por causa da paciente, mas por você.

Westin se aproxima e aperta a mão do Dr. Pascoe.

— Estarei em seu escritório em alguns minutos. Só preciso resolver uma coisa — explica ele.

Eles trocam um olhar e o Dr. Pascoe gesticula com a cabeça e sai.

— Oi — diz Wes, depois que a sala fica vazia.

Não quero trocar gentilezas. Quero saber o que diabos há de errado com ele.

— Por quê? — É tudo o que consigo dizer.

Ele vem e para na minha frente, recostando-se contra a mesa.

— Não estou cem por cento certo de saber o porquê. Quando começou a seguir por esse caminho, não pude te deixar fazer isso. Tudo dentro de mim gritou para te impedir.

— Não era para acontecer dessa maneira.

— E é por esse motivo que não aconteceu — diz ele.

Westin não é mais o homem controlado da sala de reuniões. Posso ver que ele está debatendo com o que acabou de acontecer.

— Gostaria que não tivesse feito isso. — Olho para o chão. — Estava disposta a assumir a responsabilidade e lidar com a escolha que fiz.

Seu dedo ergue o meu queixo e ficarmos cara a cara.

— Não pude assistir você se destruir mais do que já fez. A morte dela não foi causada por você ter trocado os medicamentos. Seu coração estava fraco e ela morreu. Foi trágico, mas você não é uma pessoa má, Serenity. Acabou fazendo uma coisa idiota. Se não achasse que havia algo de errado nisso, seria uma coisa, mas você sabe que comprometeu a pesquisa e ia perder tudo para salvar seus colegas.

Dou um passo para trás e balanço a cabeça.

— Não, só estava garantindo que *eu* sofresse as consequências.

— Deixe outra pessoa salvá-la pelo menos uma vez. — Ele se aproxima.

Meus olhos encontram os dele com o coração disparado.

— Você não pode dizer coisas assim — eu o advirto.

— Por que não?

CORINNE MICHAELS

Por muitas razões. Minhas emoções estão em polvorosa, e não consigo parar de alardeá-las. Westin é – era – meu lugar seguro. Ele é a pessoa para quem eu queria ser capaz de dizer qualquer coisa, e agora tudo sai com muita facilidade.

— Porque você não me ama. Porque as pessoas não me salvam, nunca foi assim. Porque isso tornará mais difícil superar você.

Os olhos de Westin se fecham e ele passa as mãos pelo cabelo.

— Estou dizendo para deixar alguém cuidar de você, amá-la e protegê-la, para variar.

— E você vai ser essa pessoa, Wes?

Nós dois sabemos que não. Ele deixou claro que terminamos e não o culpo. Ele fez o que fez para me salvar, mas em um nível estritamente profissional.

Ele se aproxima mais um passo, e inclino a cabeça para olhar no fundo de seus olhos, precisando ver a confirmação de que ele está falando sério.

— Se você me deixar, eu quero ser.

— Mas... — Começo a dizer e me afasto. Não consigo pensar assim, e tudo que quero fazer é acreditar que é real, mas estou com medo. — Você disse todas essas coisas, mas como pode se sentir assim? Estraguei tudo, magoei você, menti, e agora, o quê, você me perdoa?

Não sei por que estou tentando dissuadi-lo disso, mas não quero me sentir assim nunca mais. Amar Westin foi um salto para o qual não estava totalmente preparada e, logo, cair sem uma bendita rede quase me destruiu.

Westin agarra meu braço, me impedindo de fugir.

— Eu estava com raiva e me senti traído. Não estou dizendo que superei ou que será fácil. Mas passei muito tempo esperando por você, e pelo fato de estar disposta a vir aqui e perder sua carreira por mim... Não sei, isso mostra quem você é. Pode estar perdida agora, mas estou estendendo a mão, pedindo que me deixe trazê-la de volta.

Encaro seus olhos verdes comoventes, procurando por um sinal que me diga que é um sonho.

— Não quero estragar tudo.

Ele desliza os dedos pelo meu braço, segurando minha mão com firmeza.

— O único erro que cometeremos é nos afastarmos ao primeiro sinal de dificuldade. Amo você, Ren. Significa que mesmo quando você estragar tudo, estarei aqui para ajudá-la a recuperar as coisas.

Lágrimas se formam e meu lábio treme. Queria ouvir isso. Rezei por outra chance de provar a ele que eu era a mulher a quem ele amou o tempo todo, que só me desviei.

— Desculpa — digo, enquanto uma lágrima cai.

— Eu sei. — Suspira ele, enxugando meu rosto. — Sei que se arrepende, e eu também. Eu deveria ter deixado você me dizer quando estava com problemas.

Balanço a cabeça.

— Coloquei toda a sua carreira em risco, você não me deve desculpas.

Ele enlaça minha cintura e eu me derreto. Não me importo que as pessoas possam nos ver, à medida que as lágrimas escorrem pelo meu rosto. Não conseguiria parar de chorar, mesmo que quisesse. Agora, ele está me segurando. Os braços de Westin estão ao meu redor, evitando que eu caia, e me sinto em casa.

Por muito tempo, pensei que teria que me fechar para encontrar meu eixo, mas estava tão errada. Estar aberta para ele é o que me fez enfrentar tudo e ver o tanto que estava sendo destrutiva.

— Você pode me perdoar mesmo assim? — pergunta Westin.

Toco seu rosto.

— Se isso te faz sentir melhor.

— Sim, e vamos passar as próximas duas semanas entendendo as coisas — comenta ele. Inclino a cabeça, não tenho certeza de como vai ser. Estou afastada por duas semanas de suspensão. — Pedi férias esta manhã. Tive uma reunião antecipada com o conselho, onde me foi oferecido o cargo de chefia.

— Wes! — exclamo, e ele me segura com força contra ele. — Isso é incrível!

Ele sorri.

— Eu disse a eles que aceitaria, desde que pudesse tirar umas semanas para colocar algumas coisas pessoais em ordem.

Ele planejou tudo?

— É por isso que peguei a suspensão?

— Não. Foi apenas uma feliz coincidência. No entanto — ele afasta meu cabelo e toca meu rosto —, decidi que já passamos bastante tempo separados, esperando um de nós estar pronto. E nós precisamos disso.

Ele não tem que me convencer. Quero reconstruir o que está destruído. É claro que pertenço a Westin, e vou passar o resto da minha vida lutando para ficar com ele. Nada é fácil, mas vale a pena lutar por ele.

— Tudo que preciso é de você.

Westin se inclina, pressiona os lábios aos meus e me beija com tanto amor que sinto se alastrar da cabeça aos pés.

CORINNE MICHAELS

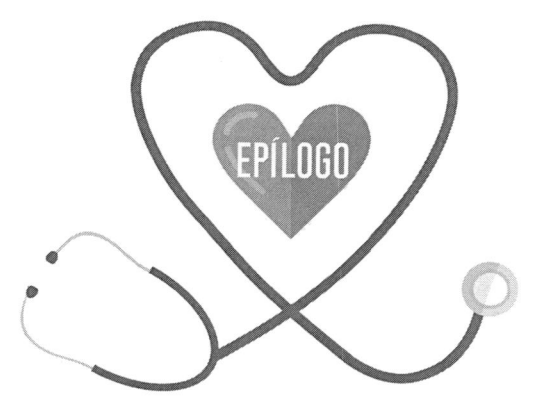

Cinco anos depois...

— Mick, você tem que me ajudar aqui, cara. — Westin passa uma cerveja para meu pai. — Sem chance dos *Cubs* ganharem a *World Series* pelo segundo ano consecutivo.

— Que conversa chata — respondo, descansando a cabeça no ombro do meu pai.

— Querida, você tem que dizer ao seu irmão que ele está errado! — insiste Westin.

Olho para Everton, que acabou de voltar para casa de licença antes de se apresentar em seu posto de trabalho. Então apoio Westin.

— Você é burro e está errado.

Everton dá de ombros.

— Estou dizendo, vai acontecer.

Eles continuam sua discussão e eu me aconchego mais perto de papai. Estamos há alguns dias na fazenda. Meu pai sofreu um derrame há cerca de seis meses e agora está morando conosco em Chicago. Duas vezes por mês, dirigimos até aqui e deixamos que ele usufrua de seu espaço.

Nunca entendi que estar em casa poderia causar uma enorme diferença física nos pacientes até que comecei a cuidar do meu pai diariamente. Sinto que Westin e eu também nos tornamos médicos melhores por isso. Vemos o quadro completo e ambos ajustamos nossos planos de tratamento por causa disso.

— O que acha, papai?

Ele levanta a cabeça e tenta falar.

— Idiotas. — Felizmente, Westin e eu conseguimos entender a maior parte do que ele diz. Ele está ficando mais forte com a ajuda de Westin.

Westin zomba e depois toma toda a sua cerveja.

— Não sou.

— É, isso é discutível. — Reviro os olhos para todos eles e fico de pé. Olho para o meu irmão. — E você é, definitivamente, um idiota.

Everton me mostra o dedo do meio e dou risada indo para a cozinha.

Três Natais atrás, Westin entregou a casa para mim. Chorei, abracei-o, fiz amor com ele e entendi isso como o primeiro sinal verdadeiro de que ele havia superado cem por cento tudo o que aconteceu com Allison Brown-Peyton.

A casa já foi quase toda reconstruída, mas de uma forma que está de acordo com as suas raízes. Paro na frente da pia, olhando para o gramado e penso em minha mãe. Ela teria adorado as mudanças na casa e ficaria feliz em nos ver agora. Papai está indo bem, tirando os problemas residuais de fala, e era bom tê-lo por perto. Acho que ele também gosta da companhia.

Meu irmão ingressou na Marinha há alguns anos e ficará fora, no Japão, por três anos. Só depois que terminou o treinamento é que descobrimos que ele estava no serviço militar, mas a expressão de orgulho no rosto do meu pai disse tudo. Por mais que a partida dele tenha mudado a dinâmica, acho que foi o melhor para todos.

Só espero que minha mãe também esteja em paz com a maneira como estou vivendo. O primeiro ano após meu erro gigante foi difícil, mas encontramos nosso caminho. Lutei com a culpa, os segredos e tentei construir uma nova base com Westin. Ele se esforçou para confiar em mim, mas por meio de muita conversa, pudemos aprender o poder do perdão.

Quanto mais me apegava ao passado, mais ele estava me arrastando para o fundo do poço. Só quando o tumor da minha primeira paciente de pesquisa encolheu, e vi que podia fazer coisas boas, que fui capaz de me curar um pouco.

Braços me envolvem por trás e o queixo de Westin repousa no meu ombro.

— Por que está sorrindo?

— Minha família, trabalho, você. — Inclino a cabeça contra a dele.

— Eu?

— Sim, acho que gosto de você.

Seus braços apertam e ele beija meu rosto.

— Acho que é uma coisa boa, hein?

— Costumo pensar assim. — Dou um sorriso um pouco maior.

CORINNE MICHAELS

Ele me vira, e enlaço seu pescoço.

Mais do que gosto dele. Estou tão loucamente apaixonada por este homem, que não consigo nem ver direito. Westin me salvou de muitas maneiras, e nunca serei capaz de agradecê-lo o suficiente por isso. Ele me amou quando nem percebi que precisava ser amada. Sempre me apoiou, me encorajou e então, quando caí em desgraça, ele me ergueu de volta. Cada vez que eu fugia, ele me perseguia até chegar a minha vez de ficar de pé e enfrentar a vida.

— Vamos dar uma volta — sugere.

— Vamos?

Ele beija meu nariz e pega minha mão, me levando para fora. Envolvo os braços em sua cintura enquanto caminhamos pelo caminho curto de terra que vai até o balanço de pneu.

— Sabe que eu me apaixono por você um pouco mais a cada dia? — diz isso, tanto como uma afirmação quanto como uma pergunta.

— Isso é bom?

Ele ri.

— Costumo pensar assim — repete as palavras que usei alguns minutos atrás.

— Você está feliz, Wes?

Seus olhos verdes me encaram e seu sorriso é caloroso.

— Sim. Estou feliz.

— Bom.

— Você me faz feliz — acrescenta.

Fico exultante ao ouvir isso, porque não sou a pessoa mais fácil do mundo. Trabalhamos juntos, vivemos juntos e cuidamos de meu pai; nem sempre é um mar de rosas. É por isso que nunca deixamos de vir à fazenda. Quando estamos aqui, é como se a vida abrandasse. Somos capazes de respirar, e não ser dois médicos insanamente ocupados, tentando salvar o mundo. Somos duas pessoas.

A vida é mais simples aqui.

O amor mora aqui.

Meus pais construíram este lugar com seus corações e almas. Dá para sentir isso assim que você entra pela porta. É como respirar e, quando expira, todas as coisas ruins deixam seu corpo.

— Eu te amo muito — digo a ele.

— Eu sei, e eu amo você — afirma, antes de me beijar.

VOCÊ ~ AMOU ~ DIA

Chegamos ao balanço e ele se posta à minhas costas enquanto subo.

— Você queria conversar?

Westin solta uma risada curta.

— Não consegue lidar com o silêncio, não é?

— Você geralmente quer conversar quando chegamos aqui — eu o lembro.

Nos últimos anos, tem sido isso o que ele faz. Viemos aqui, damos uma caminhada e ele revela algo que está em sua cabeça. Só estou me perguntando o que pode ser dessa vez.

— Estou ficando previsível?

— Não, só consigo ver que há algo passando pela sua cabeça.

Olho por cima do ombro e ele segura o pneu antes de dar a volta para me encarar. Westin se agacha na minha frente, me prendendo.

— Você ainda adora ser médica? — pergunta ele.

— Na maioria dos dias. E você?

— Se eu fosse um, diria que sim. — Suspira ele.

Nos últimos meses, ele se afastou um pouco. Como cirurgião-chefe, seus dias são cheios de papelada, reclamações e busca pela solução de problemas. Ele quase nunca está na sala de cirurgia e, para um cirurgião, essa é a sua casa. É onde você se sente vivo e alimenta sua alma.

— Você é médico, Westin — eu o lembro.

— E se eu pedisse para você se mudar para cá? Você desistiria de ser médica? Poderíamos vir morar na fazenda com seu pai, trabalhar um pouco menos e descansar mais.

Não vou mentir e dizer que não pensei nisso. Ainda mais a cada vez que saímos daqui. Fico ansiosa pela próxima vinda.

— Você realmente ficaria feliz com isso? — Minha mão toca seu rosto e ele se inclina ao meu toque.

— Ficaria feliz com você, não importa onde estivéssemos.

Não consigo conter o sorriso que se forma com o quão gentil ele é. Westin diz o que sente, não importa o que aconteça, quando se trata de mim. Com o tempo, aprendi a fazer o mesmo. Eu mostro a ele, mas, às vezes, é bom para ele ouvir as palavras também.

— Eu me sinto da mesma maneira, mas não sei se poderíamos ir de uma vida a cem quilômetros por hora para dez e sermos felizes. O que acontece quando todos os projetos que fizermos a cada duas semanas aqui são concluídos? Como preencheria seu tempo?

CORINNE MICHAELS

Ele balança as sobrancelhas com um sorriso malicioso.

— Consigo pensar em uma coisa.

Balanço a cabeça com uma risada.

— Você é ridículo.

— Eu quero me casar com você, Serenity. Quero viver o resto de nossos dias juntos e não só passando um pelo outro nos corredores. Quero te abraçar à noite e saber que estará lá quando eu acordar. Nós vivemos nossas vidas por todos os outros, agora é hora de vivermos para nós.

Meu coração dispara quando ele enfia a mão no bolso, se ajoelha e olha bem no fundo dos meus olhos.

Ele vai me pedir em casamento. Todo esse tempo, nós meio que deixamos isso de lado porque somos felizes.

Ele pega um anel de diamante, segurando-o entre os dedos, e segura a minha mão.

— Eu sei que dissemos que não precisamos de um anel, casamento e tudo isso, mas preciso de você. Não quero arrependimentos, e não fazer de você minha esposa seria um deles. Estou pedindo para ser minha parceira todos os dias de nossas vidas. Você me daria a extrema honra de se tornar minha esposa?

O frio na barriga que sinto me deixa tonta. Aceno afirmativamente com a cabeça, as lágrimas caindo pelo meu rosto.

— Sim, sim, vou casar com você!

Ele se levanta, me pega nos braços e me gira. Seguro seu rosto e o beijo.

— Ela disse sim! — grita para alguém às minhas costas, e meu pai e meu irmão saem de casa.

Ele me puxa contra o peito.

— Obrigado por ser minha razão de viver.

Acaricio seu rosto.

— Não, você que é a minha. Você me deu tudo, e então, de alguma forma, conseguiu me dar ainda mais.

Nunca recuperarei o tempo que passei afastando Wes, mas vou passar o resto da minha vida apreciando cada dia que temos, de agora até o fim dos tempos.

Obrigada por ler *Você me amou um dia*!

Espero que tenham gostado. Gostaria de poder sentar aqui e contar a vocês a aventura que foi publicá-lo, mas seria uma história inteiramente nova. Serenity foi uma voz que ouvi em 2014. Continuei escrevendo, parando, voltando a escrever. Honestamente, não sei como esse livro está em suas mãos agora. Jurei que seria aquela história que acabava ficando no meu computador, para nunca mais ser vista.

Uma boa amiga acreditou nela. Ela me incentivou a seguir em frente. Portanto, aqui estamos. Obrigada por vir comigo neste passeio.

CORINNE MICHAELS

AGRADECIMENTOS

Para meu marido e filhos. Vocês se sacrificam muito por mim para que continue vivendo meu sonho. Dias e noites em que fico ausente, mesmo quando estou aqui. Estou trabalhando nisso. Prometo. Amos vocês mais do que a minha própria vida.

Meus leitores. Não sei como agradecê-los. Ainda me surpreende que leiam as minhas palavras. Vocês se tornaram parte do meu coração e alma.

Blogueiros: acho que vocês não entendem o que fazem pelo mundo literário. Não é um trabalho pelo qual são pagos. É algo que amam e fazem por esse amor. Agradeço do fundo do meu coração.

Minha leitora beta Melissa Saneholtz: tudo o que posso dizer deste é… GRAÇAS A DEUS acabou. Risos.

Minha assistente, Christy Peckham: quantas vezes uma pessoa pode ser demitida e continuar voltando? Acho que estamos ficando sem tempo. Não, mas sério, não poderia imaginar minha vida sem você. Você é uma chata, mas é por sua causa que não desmoronei.

Minha assessora de imprensa, Nina Grinstead e equipe. Obrigada por sempre trabalharem tanto para fazer as pessoas realmente lerem meus livros.

Sommer Stein, por mais uma vez criar esta capa original e ainda me amar depois que brigamos, porque mudei de ideia um bilhão de vezes.

Minha revisora, Nancy Smay, obrigada por cuidar de mim durante essa etapa.

Julia Griffis por sempre encontrar todos os erros de digitação mais loucos.

Melanie Harlow, obrigada por ser a Glinda da minha Elphaba ou a Ethel da minha Lucy. Sua amizade significa muito para mim e adoro escrever com você. Eu me sinto tão abençoada por ter você em minha vida.

Bait, Crew e Corinne Michaels Books — amo vocês mais do que jamais saberão.

Minha agente, Kimberly Brower, estou muito feliz por ter você em minha equipe. Obrigada por sua orientação e apoio. Principalmente nessa história.

Melissa Erickson, você é incrível. Amo você. Obrigada por sempre me acalmar quando estou à beira do surto.

Para minha narradora, Julia Whelan. Você. Você é uma deusa. Muito obrigada. Sou tão abençoada por conhecê-la e ainda mais por estar tão disposta a contar esta história comigo.

Vi, Claire, Chelle, Mandi, Amy, Kristy, Penelope, Kyla, Rachel, Tijan, Alessandra, Laurelin, Devney, Jessica, Carrie Ann, Kennedy, Lauren, Susan, Sarina, Beth, Julia e Natasha — Obrigada por continuarem a me forçar a ser melhor e me amarem incondicionalmente. Não existem autoras-irmãs melhores do que todas vocês.

CORINNE MICHAELS

SOBRE A AUTORA

Corinne Michaels é autora bestseller de romances do New York Times, USA Today e Wall Street Journal. Suas histórias são repletas de emoção, humor e amor implacável, e ela gosta de fazer seus personagens passarem por intensa dor antes de encontrar uma maneira de curá-los em suas dificuldades.

Corinne é esposa de um ex-marinheiro e tem um casamento feliz com o homem de seus sonhos. Ela começou sua carreira de escritora depois de passar meses longe do marido enquanto ele estava trabalhando — ler e escrever eram sua forma de fugir da solidão. Corinne agora mora na Virgínia com o marido e é a mãe emotiva, espirituosa, sarcástica e divertida de dois lindos filhos.

A The Gift Box é uma editora brasileira, com publicações de autores nacionais e estrangeiros, que surgiu no mercado em janeiro de 2018. Nossos livros estão sempre entre os mais vendidos da Amazon e já receberam diversos destaques em blogs literários e na própria Amazon.

Somos uma empresa jovem, cheia de energia e paixão pela literatura de romance e queremos incentivar cada vez mais a leitura e o crescimento de nossos autores e parceiros.

Acompanhe a The Gift Box nas redes sociais para ficar por dentro de todas as novidades.

 www.thegiftboxbr.com

 /thegiftboxbr.com

 @thegiftboxbr

 @GiftBoxEditora

Impressão e acabamento